KB274414

옮긴이 이은선

출판사 편집자, 저작권 담당자를 거쳐 전문 번역가로 활동 중이다.
옮긴 책으로 『사라의 열쇠』, 『딸에게 보내는 편지』, 『엄마가 있어줄게』 등이 있다.

하루에 사과 하나
사랑과 거식증 치유의 기록

초판 1쇄 발행 | 2013년 10월 21일

지은이 엠마 울프
옮긴이 이은선
발행인 이대식

책임편집 최하나　**마케팅** 임재홍 윤여민　**디자인** 모리스

주소 서울시 종로구 평창길 329(우편번호 110-848)
문의전화 02-394-1037(편집)　02-394-1047(마케팅)　**팩스** 02-394-1029
전자우편 saeum98@hanmail.net
블로그 saeumbook.tistory.com

발행처 (주)새움출판사
출판등록 1998년 8월 28일(제10-1633호)

한국어출판권ⓒ 2013 (주)새움출판사
ISBN 978-89-93964-64-6 03840

하루에 사과 하나
사랑과 거식증 치유의 기록

엠마 울프

새움

톰에게

차 례

언제나 나는 먹지 않기 위해 싸워왔다,
이제 나는 먹기 위해 싸운다.

천지가 하얗고 고요하고 춥다. 초콜릿을 먹어본 지 10년이 넘었는데, 나는 지금 킷캣 초콜릿 포장을 벗기며 길을 걷고 있다. 갑작스러운 폭설이 내려 런던이 정적으로 뒤덮인 것과 남들 앞에서 초콜릿을 먹는 것, 이 둘 중에 어느 게 더 낯선지 모르겠다. 맛이 끝내준다.

남들에겐 평범한 순간일지 몰라도 내게는 새로운 도전이다. 내가 직접 정한 목표지만 용감하게 도전하기까지는 몇 주가 걸렸다. 오늘 아침 일찍 눈을 뜬 순간, 때가 되었다는 생각이 들었다. 그래서 라지 사이즈 커피와 초콜릿을 사 가지고 눈길을 혼자 걸으며, 따뜻하게 녹아내리는 이 맛을 한 입, 두 입 음미하고 있다.

마지막으로 초콜릿을 먹은 게 정확히 언제였지? 내가 맨 마지막으로 사먹은 킷캣은 이런 식으로 꽁꽁 밀봉이 되어 있지 않고 종이와 은박지 안에 들어 있었던 것 같은데. 내가 자리를 비운 10여 년 동안 초콜릿 세계가 확장을 거듭했는지 신종이 수없이 많다. 민트와 오렌지 맛이 있는가 하면, 땅콩과 캐러멜이 들어간 한정판도 있고, 심지어 '덩어리가 씹히는' 형태도 있다.

'이 세상에서 가장 맛있는 건 비쩍 마른 느낌'이라고 케이트 모스가 말했던가? 그런데 그 말은 틀렸다. 이 세상에서 가장 맛있는 건 초콜릿이다.

초콜릿 때문일까? 크리스마스를 코앞에 두고 사놓은 선물이 하나도 없는데도 이상하게 긍정적인 기분이 든다. 이 기세를 몰아 연말연초 점검을 해봐야겠다.

나는 거식증을 앓고 있고, 하루에 사과 한 개면 멀쩡하게 활동할 수 있다. 그런데 그런 식으로 10년을 지내고 보니 전혀 멀쩡한 게 아니라는 생각이 들기 시작했다. 그래서 3개월 전 가을에 나 스스로 내 인생 최대의 도전과제를 설정했다. 향후 1년에 걸쳐 거식증을 극복하겠다고 다짐한 것이다. 3개월 전에 내가 대면한 진실과 3개월간 내가 도달한 교훈은 다음과 같다.

진실 하나, 나는 어느덧 서른두 살 막바지다.

둘, 거식증을 방치하며 이십대를 허비했다. 삼십대까지 허비하지는 않겠다.

셋, 이 세상의 모든 치료법과 약물을 총동원해도 거식증을 치료하지 못한다. 나는 몇 년 동안 상담, 심리분석, 약물, 동종요법, 침술에 이르기까지 모든 방법을 시도했다. 나 자신과 타인들에게 수도 없이 맹세했지만 번번이 지키지 못했다. 특효약은 없다. 거식증을 물리치려면 먹는 수밖에는.

넷, 외모에 대한 집착은 아니다. 내가 생각해도 해골 같은 모습은 전혀 매력적이지 않다.

교훈 하나, 틀에서 벗어나 새로운 음식을 시도해보는 것은 신나는 일이다. M&S 슈퍼 홀푸드 쿠스쿠스*가 그렇게 맛있을 줄 누가 알았을까?

둘, 건강과 행복이 연봉이나 경력보다 훨씬 중요하다.

셋, 다른 사람을 사랑하는 건 상당히 쉬운 일이다. 사랑을 듬뿍 받을 수 있도록 내 마음을 여는 게 어렵지.

넷, 지방은 적이 아니다. 올리브유, 후무스**, 브라질 호두를 먹으면 엉덩이에 살이 붙는 게 아니라 머릿결에 윤기가 흐른다.

그런데 내가 어쩌다 이런 지경에 이르게 된 걸까? 어쩌다 10년 동안 초콜릿을 먹지 않았을까? 남들이 보는 앞에서 뭘 먹

---

* 으깬 밀로 만든 북아프리카 음식
** 으깬 병아리콩과 오일, 마늘을 섞은 중동 지방 음식

는 걸 왜 그렇게 힘들어했을까? 무슨 일로 음식을 그토록 두려워하게 된 거지? 어쩌다 거식증이라는 병에 걸렸고…… 왜 이제야 극복하겠다고 나선 거지?

수없이 많은 질문과 답변들이 있을 것이다. 하지만 내가 지금 당장 알고 싶은 건 딱 한 가지뿐이다. 거식증을 극복한다는 게 가능할까, 다른 사람도 아닌 내가? 수년간 갖은 작전을 동원하고도 실패했는데?

어쩌면 나는 거식증이 지겨워진 것일지도 모른다. 시시각각 자신과 싸움을 벌이면 얼마나 피곤한지. 나를 상대로 전투를 벌이는 것도 이제 지긋지긋하다. 이제는 새로운 삶을 살고 싶다. 아이도 낳고 싶다. 거식증이라는 덫은 신물이 난다. 크리스마스를 기점으로 새 출발을 해야겠다. 새해에는 벽을 허물고, 톰의 사랑을 받아들이고, 좀 더 모험을 감행할 것이다.

톰은 늘 조금만 포기하면 인생이 얼마나 달콤해지는지 아느냐고 한다. 나도 그 말이 맞다는 걸 안다. 이제 포기할 때가 됐다.

그래, 포기를 위해 건배!

앞으로는 과일과 요거트로 연명하지 않고, 정상적인 사람처럼 정상적인 방법으로 정상적인 식사를 할 것이다. 건강한 수준까지 체중을 늘려 임신을 할 수 있는 몸으로 되돌아갈 것이다(다시 월경이 시작되면 당황하지 않고 자축할 것이다). 이제는 쫄쫄 굶지 않을 것이다. 성인답게 잘 챙겨 먹을 것이다. 남들처럼 장을 보고

 하루에 사과 하나

요리를 해서 먹어야지. 허기보다 더 중독성이 강하고 매력적인 걸 찾아내야지. 나는 다시 인간 대열에 합류할 것이다. 인간 세상에 동참할 것이다.

⋮

이 자리에서 분명히 밝히건대 사실 나는 이제 환자가 아니다. 내 최저 몸무게는 스물한 살 때 기록한 35킬로그램이다(지금은 몸무게가 47.5킬로그램 정도 된다). 최저 몸무게를 떠올리면 심란해진다. 그 불면 날아갈 것 같은 몸으로 하루하루를 어떻게 버텼는지…… 피하지방이 없어서 늘 추웠던 기억뿐이다. 피하지방과 같은 천연 보온층이 없고 열이나 에너지가 발산되지 않으면 몸이 제 기능을 하기 어렵다. 거식증 환자라면 누구나 동의하겠지만, 겨울이 얼마나 끔찍한지 모른다. 옥스퍼드대학교는 '진흙 위에' 지어진 곳이라 겨울에 정말 추웠다. 게다가 수시로 찾아오는 통증까지. 밤이 돼서 잠자리에 누우면 매트리스와 뼈 사이에서 완충 작용을 해주는 살이 없어서 아팠고, 의자에 앉으면 꼬리뼈가 배겨서 아팠고, 어디 살짝 부딪칠 때마다 멍이 들어서 온몸이 시퍼렸다.

당시 나는 그야말로 최악이었다. 모든 기능이 정지하기 시작했다. 그나마 온전하게 작동되는 곳이 머리밖에 없었기 때문에 나는 공부에만 전념했다. 보들리도서관 2층 열람실에 몇 시간씩 처박혀 고대 영어 필독 교재를 뭉텅이로 외우거나 강의실 안에 들어앉아 형이상학적인 시를 주제로 리포트를 썼다. 정신적인 기능까지 마비되기 전에 읽고 쓰고 졸업시험을 통과해야 하기 때문이었다.

대학교 친구들은 걱정하면서 한마디씩 했다. 처음에는 대놓고 이러쿵저러쿵하다 나중에는 뒤에서 수군거렸다. 방어기제인지 자존심인지 모르겠지만, 나는 동정을 질색하는 성격이다. 사람들이 나를 '걱정'하는 그 느낌이 싫다. 동정을 받느니 욕을 먹고 말지. 하지만 점점 야위어가는 사람에게 무슨 말을 할 수 있을까? 당연히 병원도 찾아가보았다. 하지만 체중을 재고 진단을 받고 그만이었다. 십대 시절에 나는 키도 평균, 몸무게도 평균이었다. 키 167.5센티미터에 몸무게는 57킬로그램에서 60킬로그램 사이를 왔다 갔다 했다. 그러다 35킬로그램까지 떨어졌으니 의학적으로 거식증 여부를 판별하는 엄격한 기준을 통과한 정도가 아니라 체중이 3분의 2로 준 셈이었다.

결국 나는 모두들 나를 가만히 내버려두길 바라는 지경에 이르렀다.

하지만 그건 10년 전 얘기다. 나는 병원에 입원하지 않고 어찌어찌 옥스퍼드대학교를 졸업해 위기를 탈출했다. 그 뒤로 출판계와 언론계에서 훌륭한 이력을 쌓았고, 이웃 주민들이 그다지 시끄럽지 않고 트렌디한, 북런던의 어느 동네에 집도 샀다. 두 명의 형제와 두 명의 자매와 부모님과 끊임없이 늘어나는 조카 군단으로 이루어진, 엉뚱하지만 사랑이 넘치는 가족도 있다. 2년 전에는 남자친구 톰도 만났고(자세한 소개는 나중으로 미룬다).

하지만 상태가 호전되지는 않았다. 체중이 좀 늘어서 요즘은 길을 걸어 다녀도 쳐다보는 사람이 없고 침대에 누워도 아프지 않지만, 정신적인 문제를 치료할 방법은 찾지 못했다. 거식증에 걸리면 워낙 겉으로 티가 나기 때문에 모두들 환자의 몸매와 체중에 집요한 관심을 보인다. 그러면서 외모에 집착하느라 거식증이 생기는 거라고, 완벽한 몸매를 위해 살을 빼는 거라고 오해들을 한다.

말도 안 되는 소리. 피골이 상접한 사람만큼 매력 없는 사람이 어디 있을까. 스스로 섹시해 보인다고 생각하는 거식증 환자는 없다. 오히려 거식증에 걸리면 타인과의 접촉을 피하게 되고, 인간적인 교류가 두려워진다. 뼈만 앙상한 몸을 보여주고 싶지 않아서 섹스는커녕 연애에 대한 일말의 욕구마저 사라지고, 최소한의 음식으로 하루하루 연명하다 보면 바깥세상에서 재미있게 놀거나 성생활을 즐길 에너지가 남지 않는다. 내가 가장 말랐던 시절에 수녀처럼 지낸 듯이 거짓말을 할 생각은 없다. 나뿐 아니라 다른 거식증 환자들도 섹스는 한다. 하지만 행복 호르몬이 분비되지 않는다. 연료가 바닥이 난 마당에 감정이 제대로 살아 있겠는가.

　환자의 몸매에 초점을 맞추는 것은 잘못된 인식이다. 거식증은 육체적인 질병치고 외모와 놀라우리만치 별개로 움직인다. 당연히 처음에는 정상적인 다이어트처럼 시작되지만, 금세 마음의 병으로 돌변한다. 내 경험상 거식증에 걸리면 육체와 정신이 완전히 분리된다.

　거식증은 무시무시한 단어다. 물론 나는, 의학전문가가 그 용어를 동원하기 한참 전부터 내가 아프다는 걸 잘 알고 있었다. 자유낙하를 하는 것처럼 뱅글뱅글 추락하는 듯한 기분이었다. 다이어트가 걷잡을 수 없는 지경으로 치달은 것이다. 다이어트를 시작한 지 얼마 되지 않았을 때 문득 정신을 차리고 보니 내가 먹는 걸 아예 끊으려고 몸부림을 치고 있었다. 처음에는 특정 식품군(지방)을 자제하다 특정 식품을 자제했고, 그러다 더 많은 걸 자제할 수 있는 방법을 찾았다(희한하게 정체기가 한 번도 없었다. 아무리 먹는 게 없어도 그보다 더 줄일 수 있을 것 같았다). 청바지를 입을 때마다 전보다 더 헐렁했고, 체중이 급속도로 줄었다. 사태가 심각하다는 건 나도 물론 알고 있었지만, 그래도 거식증이란 말은 충격이었다. '암'이나 '알코올중독'이라는 단어를 처음 접했을 때처럼.

　그런 꼬리표가 반복 사용되었을 때 어떤 현상이 일어나는지 내 경험에 비추어 소개하자면 병세가 더 심각해진다. 그 병 안에

　　　　　　　　　　　　　　　하루에 사과 하나

간혀버린다. 거식증 환자라는 딱지가 붙었으니 삐쩍 말라야 하지 않겠는가. 그래서 그 이후로는 생당근이라도 먹으면 사기꾼이 된 것 같은 기분이 든다. 제대로 된 거식증 환자라면 아무것도 먹지 말아야 하는 거라고, 머릿속에서 계속 그런 소리가 들린다.

그리고 증세가 호전되더라도 꼬리표 때문에 오해가 생긴다. 체중이 늘면 고쳐지겠지? 체중을 늘리는 게 거식증을 물리치는 비결이겠지? 이렇게 생각하면 오산이다. 머릿속을 고쳐야지 체중이나 신체 사이즈가 중요한 게 아니다.

내가 이 책에서 체중을 언급할 때마다(내 체중이 늘었는지 줄었는지), 정상 체중은 몇 킬로그램이며 정상적인 혹은 비정상적인 체질량 지수(BMI)가 얼마인지 이야기할 때마다 거식증은 마음의 병이라는 사실을 기억해주기 바란다. 체중을 늘리면 물론 육체적인 치료는 될 수 있지만, 그 질병 자체를 어찌하지는 못한다.

못 믿겠다고? 내 주변에는 체중이 120킬로그램인데도 여전히 거식증으로 고생하는 사람이 있다. 그녀는 예전 체중을 회복하고도 남았으니 엄격하게 말하면 의학적인 기준에서는 거식증 환자라 할 수 없다. 하지만 그게 바로 문제다. 정신적으로는 거식증을 극복하지 못했으니 말이다.

그렇다. 나는 이제 더 이상 옥스퍼드에 다닐 때처럼 해골이 아니지만 자신 있게 밝힐 수 있다. 거식증을 극복하지 못했노라고. 겉으로는 아무 문제 없어 보이지만, 아직도 경계선상에서 맴도는 저체중이며, 월경이 끊긴 지 10년이 넘었다(이렇게 쓰고 보니 충격이다).

이렇게 '제 기능을 다하는' 거식증 환자의 문제점이 뭔가 하면 평생 버틸 수 있다는 것이다. 이런 경우에는 응급조치나 입원이나 강제 영양공급 이야기가 나오지 않는다. 말랐을 뿐 겉보기에는 멀쩡하니까. 요즘은 관리형 거식증이 어찌나 유행인지 놀라울 정도다. 직업도 있고 아이도 있고 정상적으로 생활하지만, 살이 찌지 않도록 먹는 걸 끊임없이, 강박적으로 조절한다고 실토하는 여자들이 있지 않은가.

BMI 도표상 저체중의 경계선상에서 맴도는 이 정도 수준에서는 건강의 적신호들이 대부분 눈에 보이지 않는다. 무월경, 불임, 우울증, 불면증 그리고 골감소증(골밀도가 심각한 수준으로 떨어지는 골다공증의 전조증). 이런 증상들은 겉으로 드러나지 않는다. 그러니까 별일 아니다, 신경 쓸 것도 없다.

하지만 어떻게 별일이 아닐 수 있겠는가. 날마다 허송세월을 해야 하는데.

결국 관건은 변화이자 사람을 옥죄는, 변화에 대한 두려움이다. 거식증의 마수에 붙들려 있으면 옴짝달싹 못하게 된다. 사는 게 달라질 수 있고, 더 나아질 수 있다는 생각을 꿈에라도 할 수 없게 된다. 정상적으로 사는 게 얼마나 행복한지 잊어버린 채, 이렇게 사는 게 더 좋다는 착각에 빠져든다. 나는 너무 오랫동안 그 덫에 갇혀 있었다. 이제 미친 짓을 멈출 때가 됐다.

그런데 왜 하필 지금일까? 발단은 지난가을, 남자친구 톰과 나눈 대화였다. "당신이 약속해주었으면 하는 게 한 가지 더 있어." 그가 그 어느 때보다 심각한 표정으로 말했다. "달리기 그만해. 그리고 정말로 아이를 낳을 생각이 있으면 지금보다 먹는 양을 늘려." 달리기를 그만하고 먹는 양을 늘리라니 농담하는 걸까? 나를 원더우먼으로 생각하는 걸까? 달리기는 내 목숨 줄이자 천연 두통 치료제였다. 5년 전부터 담배를 대체한 중독이었다.

우리는 그때 스타벅스 세인트캐서린 부두점(팔라디오식 둥근 천장과 숨겨진 2층이 있는, 런던의 수많은 스타벅스 중에서 가장 훌륭한 지점이다)에 앉아 있었다. 업무 회의를 하거나 밀린 수다를 떠는 비서와 양복을 입은 사업가들로 버글거렸다. 우리는 가장 좋아하는 구석자리에 틀어박혔다. 달리기를 그만두라고? 나는 디카페인 아메리카노가 담긴 그란데 사이즈 컵을 넘어 미심쩍은 눈빛으로 남자친구를 빤히 쳐다보았다.

"내 말은, 달리기를 줄여야 한다는 거야. 지금까지 너무 오랫 동안 외면해왔잖아. 그리고 달리기를 줄이는 동시에 제대로 챙겨 먹기 시작해야 돼. 뭘 먹으면 주접스러워지는 게 아니야. 그게 에 너지가 되잖아. 우리 계획과 꿈이 달린 문제야. 다시 건강해지겠 다는 결단만 내리면 돼. 아주 간단해."

톰이 낯선 이야기를 한 것도 아니었다. 이런 식으로 계속 살 수 없다는 건 나도 예전부터 알고 있었다. 아침 6시에 일어나 더 블 에스프레소 한 잔으로 때우고, 비축할 필요가 없는 연료를 태 우며 (지방과 근육까지 태우며) 7~8킬로미터 달리기. 나는 비가 오 나 눈이 오나 어김없이 길거리를 달렸다. 쓰러질 때까지. 앞으로 도 계속 그렇게 살 수는 있지만, 아이는 낳을 수 없을 것이다. 나 도 알고 있었다.

우리는 가끔 화를 내며, 또 가끔은 슬퍼하거나 절망하며 그 전에도 숱하게 이런 대화를 나누었지만 그때와는 달랐다. 그날 우리는 아이를 비롯해 얼마나 행복한 일들이 저 너머에서 기다 리고 있겠느냐며 전에 없이 진지한 태도로 미래를 이야기했다. 내 가 마음만 비우면 된다고. 병원에서는 고작 5킬로그램이나 10킬 로그램만 늘리면 되는 문제라고 했으니까 말이다. 그런데…… '고 작'?

거식증의 경우 통제, 음식 섭취, 신체상과 같은 여러 가지 문 제 외에도 또 한 가지 문제가 되는 것이 엄청난 수준의 자기기만이다. 누가 봐도 빤한 사실이라 나도 안다. 내가 치유되지 않는 이유는 '간절히' 원하지 않기 때문이라는 것을.

그런데 여기에서 기억해야 할 부분이 한 가지 있으니 바로 시간이 없다는 것이다. 여러분도 이십대에는 어땠는지 기억이 날 것이다. 그때에는 자신감이 하늘을 찔렀을 것이다. 나도 그때는 진지하게 사귀는 남자친구가 있어도 진심으로 아이를 낳고 싶은 마음은 없었다. 이력을 쌓고, 첫 집을 장만하고, 내가 어떤 사람인지를 파악하느라 너무 정신이 없었다. 아이를 낳기에 적당한 시점도, 적당한 입장도 아니었다.

스타벅스에 앉아 있었던 그 가을날에는 기분이 달랐다. 톰을 바라보며 우리의 미래와 아이와 함께 꾸릴 가정과 가족을 생각하는데, 비쩍 마른 몸보다 그쪽이 훨씬 더 구미가 당겼다. 톰의 말이 옳았다. 뭔가 달라져야 했다. 나는 달리기를 끊고 제대로 먹겠다고 했다. 우리는 커피를 다 마시고 부두를 따라 걷다 작별의 입맞춤을 했다. 그리고 톰은 다시 회사로, 나는 자전거를 찾으러 갔다.

바비칸 센터를 빙 둘러서 에인절 지구까지 자전거를 타고 런던을 관통하는데, 희망과 두려움으로 가슴이 벅찼다. 머리카락 사이로 부는 바람, 가을의 첫 기운이 느껴지는 서늘한 공기, 새 출발의 조짐. 나는 세인즈베리 슈퍼마켓에 들러 '지방이 함유된' 천연 생균제 유기농 요거트를 샀다. 지방 함유량이 많지는 않았지만(솔직히 고백하건대 냉장고 앞에서 30분을 망설였다) 지방 혐오증이 있는 나 같은 음식 기피자로서는 엄청난 발전이었다.

그날 저녁에 러닝화를 물끄러미 쳐다보는데, 실천에 옮기려면 무지 힘들겠다는 생각이 들었다. 아침에 일어나도 달리기를 하지 말라고? 그 대신 뭘 먹으라고? 어떻게 하면 그럴 수 있을까? 사람들은 나더러 먹고 싶은 걸 참고 꼬챙이가 될 때까지 쫄쫄 굶다니 정신력이 대단하다고 하지만…… 이 일에도 그만 한 의지를 발휘할 수 있을까?

∴

스타벅스에서 톰과 그런 대화를 나눈 지 11주가 지났다. 그리고 마지막으로 달린 지 꼭 11주가 지났다. 물론 나는 여전히 미적대고 있다. 이렇게 앉아서 극복을 운운하지만, 실천은 없고 말 뿐이다. 달리기는 끊었다. 약속을 했으니 끊기는 했지만 매일 아침마다 좀이 쑤신다. 분명 손실된 근육량도 엄청나겠지만 인생을 되찾으려는데 이 정도 대가는 약소하다고 끊임없이 되뇌고 있다. 내가 이만큼 강력한 조치를 취한 게 언제인가 싶다. 그렇다면 식습관은 어떻게 됐을까?

아직까지는 절반의 성공이다. 먹는다는 게 이렇게 이해가 안 되고, 말로 설명할 수 없을 만큼 복잡한 행위인 줄은 몰랐다. 뭘

 하루에 사과 하나

먹으면 주접스러워지는 듯한 기분이 든다. 일단 먹기 시작하면 멈출 수 없을까 봐 걱정이 된다. 무엇보다도 난 뭘 먹을 만한 자격이 없는 사람 같다.

거식증을 극복하기가 힘든 이유는 사고방식을 통째로 바꾸어야 하기 때문이다. 톰은 담배를 끊거나 술을 줄이는 것에 비유하지만, 그건 아니다. 나는 담배를 끊었고 몇 주 동안 술을 안 마셔도 상관없지만, 뭘 먹기 '시작'한다는 것은 전혀 새로운 도전과제다. 니코틴 금단증상을 극복하는 것도 힘들기는 했지만, 의지만 있으면 됐다. 게다가 즉각적인 이득도 있었고. 담배를 끊었더니 더 빠르게, 더 오랫동안 달릴 수 있었다. 숨 쉬는 것도 편해졌고, 피부도 맑고 깨끗해졌다. 반면에 거식증을 극복한답시고 식사를 해봐야 아무 보상도 없는 것 같다. 기껏해야 체중이 늘 따름이다. 이 세상에서 제일 두려운 게 체중이 느는 것인데.

하지만 나는 약속을 했다. 앞으로 식사를 하기 시작할 것이다.

⁂

지금까지 허송세월한 시간, 혼자 보낸 저녁시간, 사이가 멀어진 친구, 여럿이서 음식을 먹을 때 왁자지껄하고 즐거운 분위기, 그동안 피해왔던 남들과의 식사를 생각하면 미칠 듯이 슬퍼진다. 그 시간을 되돌릴 방법은 없을 것이다. 거식증은 젊은 사람들이

나 하는 게임이고 나는 더 이상 그런 게임을 벌일 만한 시간도, 기력도 없다.

그래도 우선, 정치인들이 '저지선'이라고 부르는 선을 그어놓고 싶다. 내가 고치려고 노력할 부분들도 있겠지만, 바꿀 수 없는 부분들도 있을 테니까. 가장 분명한 건 채식을 하겠다는 것. 고기나 생선이나 기타 등등 살아 있는 건 먹지 않을 것이다. 빵에 버터를 바른다든지 하는 식으로 일부러 지방을 첨가하지도 않을 테고, 크림같이 진한 소스도 먹지 않을 것이다. 대신 샐러드 소스로 쓰이는 발사믹 식초와 올리브 오일처럼 기본적인 지방은 섭취할 것이다. 물론 견과류를 한 움큼 집어 먹는 내 모습은 상상이 안 되지만.

그리고 무지방이 아니라 저지방 우유를 마실 거고, 빵이나 파스타나 기타 탄수화물을 섭취하더라도 죄책감을 느끼지 않을 것이며, 어쩔 수 없는 경우에는 남들 앞에서 먹을 것이다. 어쩌다 한 번씩은 예정에 없던 음식(사무실에서 누가 즉흥적으로 나누어준 비스킷, 생일 케이크 한 조각)도 섭취하려고 노력할 것이다. 내가 먹으려는 이유는 내 몸에서 배고프다고 하기 때문에, 내 몸이 제 기능을 하려면 에너지가 필요하기 때문이다.

마지막으로 44사이즈 옷들을 내다버릴 것이다. 지금까지 몇 달 동안 미루어왔지만, 옷장을 샅샅이 뒤져서 살이 찌면 꼭 낄지 모르는 옷들을 모조리 처분할 테다(언뜻 보기에는 사소한 작업 같지만 거식증을 극복하는 데 아주 중요한 부분이다).

　하루는 세끼로 이루어진다는 사실을, ‘사람들은 누구나 음식을 먹고 칼로리를 소모한 뒤 다시 먹는다’는 사실을 기억할 것이다. 그래도 괜찮은 거라고, 그게 정상적인 거라고. 과일도 음식이라고, 포도 한 송이로 점심을 때워도 된다고 생각하지 않을 것이다. 필요한 만큼 5~10킬로그램 살을 찌우고, 그 과정에서 우울해하지 않을 것이다. 사람들이 나더러 ‘얼굴 좋아 보인다’고 하더라도 겁에 질리지 않을 거고, 그 말을 ‘살이 쪘다’는 뜻으로 받아들이지 않을 것이다.

　사실은 내가 지금 이런 규칙들을 만들고 있다는 것 자체가 문제다. 뭐든 통제하려는 습관이 거식증의 씨앗인데. 하지만 무리는 하지 않겠다. 이렇게 식생활의 기준을 또 세우고 있지만, 최소한 내 목적은 기억하고 있으니까 됐다.

　바로 가장 중요한 거, ‘나는 먹는 양을 늘릴 테니까’. 보건 전문가들이 말하길 1주당 3,500칼로리에 따라 0.5킬로그램이 찌느냐 빠지느냐가 결정된다고 한다. 그러니까 나는 어떤 형태가 됐건 매일 500칼로리를 추가로 섭취하고, 운동량을 늘리지 않고, 속임수를 쓰지 말아야 한다. 언니는 나를 음식 피하기 선수라고 부른다. 1~2킬로미터 멀리 있는 베이글까지 감지하고는 피한다는 것이다.

　지금 시각은 오후 4시이고, 나는 오늘 바나나를 먹었다. 이게

뭐가 그렇게 어려운 걸까? 이렇게 잔뜩 맹세한 뒤에도 나는 왜
자리에서 일어나 냉장고 앞으로 걸어가지 못할까?

하루에 사과 하나

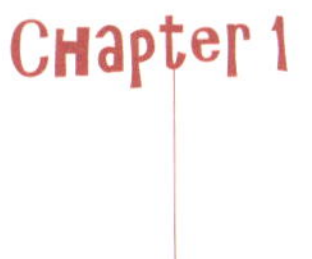

Chapter 1

거식증 커밍아웃

"아무한테도 말한 적 없는데요, 저 거식증 환자예요.
평생 처음으로 고백하는 거예요."

생판 얼굴도 모르는 젊은 남자가 내게 편지를 보냈다. 「타임스」에 실린 내 첫 글을 읽고 보낸 것인데, 나 역시 남들 앞에서 공개적으로 선언한 게 이번이 처음이라는 사실을 모르는 눈치였다.

나는 지금 매주 칼럼을 연재하고 있지만, 원래 기획은 일회성 특집기사였다. 「타임스」의 주말 담당 기자에게 연락해 내 아이디어를 소개하자 좋다고 했다. 나의 거식증 극복기를 정규 칼럼으로 편성해도 괜찮겠다는 판단이 내려진 것은 특집기사가 실리고, 좀 더 많은 이야기를 듣고 싶다는 독자들의 의견이 답지한 다음이었다.

신문에 맹세를 싣는 것과 맹세를 실천에 옮기는 것은 별개의 문제였다. 나는 첫 글이 실린 직후, 가벼운 신경쇠약증에 걸렸다. 심각한 영양실조에 시달리면 무기력할 수밖에 없으니 우울증이라면 익숙했지만 이건 차원이 달랐다. 나의 가장 추한 비밀을 세상에 공개하기로 마음을 먹은 것 아닌가. 창피한 건 물론이고 두렵기도 했다.

나는 이런 식의 커밍아웃을 통해 내 인생에 아주 심각한 문제가 있다는 사실을 인정하고 있었다. 내 패를 공개하며 이제 무슨 수를 써야겠다고 선언한 것이다. 알코올중독자 모임에 가면 "내 이름은 ○○○이고, 나는 알코올중독자입니다"라고 말하지 않는가. 나 역시 늘 괜찮은 척 연극을 하며 지내다(다 먹었어요, 고맙습니다, 배가 안 고파서요……), 이제 전혀 괜찮지 않다고 실토해버린 거다. 게다가 도움 청하기라는, 내 평생 단 한 번도 해보지 않은 일까지 시도하고 있었다.

그런데 막상 거식증과 헤어지려니 겁이 난다. 10여 년 동안 함께해왔는데. 거식증은 이제 나의 일부인데.

∴

내 첫 글이 「타임스」에 실린 대망의 주말, 우리는 해외여행

중이었다. 톰은 고속 여행과 영국에 문호를 개방하는 유럽을 주제로 기사를 준비하고 있었다. 이에 우리는 그해 가을과 겨울 내내 벨기에의 안트베르펜과 브루게, 네덜란드의 로테르담, 스페인의 히로나 등 유럽의 멋진 도시를 순례했고, 11월 중순인 그 주말에는 스위스의 로잔으로 떠났다. 나는 거식증을 주제로 글을 쓰고 있다고 우리 가족 외에는 아무한테도 알리기 않았기에 탈출할 수 있는 기회가 반가웠다.

그 여행의 기억은 죽을 때까지 잊지 못할 것이다. 아침 일찍 출발한 우리는 금요일 저녁, 오랜 기차 여행으로 지친 몸을 이끌고 로잔의 보리바지 호텔에 도착했다. 주말 여행을 할 때마다 늘 그렇듯 촛불을 몇 개 켜고 같이 거품 목욕을 하며 천천히 여독을 풀었다. 그리고 룸서비스로 저녁을 주문한 다음 「와이어」를 몇 편 시청했다. 우리는 쉴 새 없이 여행을 하는 동안 DVD 박스 세트에 중독된 터였다. 「다운타운 애비」에서부터 「매드 멘」, 「셰임리스」에 이르기까지 늘 하나씩 챙겨가지고 다녔다. 이번 주에 톰이 구입한 「와이어」는 우리 둘 다 첫 회부터 놓친 다섯 번째 시즌이었다. 우리는 이 드라마가 컬트 고전 반열에 오른 이유가 뭔지 서로에게 계속 물어가며 배배 꼬인 내용을 한 회, 두 회 계속 시청했다. 대본은 구제 불능이고, 배우들의 연기는 편차가 심하며(도미니크 웨스트의 미국 억양은 듣기 괴로울 정도였다!), 줄거리는 이해 불가능이라는 데 우리 둘 다 동의하는 바였지만, 그래도 중독이

돼서 멈출 수 없었다.

우리가 묵은 곳은 제네바 호의 전경이 내려다보이는 펜트하우스 스위트룸이었다. 천장이 높고 우아한 분위기의 침실, 따로 분리된 거실, 널찍한 대리석 욕실을 갖춘 곳이었다. 우리는 저녁을 먹은 뒤 호수로 내려가 어두컴컴한 호숫가를 따라 거닐었다. 쌀쌀했지만 공기가 맑고 하늘에 별빛이 가득했다. 객실로 돌아가던 길에 호텔 바에 들러 술을 한 잔씩 마시고-나는 베일리스를, 톰은 아마레토를 마셨다-자정 무렵 잠자리에 들었다.

나는 말똥말똥하게 누워서 내가 저지른 짓을 걱정했다. '지금쯤 신문이 인쇄소에 있겠지. 지금쯤 차에 실렸겠지. 내가 도대체 무슨 짓을 저지른 걸까? 없던 일로 되돌릴 수 없을까?' 폭탄을 던져놓고 도망친 듯한 심정이었다. '로잔에 눌러앉으면 어떨까?' 이런 생각도 들었다. 그레이엄 그린*이 말년을 보낸 곳이니까 그리 나쁘지는 않을 텐데. 부끄러운 고백을 피해 숨고 싶었다. 십대도 아니고 다 큰 어른이 식이장애라니. 앞으로 어떻게 될까? 이제 나는 먹기 시작해야 하는 걸까? 한번 먹기 시작한 뒤로 멈추지 못하는 내 모습이 그려졌다. 새벽 4시쯤이 되어서야 나는 간신히 잠이 들었다.

다음 날에는 둘 다 아침 일찍 일어났다. 톰은 밤새 푹 자고

---

* 「타임스」 편집 기자로 일하다가 전업 소설가가 되었다.

　　　　　　　　　　　　　　　　하루에 사과 하나

원기를 회복했다. 나는 기운이 없었지만 내색하지 않고, 수영장과 스파가 있는 곳으로 내려갔다. 유리창 너머로 파란색의 거대한 호수가 내려다보이는 근사한 공간이었다. 피트니스 센터에는 러닝머신 위에서 달리는 스위스 금융업자들이 몇 명 있었지만, 수영장에는 아무도 없었다. 우리는 수영장을 몇 바퀴 왕복한 뒤 호수를 물끄러미 내려다보았다. 물속에 몸을 담갔더니 기운이 나고 기분도 좋아졌다. 객실로 올라가서 내가 샤워를 하는 동안 톰이 아침을 주문했고, 우리는 목욕 가운을 입은 채 발코니에 앉아 커피를 홀짝였다.

아침과 함께 신문이 도착했다. 주말 섹션을 펼치자 옅은 분홍색 카디건과 감색 스키니 진을 입은 내 모습이 양면에 걸쳐 우리를 맞이했다. 그 전주에 「타임스」 사진기자가 집으로 찾아와서 찍은 사진이었다. 그는 텍사스에서 조지 W. 부시를 촬영한 적도 있다고 떠들며 연신 셔터를 눌렀다. 그 후로 나는 「타임스」 측에서 어떤 사진을 쓸지, 내 원고가 최종적으로 어떻게 실릴지 연락받은 바가 없었다. 그런데…… 헤드라인이 충격적이었다. '어느 32세 거식증 환자의 일기'. 거식증이라는 수치스러운 단어 때문에 얼굴이 화끈거렸다. 정말 이게 내 이야기일까? 굵게 적힌 내 이름이 도드라져 보였다. 그러니 의심의 여지가 없었다.

우리는 식탁 위에 신문을 펼쳐놓고 아무 말 없이 읽었다. 내 거식증이 활자를 통해 만천하에 공개됐다. 솔직하게 글을 쓰는 게 내 목적이기는 했지만, 이런 기분일 줄은 몰랐다. 내가 순진했던 걸까? 고해성사식 저널리즘도 있긴 하지만, 이건 달랐다. 누군가가 내 일기장을 입수해 출간한 것 같았다.

글을 다 읽었는데 기분이…… 괜찮았다. 조금 쓰리긴 했지만 그래도 괜찮았다. 사진은 그 정도면 양호했다. 헤드라인이 끔찍하기는 했지만('거식증 환자'라는 그 꼬리표가) 내 실제 원고를 마음대로 뜯어고치지는 않았다. 나는 고개를 돌려 톰을 바라보았다. 그의 두 뺨 위로 눈물이 흐르고 있었다. "당신이 정말 자랑스러워." 그가 식탁을 돌아 나와 나를 안아주었다.

⋮

로잔에서 다시 런던으로 돌아간 직후, 나는 폭발적인 반응을 실감했다. 모르는 사람들, 친구들, 옛날 남자친구들이 보낸 이메일이 수백 통이었다. 처음에 부끄러웠던 것도 잠시, 나 혼자만의 문제가 아니었다는 깨달음이 찾아왔다. 많은 여성들이 자기 몸에 불만을 가지고 있다는 건 이미 아는 사실이었지만, 그렇게까지 먹는다는 행위와 자신의 식욕을 혐오하는지는 몰랐다. 마찬가지로 거식증 때문에 고생하는 남성들이 그렇게 많은 줄도 몰랐다. 환자의 남편, 애인, 아버지가 보낸 이메일이 한두 통이 아니었다.

독자들의 이메일을 읽는데 만감이 교차했다. 내 경험을 기록

 하루에 사과 하나

으로 남기려는 의도였건만 여러 사람들에게 공감을 불러일으킨 모양이었다. 희한하게 기분이 좋기도 하고 나쁘기도 했다. 사람들이 내 글을 읽고 거식증에 대해 이야기하기 시작했다니-아버지와 딸이 난생처음 그 이야기를 꺼냈다는 메일도 있었다-경외감이 느껴졌지만, 내가 끝까지 마무리할 능력도 안 되면서 폭로한 것 같아서 겁이 났다(어린 시절, 아주 높은 창밖으로 달걀을 던지고 내다보니 저 아래서 어떤 사람이 차를 몰고 가다 씩씩거리던 때가 생각났다).

책임감이 느껴졌다. 실제 사람들의 인생이 걸린 문제였다. 모든 이에게 비밀로 했던 젊은이들, 부모님에게 잔뜩 걱정을 끼친 아이들. '거식증'이라는 단어를 쓰고 문제를 인정했다는 게 물론 중요하지만 이제 벌레가 담긴 깡통 뚜껑이 열린 셈이었다. 나는 조심스럽게-솔직하지만 조심스럽게-글을 써야 한다는 사실을 터득했다. 활자의 힘을 초기에 실감한, 좋은 경험이었다.

어떤 여성 독자는 이런 이메일을 보냈다.

내 이야기를 신문에서 읽은 심정이에요. …… 당신의 도전이 나의 도전이에요. 예정에 없던 음식 먹기, 침대에서 벌떡 일어나 러닝머신으로 달려가지 않기 등등. 그저 먹기만 하면 될 텐데 그게 제일 어렵네요. 그래도 먹는 거 자체가 약이니, 당신을 따라서 나도 먹을게요.

그 말이 내 심금을 울렸다. '당신을 따라서 나도 먹을게요.'

로잔에서 주말을 보내고 독자들의 응원 메일을 받았을 때만
해도 모든 게 꿈같았는데, BBC 「월드 서비스」와 BBC 라디오 4에
서 방송되는 「우먼스 아워」와 인터뷰를 하고 여러 출판사와 만난
이후에 나는 무너졌다. 내가 그걸 가벼운 신경쇠약이라고 표현하
는 이유는 증상이 비슷했기 때문이다. 몇 년 만에 처음으로 울음
이 터졌는데 멈출 수가 없었다. 나는 꼬박 7일 동안 집 안에 틀어
박혔다. 맨몸을 드러내는 듯한 기분이라 집 밖으로 나갈 수가 없
었다. 전화가 와도 받지 않고, 이메일도 확인하지 않았다. 먹지도
않고-거식증을 포기하기로 결심한 것에 대한 과격한 반작용이었
다-잠도 자지 않았다. 뜨거운 욕조에 들어앉아 T. S. 엘리엇의 시
집을 읽고(위기의 순간마다 효과가 좋았다), 운동복 바지를 입고 집
안을 돌아다니며 울 뿐이었다.

우는 능력이 되돌아왔을 때의 그 경이로운 기분이란! 그 일
주일이 끔찍하기는 했지만, 그때 흘린 눈물이 치유를 향해 내딛
은 첫걸음이었다고 생각한다. 거식증에 걸리면 감정이 얼어붙고
메마르게 된다. 감금증후군*과 비슷하다고 보면 된다. 후회, 질투,
절망과 같은 감정을 느낄 수는 있지만, 어딘가 차단된 상태가 된

 하루에 사과 하나

다. 몸은 비상체제로 돌입해서 극히 기본적인 활동에만 전념한다. 아이를 키울 수 없기에-임신이라는 도박을 저지를 수 없는 것이다-월경이 끊기는 것처럼 잉여 감정도 모두 말라버린다. 유입되는 연료가 워낙 없으니 잉여가 생길 수 없다.

나는 원래 다혈질, 그러니까 전형적인 전갈자리였다. 내가 느끼는 감정과 늘 '교감'했다. 사랑과 증오, 흥분, 극적인 상황과 참담한 사태……. 그런데 거식증에 걸리면서 그 모든 게 말라버렸다. 여성호르몬에 따라 기분이 오르락내리락하고, 월경 전이면 우울해지면서 눈물이 나던 것도 완전히 없어졌다. 그래서 울음이 터졌을 때 겁이 났지만, 그래도 엄청난 해방감을 느꼈다. 나는 오랫동안 외면했던 병을 마침내 솔직하게 공개했다. 드디어 조치를 취할 마음을 먹었다.

수많은 독자들이 내게 감사의 편지를 보냈지만, 사실은 내가 감사해야 한다. 만감이 교차하는 와중에도 독자들의 반응이 있었기에 제대로 살아보겠다는 나의 이기적인 욕망이 이기적이지 않게 느껴졌다. 나의 투쟁이 개인적인 차원을 넘어서고, 나에게 임무가 주어진 것처럼. 거식증의 중심에 똬리를 틀고 있는 것이, 나는 일말의 존재 가치도 없다는 믿음이다. 나는 내 몸이 말하는 소리에 귀를 기울이거나 허기에 반응할 자격이 없다는, 나는 먹

* 의식은 있지만 전신마비로 인해 외부자극에 반응하지 못하는 상태

을 자격이 없다는 믿음. 이제 내 이야기를 읽고, 나의 뒤를 따르고, 나에게 주목하는 사람들이 있었기에 거식증을 극복하는 데 전념할 이유가 생겼다.

나는 기필코 다른 환자들에게 호전될 수 있다는 걸 보여줄 것이다. 나는 눈에 확 들어왔던 그 문장을 지금도 되뇌고 있다. '당신을 따라서 나도 먹을게요.' 사람들이 매주 나에게 이메일을 보내는 이유가 그 때문이다. 거식증이 그만큼 외롭고 무섭기 때문에, 한 걸음 움직일 때마다 응원이 필요하기 때문에. '당신을 따라서 나도 먹을게요.' 그것이 내가 얼굴도 모르는 수많은 사람들에게 한 약속이고, 그들이 내게 한 약속이다.

⁘

그들뿐 아니라 나를 위한 일이기도 했다. 그만큼 나는 해결책이 간절했다. 거식증은 중독이자 충동이고, 뇌 질환이자 버팀목이다. 아무 생각 없이 중독이라는 단어를 쓴 게 아니다. 내 경우는 분명 굶주림 중독이다.

내가 공개적으로 도전한 이유는 달리 아는 방법이 없었기 때문이다. 심리치료, 약물, 결심 등 다른 모든 방법이 실패했으니 이 방법만큼은 성공했으면 싶었다. 언제까지 쫄쫄 굶을 작정인 건데? 내가 10년 동안 외면해왔던 이 질문이 머릿속을 계속 맴돌았

　　　　　　　　　　　　　　하루에 사과 하나

다. 나는 솔직하고 생각과 표현이 명확하다고 자부하는 사람이지만, 거식증에는 엄청난 자기기만이 수반된다. 그래서 다른 사람들과 나 자신을 속여왔지만, 계속 아닌 척 시치미를 뗄 수가 없었다. 무언가가 나를 뒤흔들었다. 아이를 갖고 싶은 마음이었을까, 내 나이도 삼십대 초반으로 접어들었다는 깨달음이었을까, 다시 생에 동참하고 싶다는 열망이었을까. 거식증을 앓는 한 영원히 덫에 갇혀 지내야 한다는 것은 분명했다.

그리고 톰도 있었다. 내가 거식증을 극복할 수 있다고 믿지 않더라도, 나 자신을 구제하고 싶은 마음이 없을지라도 이제는 톰을 생각해야 했다.

CHAPTER 2

어느 거식증 환자의 남자친구

톰을 만났을 때 나는 남자를 찾고 있지 않았고, 분명 사랑도 찾고 있지 않았다. 솔직히 말해서 밖에 나갈 생각조차 없었다. 가랑비가 내리는 2월의 어느 저녁이었고, 나는 오전 7시부터 사무실을 지키고 있었다. 그 당시 나는 런던의 어느 출판사에서 기획 편집자로 근무하고 있었는데(스물한 살 때부터 출판계에 근무했고 주로 심리학과 인문학 서적을 만들었다), 늘 그렇듯 짜증 나는 회의가 이어졌고, 나는 누군가와 수다를 떨거나 어울릴 기분이 아니었다. 자전거를 타고 집으로 돌아가서 뜨거운 욕조에 몸을 담갔다가 책을 읽고 잠자리에 눕고 싶은 마음뿐이었다. 그런데 애초에 무슨 생각으로 소개팅을 하겠다고 했는지 모를 일이다. 새로운 남자친구는커녕 나를 위해 쓸 시간조차 없었으면서.

정말 내키지 않았다. 하지만 이제 와서 바람을 맞히면 상대방에 대한 예의도 아닐뿐더러 조금 궁금한 마음도 있었다. 게다가 도대체 왜 내가 선택이 된 걸까? 중간에서 주선한 사람은 우리 어머니의 가장 친한 친구의 딸, 리어였다. 몇 년 동안 못 만났고, 가까운 사이라고 할 수도 없었다. 그 남자와 나의 어떤 점을 보고 리어가 우리 둘을 연결시켜주어야겠다고 생각했는지 궁금했다.

나는 나가되 딱 한 잔만 마시기로 했다. 상대가 별종이거나 따분하면 30분만 앉아 있다 일어나야겠다고 생각하며 회사 화장실에서 옷을 갈아입었다. 암청색 실크 톱과 짙은 감색 청바지(분위기가 좋을 경우에 대비해 깔끔하면서도 섹시한 옷을 골랐다)로 갈아입고 향수를 살짝 뿌리고 화장을 고치자 준비 완료!

그런데, 비가 내리는 와중에 인파를 헤치며 해머스미스 브로드웨이*를 걷는데 긴장이 된다기보다 살짝 불안했다. 해머스미스를 소개팅 장소로 정하다니 솔직히 별 볼 일 없는 남자일 것 같았다. 톰을 만난 뒤로 모든 게 달라질 줄은…… 꿈에도 몰랐다.

나는 리릭 바의 유리문을 열고 들어가 잠깐 멈추어 섰다. 남자 서넛이 고개를 들었지만, 그중에서 누가 내가 찾는 사람인지 알 수 없었다. 천년만년 같은 몇 초가 흐른 후, 안경을 낀 젊은 남

* 지하철역과 버스 정거장을 갖춘 런던 서부의 쇼핑센터

   하루에 사과 하나

자가 벌떡 일어나 책을 흔들었다. 그는 체구가 작고 옷차림이 단정했으며 왠지 모르게 낯이 익었다. 개구리 커밋*을 닮았다고 해야 하나, 꼬마 유령 캐스퍼를 닮았다고 해야 하나? 아니다. 안경하며 귀하며 진지한 괴짜 같은 분위기하며, 딱 방송인 앤드류 마였다. 그는 감색 캐시미어 스웨터와 옅은 파란색 셔츠, 청바지를 입고 있었다. 가죽 신발은 고급스러웠다.

우리는 의례적인 자기소개를 주고받았다. "누구누구 맞으시죠? 그쪽은 누구누구 맞으시죠? 오래 기다리신 건 아닌지 모르겠네요……." 그러고는 어색한 순간. 우리는 급히 구석자리 테이블에 앉았다. 조명은 어두웠고, 클래식 음악이 나지막이 흐르고 있었다. 톰은 페로니 맥주를 반 병 비운 터였고, 그걸로 봐서는 한참을 기다린 것 같았다. 아니면 꽤 긴장했거나.

술을 몇 모금 마시자 우리 둘 다 긴장이 풀리면서 적당히 열이 오르기 시작했다. 맨 첫 번째 주제는 당연히 이번 소개팅이었다. 우리 둘 다 나오기 전까지 불안했다고 실토했는데, 알고 보니 톰도 약속을 취소하고 싶었다는 게 아닌가. 이로써 어색했던 분위기가 사라졌고, 그 뒤로 폭풍 수다가 이어졌다. 술을 한 잔 더 주문하느라 바에서 기다리는데 슬며시 웃음이 나왔다. '그러니까 이 사람이 톰이란 말이지. 이 정도면 양호한데?' 벼락같은 사

* 미국 어린이 프로그램 「세서미 스트리트」에 나오는 캐릭터

랑은 절대 아니었다. 그의 셔츠를 찢거나 함께 어디론가 도망치고 싶지는 않았으니까. 하지만 즐거웠다. 나는 여자 화장실 창문으로 빠져나가려던 생각을 접었다.

첫 번째 데이트는 해머스미스 지하철역이라는 그다지 낭만적이지 못한 장소에서 막을 내렸다. 형광등 불빛이 그윽했던 리릭 바와 불쾌한 대조를 이루는 바람에 분위기가 살짝 망가졌다. 사람들이 피커딜리 노선 입구에 서 있는 우리를 거칠게 떠밀며 지나갔고, 작별 인사를 나눌 땐 또다시 어색한 분위기가 되었다. 톰이 명함을 뒤지다 못 찾기에 내가 내 명함을 주었다. 나는 막차를 타고 집으로 향하며 그에 대한 느낌이 어떤지, 다시 만날 마음이 있는지 곰곰이 생각해보았다. 딱 잘라 결론을 내릴 수가 없었다.

엄마, 단짝 친구, 언니와 여동생이 문자를 보내고 전화를 했다. "어땠어? 톰이라는 사람, 어떤 사람이었어? 네 짝인 것 같아?" 나는 뭐라고 대답하면 좋을지 알 수가 없었다. "둘이서 얘기 많이 했어." 나는 겨우 이렇게 답했다. 그리고 그 뒤로 우리의 얘기는 끊긴 적이 없다.

⁘

내가 언제부터 톰을 사랑하게 됐는지는 잘 모르겠다. 아마

하루에 사과 하나

처음 몇 달에 걸쳐 점점 더 빠져들게 되었을 것이다. 함께 보내는 시간이 많아지고 여행도 자주 하면서 우리 둘의 삶이 서서히 하나로 합쳐지기 시작했다. 우리는 시작한 지 얼마 안 된 연인답게 조심스럽게 미래의 계획들을 세웠다. 떠오른 생각들을 의논하고 상대방이 쓴 글을 읽고, 책과 음악을 공유하고, 양가 식구들도 만났다. 양쪽 모두 지적인 집안이라 우리는 서서히 마음의 문을 열 수 있었다. 하지만 내 문제까지, 그중에서도 특히 음식에 관련된 문제까지 공유할 생각은 없었다.

나를 그냥 내버려두었더라면 거식증에 대해서 그와 함께 대화를 나눌 일은 죽을 때까지 없었을 것이다. 그런데 만난 지 몇 달이 지났을 때 그 이야기가 자연스럽게 수면 위로 떠올랐다. 톰이 중앙지 여행전문 기자라 우리는 그때도 평소처럼 여행을 떠났다(만나고 처음 1년 동안 우리가 런던을 비운 게 52주 중에서 47주였다). 이번에는 새로 생긴 친환경 고급 호텔 겸 스파를 둘러보러 코펜하겐으로 떠나는 길이었다.

우리를 기다리는 초호화 호텔과 스파 그리고 아름다운 도시. 완벽해야 맞는 거였다. 그런데 왠지 모르게 시작부터 삐끗했다. 피곤해서 그랬는지, 먹은 게 없어서 그랬는지, 내 우울한 천성 때문인지 몰라도 정상적인 컨디션으로 되돌아가려고 있는 힘껏 발버둥 쳐야 했다. 히스로 공항에서 비행기를 기다리다 급기야 화장실 세면대 앞에서 울음이 터질 뻔했다. 주말은커녕 앞으로 5분을 무슨 수로 버티나 싶었다. 나답지 않은 일이었다. 내가 감정의 기복이 있기는 해도 눈물이 많지는 않은데.

영국해협에 낀 안개 때문에 런던을 출발하는 비행기의 이륙이 지연됐다. 우리는 폭풍우를 뚫고 금요일 밤 늦게 코펜하겐에 도착했다. 되는 대로 저녁을 때우고(톰은 핫도그로, 나는 바나나로) 짐을 대충 푼 다음 침대 위로 쓰러졌다. 톰이 팔을 뻗어 나를 쓰다듬고 잘 자라는 의미에서 품에 안으려고 했다. 그는 열흘 동안 콜롬비아로 출장을 다녀온 길이었다. 그런데 나는 아무 반응도 보이지 못한 채 뻣뻣하게 굳은 몸을 반대편으로 웅크렸다. 그와 입을 맞추기도 싫었고, 그의 손길도 싫었다.

우리는 그렇게 어둠 속에 누워 있었다. 나는 이불을 움켜쥐고 침대 끝에 대롱대롱 매달린 채, 그는 나를 향해 팔을 쭉 내민 채. 몇 분간 정적이 흘렀을 때, 그가 한숨을 쉬더니 잠잠한 허공에 대고 큰 소리로 내 이름을 불렀다. 나는 대답 없이, 그가 잠들기만 바라며 기다렸다. 그가 손을 뻗어 내 목덜미를 쓰다듬고 머리카락을 만지작거리는데 아무 느낌이 없었다. 너무 고요해서 우리 둘이 눈을 깜빡이는 소리까지 들릴 지경이었다. 나는 비명을 지르고 싶었고, 떠나고 싶었다.

이윽고 톰이 물었다. "엠마, 그러지 마. 왜 그래?" 나는 아무 말도 하지 않았다. "당신이 보고 싶었어. 그리웠다고. 우리 거의 2주나 떨어져 있었잖아. 당신을 품에 안고 싶은 생각뿐이야." 톰

  하루에 사과 하나

의 성격을 감안했을 때 수위가 높은 발언이었다. 지금은 제법 잘 하지만 초창기에는 낯간지러운 말에 영 재주가 없었다. 그런데도 나는 뭐라고 대답하면 좋을지 알 수가 없었다. 잠자리가 싫어서 그런 건 아니었다. 그저 어떤 것도, 누구와도 가까이 있고 싶지 않았다. 누가 나를 건드리는 게 싫었다. 금방이라도 폭발할 것처럼.

우리는 아무 말 없이 그렇게 한참 동안 누워 있었다. 그러다 결국 내가 다가가 그의 이마에 입을 맞추고 그의 손을 잡았다. 우리는 그렇게 기둥이 네 개 달린 널찍한 침대 위에 손을 맞잡고 누워 있었다. 10분 정도 지났을 때 잠이 들었음을 알리는 톰의 규칙적인 숨소리가 들렸다. 나는 정신없이 오락가락하는 생각들을 어찌하지 못한 채 뜬눈으로 누워 있었다. 이렇게 피곤한데도 잠을 이루지 못하다니 있을 수 있는 일인가 싶었지만, 나는 신경을 꺼버릴 줄 모르는 사람이었다. 코펜하겐의 그날 밤은 그야말로 내 생애 최악의 시간이었다. 누군가의 옆에 누워 있으면서 그토록 처절하게 외로울 수 있다니. 처음에는 피곤할 뿐이었지만, 급기야 평온하게 잠든 톰의 얼굴에 화가 났고 나중에는 좌절감이 밀려왔다. 새벽 5시쯤, 나는 하얀색 시트를 몸에 둘둘 감고 일어나 비상탈출구 문을 열었다. 쌀쌀하고 여전히 비가 오고 있었다. 나는 바깥에 달린 철제 계단 위에 앉았다.

얼마 안 돼서 톰이 졸린 눈으로 문가에 등장했다. 그가 안으로 들어가자고, 따뜻한 침대 속으로 들어가자고 열심히 달랬지만, 나는 차가운 철제 계단 위에서 꼼짝할 수 없었다. 나는 양손에 얼굴을 묻었고, 그런 나를 그가 품에 안았다. 나는 잠이 부족해서 머리가 어지러웠고(그날뿐 아니라 몇 주 아니 몇 달째 수면 부족이었다) 아무 말도 할 수가 없었다. 모든 게 엉망진창인 것 같았다. 모든 게 새벽의 회색빛처럼 암울하게 느껴졌다. 우리 둘이서 바꿀 수 있다고, 자기가 돕겠다고 다정하게 속삭이는 톰의 목소리가 어디에선가 들려왔지만, 아무 느낌이 없었다. 그가 내 어깨에 고개를 기댔고, 우리는 얇은 시트 몇 장으로 몸을 감싼 채 부들부들 떨며 한참 동안 그렇게 앉아 있었다. 이런 생각을 했던 게 선명하게 떠오른다. '딱한 사람. 낭만적인 미니 휴가를 기대했을 텐데.'

이윽고 동이 텄고, 비가 쏟아지던 그 계단 위에서 우리는 마침내 거식증에 대해 솔직하게 이야기를 나누었다.

∴

톰은 이미 내 문제를 알아채고 있던 것 같았다. 그리고 내 문제의 원인이 뭔지 나름대로 이론을 구축해놓은 것 같았다. 그가 말을 꺼냈다. "엠, 당신은 어마어마하게 운동을 하면서 어떨 때는 하루 종일 아무것도 먹질 않잖아. 내가 전문가는 아니지만 생각해보면 하루를 마치고 누웠을 때 당신 몸은 결핍 상태 아니

 하루에 사과 하나

겠어? 여유가 없으니까 긴장을 풀지 못하는 거야. 먹는 양을 늘려야 해. 에너지를 소모하는 양만큼. 규칙적으로 챙겨 먹으면 밤이 됐을 때 당신 몸도 긴장을 풀고 신경을 끌 수 있을 거야. 안 그래?" 그는 자기도 모르는 새 거의 정곡을 찔렀고, 나는 아무 말 없이 어색하게 고개를 끄덕였다. 지금이야 다 아는 얘기지만, 둘이서 터놓고 의논한 건 그때가 처음이었다. 나는 순간 정체가 탄로 난 듯한 기분이 들었다.

나는 멀쩡한 척 톰에게 설명했다. 그저 갑자기 몸이 말을 안 듣는다고. 그래서 잠을 자지도, 일어나서 침대로 가지도, 아침을 먹으러 1층으로 내려가지도 못하겠다고. 그는 모노톤으로 이어지는 독백을 꾹 참고 들은 뒤 상황을 정리하러 나섰다. 객실 안으로 뚜벅뚜벅 걸어가 욕조에 뜨거운 물을 받고 거품을 풀었다.

내가 욕조에 눕자 톰이 문을 닫았다. 옆방에서 그가 침대를 정리하는 소리가 들렸다(지금까지 그의 뒤를 쫓아다니며 욕실 바닥에 팽개쳐놓은 수건, 와인 잔으로 어지러운 침실을 정리한 게 한두 번이 아니었기에 망정이지 안 그랬으면 미안했을 것이다). 나는 창피했고, 간밤의 일 때문에 불안했다. 누구에게든 약한 모습을 보이는 게 나로서는 익숙지 않았다. 나는 좋은 향기가 나는 뜨거운 물에 수건을 적셔 두 뺨과 이마, 지끈거리는 눈꺼풀을 눌렀다. 축축한 수건으로 누르고 있었더니 어두컴컴하고 따뜻했다. 눈을 감고 수건 뒤로 숨은 채 욕조 속에 계속 있고 싶었다. 따뜻한 목욕에 불과했지만, 내게는 구세주였다.

내가 하얀 가운을 입고 깔끔하게 정리된 침대에 앉아 있는 동안 톰이 1층으로 내려가 내가 먹을 수 있을 만한 음식들을 조심스럽게 골라서 쟁반에 담아가지고 올라왔다. 거식증이 없는 다른 세상이었다면 대니시 페이스트리나 크루아상, 버터를 바른 토스트와 산딸기 잼, 견과류가 들어간 빵이나 시큼한 맛이 나는 빵, 오븐에 따뜻하게 구운 롤빵으로 하루를 시작할 수 있었을 것이다. 나도 먹는 걸 좋아한다. 나도 남들처럼 맛있는 음식을 좋아한다. 먹지를 못할 뿐.

나는 빵 대신 커피 수십 잔과 과일 한 접시를 먹었다. 잘게 자른 파인애플과 키위, 딸기가 얼마나 맛있던지, 내가 영양 및 수면 부족으로 얼마나 심각한 탈수 상태였는지 느낄 수 있었다. 톰은 내가 커피를 충분히 마셨는지 확인한 다음 잽싸게 토스트 두 조각과 치즈와 햄이 든 갈색 롤빵을 해치웠다.

어쩌면 그걸 다 먹을 수 있을까? 거식증에 걸리면 이렇게 말도 안 되고 심술궂은 생각을 하게 된다. '왜 그렇게 식탐이 많을까? 나는 쫄쫄 굶고 있는데 어떻게 그 맛있는 음식들을 혼자 다 먹어치울 수 있지? 그러고도 어떻게 그렇게 날씬한 거지?' 그런 생각을 하면서 인상을 쓰고 사과를 또 한 개 우적우적 씹어 먹는다. 다른 걸 먹어도 말릴 사람이 없는데. 오히려 몸에 좋은 그런 음식을 먹일 수만 있다면 주변에서 무슨 짓이든 불사할 텐데.

 하루에 사과 하나

아침을 먹은 뒤 우리는 가운을 입은 채 나란히 베개에 머리를 기대고 침대에 앉아서 다시 이야기를 나누었다. 톰은 살면서 누릴 수 있는 좋은 것들과 앞으로 기다려지는 모든 일들을 조목조목 나열했다. 처음으로 아이 이야기도 꺼냈다. "당신이 아이를 얼마나 예뻐하는지 생각해봐. 당신 아이가 생기면 얼마나 경이롭겠어." 지금 우리 아이를 낳는 문제에 대해 의논하고 있는 거라는 생각이 들자 심장이 쿵쾅거렸다. 톰은 하던 이야기를 계속했다. "어제 공항에서 본 가족이랑 그 집 아이들 생각나지? 당신이 그 조그만 아기랑 노는 걸 지켜보는데, 그렇게 아름다운 당신 모습은 처음이었어. 그리고 당신이 처형네 아이들이랑 있었을 때 말이야." 케이티 언니는 아이가 셋이었다. 딸 둘에 갓 태어난 아들 하나. "꼬맹이 시어를 안고 있는데, 천생 엄마라는 생각이 들더라."

그렇게 특별한 순간에 찬물을 끼얹고 싶지는 않았지만, 진실을 밝혀야 했다. 나는 말할 게 있다고, 지금 당장은 아이를 가질 수 없는 상태라고 우물우물 중얼거렸다. 정확히 뭐라고 했는지 기억은 안 나지만, 말의 앞뒤가 안 맞고 창피했다. 톰은 조용히, 부드럽게 몇 가지 묻더니 매끼마다 조금씩 더 먹을 수 있게 옆에서 돕겠다고 했다. 그 말을 듣고 나는 당연히 겁에 질렸다. 지금도 먹는 양을 늘리는 생각만 하면 나의 공고한 세계가 위협받는 느낌이다. 그는 나더러 절대 뚱뚱해질 리 없다고, 임신과 수면과 우리의 행복을 위해 먹어야 하는 거라고 말했다.

터놓고 이야기하는 게 중요하다는 걸 지금은 알지만, 그때는 얼마나 수치스러웠는지 모른다. 비밀을 영원히 간직할 수 없다는 건 나도 아는 바였고, 어려운 일이 생기면 상의하는 것이야말로 어른스러운 반응인데도 말이다. 톰은 나를 잣대질하거나 경멸하지 않았다. 솔직히 그렇게 놀란 것 같지도 않았다. 지나치게 적은 식사량과 지나치게 많은 운동량의 상관관계를 이미 파악한 것이다. 난소의 기능이 멈추었다는 내 애매모호한 표현도 알아들었다. 나는 일시적인 증상이라 얼마든지 원래대로 돌아갈 수 있다고 설명했다. 병원에서 받은 진단에 따르면 나는 불임이 아니라 단순히 저체중이라고. 톰은 사랑한다고, 조금씩 차차 좋아질 수 있게 무슨 방법으로든 돕겠다고 계속 같은 말을 반복했다.

남은 주말 내내 나는 피부가 한 꺼풀 벗겨져나간 듯한 것처럼 그렇게 쓰라렸다. 지금도 코펜하겐을 떠올리면 비를 맞으며 자전거로 돌아다닌 히피 분위기의 크리스티아나 근교와 더불어 톰과 함께한 시간, 그 새로운 출발이 생각난다. 그 끔찍했던 밤과 아침을 보낸 뒤로 우리 둘 사이의 거리가 한 차원 더 좁혀졌다. 이 남자, 나를 있는 그대로 받아들이다니 놀랍기도 하지.

∴

그런데 그게 맞는 걸까? 그가 모든 걸 알 수 있을 때까지, 나

하루에 사과 하나

한테 남은 게 아무것도 없을 때까지 서로 이야기하고 또 이야기하는 게 맞는 걸까? 나는 식사와 체중과 건강에 대해 이야기를 나눈 뒤로 모든 걸 공개해야만 할 것 같은 압박감을 느낀다. 그런데 그게 힘겹다. 성가시고 불편하고, 그가 아는 게 너무 많은 것 같아서 계속 신경이 쓰인다. 거식증 얘기까지 나왔으니 나의 모든 게 공개된 셈인데…… 우리 둘이 사귄다고 해서 그에게 모든 걸 털어놓아야 하는 이유가 뭘까? 가끔 존엄성이 바닥에 떨어진 듯한 기분이 들 때도 있다. 그리고 그럴 때면 아주 멀리 도망치고 싶다.

그로부터 2년이 지난 지금도 상실감은 여전하다. 우리가 왜 대화를 나눈 거지? 내가 왜 코펜하겐에서 그런 식으로 속을 털어놓은 거지? 나는 함께하자고 강요당하는 게 싫다. 이건 내 문제이고 나만의 생지옥인데. 그런데 왜 내가 먹는 문제가 우리의 일상적인 화제가 된 거지? "넌 살 좀 쪄야 돼. 내가 베이글 하나 갖다 줄게. 점심 거르지 않겠다고 약속해." 나는 다른 사람의 도움을 바란 적도 없고 청한 적도 없다. 내 프라이버시가 침해당한 것만 같다. 남자들은 모두 쓸모 있는 인간이 되고 싶은 심리가 있지 않은가. 톰 역시 그런 사명감으로 내 문제에 끼어들려고 하는 게 아닐까.

아니다, 이건 '나만의' 문제가 아니다. 이 사실을 인정하기까지 오랜 시간이 걸렸지만, 식이장애는 나만의 문제가 아니다. 나는 지극히 개인주인적인 사람으로서 '사과할 필요도, 해명할 필요도 없는 인생을 살자'는 우리 아버지의 생활신조를 그대로 이어받았지만, 이건 아니다. 나는 톰에게 사과를 해야 하고, 톰의 도움을 받아들여야 한다.

세상에 완벽한 관계는 없다. 우리 둘 다 타협하는 법을 배워나가고 있는 것 같다. 우리 둘 다 각자의 단점을—나는 고집스러운 독립심, 그는 얼토당토않은 질투심(내 반경 1.5킬로미터 이내로 접근하는 남자는 물론이고 남자라면 친구, 동료, 지인, 낯선 사람까지 모조리 질투한다)—인정했으니, 이제 고치는 일만 남은 건가? 비 오던 그날 저녁, 예상 밖의 소개팅을 통해 우리가 만난 것처럼 예상 밖으로 모든 게 쉽게 풀릴지도 모른다.

∴

예컨대 지난주 어느 날 아침만 해도 낙천주의가 왈칵 샘솟았다. 내 경우에는 보통 1월이 1년 중에서 가장 우울한 달인데, 올해에는 긍정적인 생각과 희망으로 가득하다. 새해가 밝았고 나는 달라지기로 마음을 먹지 않았는가. 나는 톰의 집에서 하룻밤을 보낸 뒤 같이 아침 식탁에 앉아 신문을 함께 보며 헤드라인에 대해 이야기를 나누고, 출근을 해야 된다고 귀엽게 투덜거리며 커피를 홀짝이고 아침을 먹었다. 나는 산딸기, 톰은 잼을 바른 토

하루에 사과 하나

스트였다. 간밤에 잠을 설쳐서 나중에 피로가 몰려올 것 같았지만, 그 순간만큼은 내가 있어야 할 자리를 찾았다는 기분이 날 채웠다. 샤워를 해서 젖은 머리에 파란 셔츠와 청바지를 입고, 내가 도망가기라도 할 것처럼 토스트를 와구와구 삼키는 톰을 보고 있노라니 행복해서 가슴이 저릴 정도였다. 오랫동안 나만의 공간을 사수하다 정상인으로 돌아왔더니 기분이 좋다. 식탁에서 함께 아침을 먹으며 다른 사람과 하루를 시작하는 기분이란.

나는 자전거를 타고 출근했다. 두 시간 뒤 이런 이메일이 도착했다.

엠, 나는 당신을 절대적으로 믿어. 나는 우리 둘의 미래를 생각하면 희망으로 부푸는데, 당신도 그랬으면 좋겠어…… 당신 옆에서 눈을 뜨는 것보다 하루를 더 상쾌하게 시작할 방법이 어디 있을까. 당신이 없었던 몇 년 전의 내 생활을 생각하면 내가 지금 다른 별에 사는 다른 사람이 된 것 같아. T♥

'나는 혼란 말고는 줄 게 아무것도 없다'라고 했던 잭 케루악의 『길 위에서』의 구절이 생각난다. 이제 정말 노력해야 한다. 톰에게 혼란 말고 다른 것을 주기 위해서.

사랑의 좋은 점이 있다면 더 나은 사람이 되려고 노력하게 된다는 것이다. 나는 톰과 함께 있으면 그를 위해 좀 더 좋은 사람이 되고 싶어진다. 톰이 있기에 우울증과 거식증의 불안에서 벗어나려고 노력한다.

우리 고모할머니 버지니아 울프가 『밤과 낮』에서 했던 말이 종종 생각난다. '물론 내가 돼먹지 못하게 굴기는 하지만, 행실로 사람을 판단할 수는 없는 법이다. 자로 옳고 그름을 재가며 살 수는 없는 법이다.' 내 못된 행실에 변명을 하자는 게 아니므로 오해는 말아주기 바란다. 하지만 거식증은 단순히 못된 식습관이 아니다. 식사시간에만 수면 위로 떠오르는 병이 아니라, 끊임없는 갈등이자 내적인 전쟁이다. 내가 나를 상대로 전쟁을 선포한 것이다. 내 마음에 병이 든 것이다.

마음의 병, 마음의 질환. 내가 이런 병에 걸릴 줄은 몰랐다. 정신과의사와의 면담도 달갑지 않고, 내가 환자로 느껴지지도 않는다. 하지만 바로 앞에 어떤 일이 기다리고 있는지, 어떤 사람을 만나 사랑에 빠질지 누가 알겠는가? 톰 역시 예고 없이 이런 여자친구를 만나서 많이 놀랐을 것이다. 하지만 나는 나이고 이 병은 이 병인 걸. 거식증은 절대 내가 선택한 게 아니라고 하면 설득력 없게 들릴까?

그렇지만 이제 거식증 극복은 내가 선택한 길이다. 그래서 나는 계속 노력한다.

Chapter 3

엄마가 만든 케이크를 먹을 수 있다면

내가 공개하기로 결심한 데에는 또 다른 이유가 있었다. 바로 우리 가족을 위해서였다. 나는 이 병을 감당하는 것보다 나 때문에 힘들어하는 사람들을 보는 게 훨씬 더 괴로웠다. 걱정하는 표정이 가실 줄 모르는 그들의 얼굴, 먹지 못하는 나, 나를 이 덫에서 빼내지 못하는 그들. 우리 엄마와 아빠는 내가 거식증에 걸린 이후부터 무슨 사건, 사고가 터질 때마다 벌벌 떨었다. 그 여파로 무슨 일이 벌어질지, 내가 얼마나 더 많은 음식을 거부할지 전혀 가늠할 수 없었기 때문이다.

거식증은 자해에 초점이 맞추어진 질병치고 영향을 미치는 반경이 어마어마하게 넓다. 나는 '나 혼자만의 문제'라고 생각했는데, 금세 온 사방으로 퍼져 우리 가족의 심장으로까지 마수를 뻗었다. 내가 고군분투하는 동안 나 혼자만 괴로워하는 게 아니었던 것이다.

초창기 시절, 내가 가장 말랐던 스무 살 무렵의 어느 날 밤, 내 방에 누웠을 때 벌어진 일이 생각난다. 하루 종일 먹은 게 없어서 잠을 잘 수가 없었다. 속에서 경련이 일고, 위산이 위벽을 할퀴었다. 매트리스에 뼈가 닿으면 아파서 편안한 자세로 누워 있을 수가 없었다. 결국 나는 침대에서 일어나, 페퍼민트가 됐건 캐모마일이 됐건 칼로리 걱정할 필요 없는 따뜻한 차로 허기를 달래려고 1층으로 기어 내려갔다. 부엌에 불이 환한 걸 보니 부모님이 아직 안 주무시는 듯했다. 나는 방해하지 않으려고 복도에서 걸음을 멈추었다. 그러고는 다시 2층으로 올려가려고 몸을 돌린 순간, 아빠에게 말하는 엄마의 목소리가 들렸다. "……그래도 쫄쫄 굶는 그 아이를 보고 있으면 내가 아무짝에도 쓸모없는 인간이 된 것 같아요."

어떻게 그런 말을 듣고도 계속 굶을 수 있었을까? 그게 얼마나 이기적인 짓이었는지(지금도 마찬가지지만), 내가 얼마나 자기중심적인 인간으로 보이는지 나도 안다. 단순한 음식 거부인 척 연극을 할 수도 있었지만, 그런 식으로 간단하게 해결할 수 있는 문제가 아니었다. 나는 나 때문에 부모님이 얼마나 괴로워하는지 알면서도 귀를 닫고 눈을 감아버렸다. 멈추고 싶어도 방법을 알수가 없었다. 그 당시만 해도 거식증보다 더 막강한 게 아무것도 없었다.

그해 크리스마스를 맞아 집으로 내려갔을 때 나는 정신적으로나 육체적으로나 참담한 상태였다. 옥스퍼드에서 집까지 두 시간도 안 되는 거리가 전쟁이었다. 롱코트를 입고 있는데도 온몸이 부들부들 떨리고 뼈에 사무치도록 추웠다. 버스 정거장에서 캠던에 있는 집까지 걸어가는데, 찬 바람 때문에 할머니처럼 몸을 잔뜩 웅크려야 했다. 그 무렵에 몸무게가 35킬로그램까지 내려갔으니 나는 정말 심각한 상태였다. 그런데 그 와중에도 몸무게가 빠진 걸 가족들한테 숨길 수 있을지, 앞으로 2~3주 동안 먹는 걸 무슨 수로 피할 수 있을지 고민했던 기억이 난다.

그래도 어서 빨리 동생을 보고 싶은 마음은 그대로였다. 여동생 앨리스는 터울이 두 살밖에 안 돼서 워낙 가까운데다 남자친구와 로마에 살기에 몇 개월 만에 보는 거였다. 겨울 햇살에 피부를 까무잡잡하게 태우고 스타일리시한 이탈리아제 청바지를 입은 앨리스가 현관문을 벌컥 열고 달려 나와 나를 끌어안더니 울음을 터뜨렸다. 지난번에 봤을 때만 해도 호리호리한 수준이었던 내가 뼈만 남았으니⋯⋯. 이탈리아에서 엄마와 통화하는 중간에 내 몸무게 때문에 걱정이라는 소리를 들었겠지만, 두 눈으로 직접 확인을 하고 보니 느낌이 달랐던 것이다. 나는 거식증 극복을 도전과제로 정한 올해 2월, 오래전 그날 저녁을 생각하면 무슨 기억이 떠오르느냐고 앨리스에게 물었다. 그녀는 이렇게 답했다. "언니가 조그만 참새 같았어. 금방이라도 반으로 뚝 부러질 것처럼 얼마나 약해 보였는지 몰라. 언니를 안았는데 어찌나 말랐던지 겁이 다 나더라." 거식증이 자리를 잡으면 체중이 금세 빠진다. 그해 겨울에 내 몸무게는 곤두박질쳤다.

나는 그걸 알고 있었을까 아니면 뒤늦게 알아차렸을까? 그 당시에는 내가 잘 숨기고 있는 줄 알았다. 나는 앙상한 체구도 감추고, 점점 떨어져가는 체온도 지킬 겸 옷을 몇 겹씩 입고 다녔다. 레깅스 위에 청바지를 입은 다음 조끼와 윗도리와 스웨터와 후드 스웨터를 입었다. 늘 스카프도 두르고. 하지만 당연히 아무도 속지 않았다. 옷을 껴입으면 껴입을수록 헐렁하고 홀쭉해 보이는 법이잖은가. 따뜻해지지도 않았다. 크리스마스 휴일 내내 (등을 지져가며) 거실에 있는 라디에이터 옆에 바짝 웅크리고 앉아 있거나 살갗이 벗겨질 정도로 뜨거운 물속에 들어 앉아 부들부들 떨거나 이불을 두 겹 덮고 침대에 누워 있었던 기억이 난다.

나는 그때부터 부모님과 스킨십도 피했다. 그렇게 가까워지는 걸 감당할 수가 없었다. 옥스퍼드 시절에는 자진해서 몇 달 동안 격리된 생활을 고집하다 인간의 온기가 그리워서 나도 모르게 식사시간에 맞춰 주방으로 내려갔다가 먹지도 못하는 음식 냄새와 오븐의 열기에 얼어붙곤 했는데, 엄마는 그럴 때면 내게 말을 걸며 손을 뻗었다. 나는 나 자신과 싸우느라 지쳤다고, 엄마가 나를 돌봐주었으면 좋겠다고 고백하고 싶은 마음이 간절했지만, 두려움에 경계 태세를 취하느라 뻣뻣하게 포옹을 거부했다. 나는 약해지기 싫었다. 아주 잠깐이라도 도움을 청하거나 안전장치를 풀면 완전히 무너져버릴 것 같아서 겁이 났다. 도움이 필요한 약자가 되는 것에 대한 두려움은 식탐이 있는 뚱보가 되는 것에 대한 두려움과 맞닿아 있었다(지금도 마찬가지다). 그래서 가족들과 정신적으로, 육체적으로 거리를 두게 된 것이다. 사실, 그런 거리감은 내게 익숙지 않았다. 어렸을 때만 해도 우리들은 잠자기 전에 책을 읽어주는 시간이 되면 아빠의 발치에 서로 앉으려고 싸웠다. 특히 매년 12월, 아빠가 우리 5남매에게 『크리스마스 캐럴』을 읽어주실 때면 경쟁은 최고에 달했다. 또 나는 엄마 품에도 잘 안기고, 가끔 형제자매를 끌어안기도 했는데…… 거식증에 걸리면서 무척 조심스러워졌다.

지금도 엄마나 아빠가 나를 끌어안으면 마음속 한구석에서 확인하려고 그러는 건가 하는 생각이 든다. 예전에 내가 겹겹이 껴입은 옷으로 감추려고 했던 시절에 그랬던 것처럼 앙상한 척추와 불룩 튀어나온 견갑골이 느껴지는지 확인하려는 게 아닌가 싶은 것이다.

그때를 떠올리면 죄책감과 슬픔이 몰려온다. 그 무렵 나는 학교 밖에서 혼자 살다 나중에 런던의 아파트로 옮겼지만, 그래도 그 병이 우리 가족들까지 오염시켰다. 나의 이십대 초반은 부모님에게는 걱정의 시기였다. 나 때문에 두 분이 괴로워하고 있다는 게 피부로 느껴졌었다. 부모님의 두 눈에 어린 공포의 그림자, 애원하듯 나를 계속 따라다니던 눈빛. 두 분이 어쩔 도리가 있었겠는가. 우리 부모님은 모든 수단을 동원했지만 강요해봐야 소용없다는 것을, 들볶지 말고 조심스럽게 달래가며 부추겨야 한다는 것을 금세 깨달았다. 먹을 것을 거부하며 점점 말라가는 자식을 지켜보며 참아야 한다는 것을 말이다. 사랑하는 사람에게 이 얼마나 끔찍한 형벌인가.

특히 아빠가 더 힘들었을 것이다. 1927년생인 우리 아빠는 구식 신사다. 여자가 방 안으로 들어서면 자리에서 벌떡 일어나고, 오후 6시 이후에는 절대 갈색 구두를 신지 않고, 셔츠를 '내놓고' 돌아다니는 사람들을 이해하지 못하는. 그러니까 엄마의 요청에 따라 지붕을 씌우고 배선을 바꾸고 막힌 데를 뚫는 데도 척척이고, 아직까지 출판사를 경영하며, 런던 전역을 자전거로 돌아다니는 등 내가 아는 팔십대 중에서 가장 정정한 현역이지만 그래도 나와는 세대가 다르다. 아빠는 열여섯 살 때 옥스퍼드 대학을 포기하고 버킹엄셔의 귀족 집안을 뛰쳐나와 기병대에 입대해서, 왕립기갑사단 대령으로 이집트와 영국령 팔레스타인에서 복무했다. 어렸을 때 전쟁 이야기를 들려달라고 아빠를 졸라서 '부하들을 이끌고'로 시작하는 얘기를 들을 때면 자부심에 가슴이 벅찼다. 아빠는 제2차 세계대전 외에도 산전수전을 많이 겪었다. 양쪽 부모님이 다 자살을 하신 데다 연상의 이탈리아 여배

하루에 사과 하나

우와의 파란만장했던 결혼생활까지.

(그러다 사십대로 접어든 어느 날, 영국도서관 열람실에서 까만 머리는 위로 틀어 올리고, 클레오파트라처럼 아이라인을 그리고, 미니스커트를 입은 젊고 아리따운 아가씨-우리 엄마-를 만났다. 아빠는 그 아가씨를 위해 문을 열어주었고, 커피를 한잔 마시자고 했고, 둘은 사랑에 빠졌다. 참사랑의 여정이 순조롭지는 않았지만, 그래도 결국에는 결혼을 하고 5남매를 낳았다.)

다시 말해서 우리 아빠는 인생 경험이 풍부한 분이다. 그런데도 거식증은 여전히 절대 이해하지 못한다(많은 남자들이 그럴 것이다). 아빠의 젊은 시절에는 44라는 사이즈도, 신체변형장애라는 것도 존재하지 않았다. 그 당시 젊은 여자들은 마릴린 먼로를 숭배했고, 빨래판 같은 복부와 남자아이 같은 골반이 아니라 육감적인 몸매와 가슴을 원했다. 1940년대와 1950년대에는 섹시함의 기준이 요즘처럼 중성적인 일직선 몸매가 아니라 모래시계 같은 몸매였다. 아빠는 배급 식량과 가난과 사망과 희생과 굶주림으로 점철된 1차 세계대전과 2차 세계대전 사이 영국에서 태어난, 그 시대 사람이다. 그러니 건강한 식사를 거부하는 내가 이해가 안 될 수밖에.

엄마와 나는 이상형을 엄마가 차지해버렸으니 내가 결혼을 할 도리가 없다고 농담처럼 이야기하곤 한다. 맞는 말이다. 아빠처럼 다정하고 너그러운 남자를 찾는 게 내 평생소원이었다. 아빠는 특히 딸들을 위해서라면 뭐든 해주셨으니까. 하지만……
거식증 앞에서는 속수무책이었다. 보이지 않는(그런데 결과는 너무
나도 확연한) 마음의 병과 싸우는 나를 지켜보는 게 아빠로서는
고문이었을 것이다.

아빠가 '간식'을 사다주셨던 게 생각난다. 그걸로 유혹하면
내가 넘어가기라도 하는 것처럼, 맛있는 게 있으면 거식증이라
는 말도 안 되는 병을 극복할 수 있는 것처럼. 하지만 나는 넘어
가지 않았다. 거식증에 걸리면 그럴 수가 없다. 아빠는 하루 온종
일 일을 한 뒤에도, 한겨울 밤에도 감색 캐시미어 외투를 입고 캠
던 하이 가까지 걸어갔다. 간식 봉지를 들고 막스 앤 스펜서에서
집까지 걸어왔던 아빠를 생각하면 지금도 가슴이 미어진다. 아빠
는 어두컴컴한 겨울 거리의 냉기를 쏟아내며 집 안으로 들어와
웃는 얼굴로 나를 '엠지'라고 불렀다. 나는 부엌에 있는 큼지막한
나무 테이블에 앉아 있곤 했다. 레너드 울프와 버지니아 울프가
호가스 출판사를 탄생시켰고, T. S. 엘리엇의 『황무지』를 새겼고,
우리 가족이 30년 동안 식탁으로 사용했던 그 테이블에. 아빠는
블랙커피를 마시며 라디에이터 옆에 웅크리고 앉아 허기를 달래
느라 초서의 시 해독에 매달린 내게 다가와 M&S의 초록색 봉투
를 풀었다. 브리 치즈와 카망베르 치즈, 푸짐한 샐러드, 따끈따끈
한 빵, 방금 전에 만든 파스타, 맛있는 페이스트리. 내가 먹을 만
한 음식들. 냄새가 정말 근사했고 나는 배가 고파서 미칠 지경이

었지만, 겁에 질린 채 그 자리에서 굳어버렸다.

∴

하지만 우리 가족들이 식습관에 문제가 있어서 내게 이런 공포가 생긴 것은 아니다. 우리 가족들은 정말 잘 챙겨 먹는다. 특히 생일을 요란하게 챙긴다. 우리 5남매와 엄마, 아빠뿐 아니라 형부와 언니의 아이들(찰리, 버지니아, 아일라, 시어), 올케와 오빠의 아이들(카트리나, 레너드, 줄리안) 생일까지 챙긴다. 거기다 크리스마스라는 성대한 연중행사도 있다(솔직히 조카들이 하나둘씩 태어날 때마다 더 재미있어진다). 때문에 우리 부모님 집에서 다같이 모이는 일이 잦고, 그렇다 보니 뭘 먹어야 할 때가 많다. 나는 가끔 식탁에 앉아서 내가 사랑하는 가족들, 접시를 건네고 끈적끈적한 토피 푸딩이나 치즈케이크, 브랜디가 가득 든 트라이플*이나 프루트케이크를 서로 떠주고, 머랭**을 몇 개씩 나누어 먹고, 마지막 한 장 남은 두툼한 팬케이크를 놓고 옥신각신하는 그들을 둘러본다.

온 가족이 다같이 모여 있을 때 거식증이라는 덫에 갇혀 있는 내가 가장 뼈저리게 느껴진다. 나도 끼어들고 싶지만, 가족들과 함께 하하 호호 식사를 하고 싶지만 그래본 지가 너무 오래됐

---

* 케이크와 과일 위에 와인, 젤리를 붓고 그 위에 커스터드와 크림을 얹은 디저트
** 달걀흰자에 설탕을 섞어 구운 과자

다. 어떻게 하면 되는지 잊어버렸다. 블랙커피가 든 머그를 움켜쥐는데, 내가 가족들과 겉도는 게 분명히 느껴진다(케이크 한 조각을 권하면 어찌할 바를 모르겠고, 권하지 않으면 화가 난다). 그 시끌벅적하고 즐거운 식사에 나도 동참하고 싶은데 그러질 못한다.

그럴 때면 내가 잔칫상에 앉아 있는 해골이 된 듯한 기분이 든다. 음식이 앞에 있을 때 찾아오는 이 마비 증상은 말로 설명이 안 된다. 저지방 레몬 파운드케이크 한 조각이건 조그마한 비스킷이건, 뭐가 됐건 기본적으로 마찬가지다.

지난 12월에는 케이티 언니의 생일파티가 열렸다. 톰과 나는 주말 동안 콘월의 여러 호텔을 순례하고 돌아온 터였다. 그가 나를 집 앞에 내려준 게 오후 3시. 나는 샤워를 하고 옷을 갈아입은 뒤 자전거를 타고 4시쯤 캠던에 도착했다. 우리는 다같이 응접실에 모여 차를 마셨고, 지금까지 엄마가 만든 케이크들 중에서 가장 근사한 케이크가 등장했다. 버터가 듬뿍 들어간 폭신폭신한 세 장의 스펀지케이크 사이에 갓 만든 크림과 산딸기를 넣고 그 위에 밀크초콜릿을 부었는데, 초콜릿이 옆으로 줄줄 흘렀다. 참을 수 없을 만큼 맛있게 보였다. 먹고 싶어서 침이 고였다.

하지만 당연히 먹지 못했다. 다같이 생일 축하 노래를 부른 뒤 언니가 촛불을 껐다. 엄마가 큼지막하게 자른 케이크를 나누어주는 동안 나는 가만히 앉아서 비참한 심정을 달랬다(그날은 특히 음식 때문에 고전하는 바람에 점심도 못 먹었기에 평소보다 더 배가

하루에 사과 하나

고팠다). 모두들 한 조각씩 더 먹었다. 하나같이 날씬한 언니, 동생과 엄마까지도.

여러분은 거식증을 앓고 있는 사람에게 그의 생일을 맞이해 준비한 초콜릿케이크를 한 조각 먹어보라고 권한 경험이 있는지 모르겠다. 그들은 단순히 고집을 부리는 게 아니다. 말 그대로 먹을 수가 없는 것이다. 자기 생일파티를 함께 즐기지 못할 만큼, 조그마한 케이크 한 조각 먹을 수 없을 만큼 바짝 긴장할 수 있다니 상상이 되는가. 나는 안 된다.

케이크는 그렇다 치고 내게 가족은 무척 소중하다. 그들에게 이런 고통을 안기는 것도, 내가 용기를 내서 티셔츠를 입을 때마다 그들이 걱정스러운 눈빛으로 흘끗거리는 것도 이제는 지긋지긋하다. 언니 생일파티 때도 마찬가지였다. 나는 톰이 콘월에서 사준 오아시스 티셔츠를 입었다. 짧은 캡소매가 달린 하늘색의 평범한 티셔츠. 그런데 어느 순간 앨리스와 엄마가 나도 잘 아는 눈빛을 주고받는 것을 보고, 나는 맞은편에 달린 고풍스러운 분위기의 대형 거울을 얼른 훔쳐보았다. 내가 가족들과 함께 웃으며 양손을 내젓고 있는데, 그 손이 젓가락에 달린 커다란 날개 같았다. 그렇다, 나는 여전히 전혀 건강해 보이지 않는다. 내 눈에도, 사랑하는 나의 가족들 눈에도.

어제 또다시 생일파티가 열려서(우리 집에서 2, 3월은 생일파티의 연속이다) 우리 부모님 집에 푸짐한 생일상이 차려졌다. 남자 형제들이나 아버지가 식사하는 모습을 보면 내 여자 친구들과는 사뭇 다르다. 대체로 남자들은 식사를 맛있게 즐긴다. 그들을 보고 있으면 인간이 음식을 먹는 이유가 뭔지 깨닫게 된다. 몸과 마음에 연료를 공급하기 위해서, 기분이 좋아지니까, 맛있으니까.

남자들은 보통 접시에 코를 박고 열심히 공략한다. 온 사방에 흘려가며 쩝쩝거린다. 물론 가끔 야만인처럼 느껴질 때도 있다. 손가락을 빨고, 빵으로 소스를 닦아 먹고, 와구와구 달려들어 눈 깜짝할 새 해치우지 않는가. 그들은 내가 아는 대부분의 여자들과 달리 '별로 배가 고프지 않은 척'하지 않고, 깨작거리지도 않는다. 잊을 만하면 한 번씩 먹던 걸 멈추고 포크와 칼을 내려놓지 않는다. 입속을 채우는 데 전념하는 동안에는 말도 많이 하지 않는다. 반면에 여자들은 몇 입밖에 안 되는 생선찜이나 간단한 샐러드처럼 양이 많지 않은 일품요리를 주문하고는 끝없는 수다로 질질 끌어가며 먹는다. 그러니 화이트와인이 여러 잔 필요할 수밖에 없다. 나는 이런 식으로 점심을 먹으며 친목을 도모하지 않지만(친구들은 나와 점심시간에 만나는 걸 일찌감치 포기했다) 내 눈에는 별로 푸짐해 보이지 않는다. 카페나 음식점 앞을 지나가다 샐러드 접시를 앞에 놓고 수다를 떨고 있는 여자들이 보이면 그걸로 될까 궁금해진다. 이런 생각을 하는 내가 주접스럽게 느껴지지만, 그래도 배가 고파서 가는 길에 샌드위치를 사 먹고 싶지 않을까?

남자들은 대부분 남이 뭘 먹는지 별로 신경 쓰지 않는다. 먹고 그것으로 끝이다. 그들은 친구들이 주문하는 음식이 아니라 자기가 먹고 싶은 음식을 주문한다. 여자들은 대부분 친구들이 뭘 주문하는지, 그보다 더 중요하게는 뭘 먹고 뭘 남기는지(샐러드 이파리 밑에 뭘 숨기는지) 의식한다. 남자들은 감자튀김을 주문하면 먹는다. 하지만 배가 고프지 않으면 안 먹는다. 톰이 햄버거를 주문하면 수북이 쌓인 프렌치프라이가 딸려 나온다. 그는 그래도 전혀 심란해하지 않는다. 햄버거로 배가 부르면 감자튀김은 그냥 둔다. 계속 쳐다보며 만지작거리다 한 개, 두 개씩 슬쩍 먹지 않는다. 그에게는 감자튀김을 먹느냐 마느냐가 중요한 문제가 아닌 것이다.

우리 오빠와 남동생, 아버지를 보며 배우는 식사 예절도 많다. 맛있게 먹고 배가 부르면 포크를 내려놓을 것. 뒤적이지 말 것. 이것이 분명 비만과 거식증과 폭식의 해결책이다. 음식과 자연스러운 관계를 맺을 것, 식욕에 즉각 반응할 것.

거식증을 그렇게 간단하게 해결할 수 있다면 얼마나 좋을까. 하지만 나는 이런 식으로밖에 설명을 못 하겠다. 먹는 양이 줄어들수록 먹는 것에 점점 더 겁을 내게 된다고. 굶는 시간이 길어질수록 속이 깨끗하게 빈 듯한 쾌감에 점점 더 중독이 된다고.

거식증이 내게 선물하는 것은 무엇이며, 이 쾌감의 정체는 무엇일까? 거식증에 걸리면 엔도르핀과 아드레날린이 충만해진다. 깨끗하고 건강해진 느낌, 신바람, 성취감과 통제력이 느껴진다. 허기는 마약과 같다. 코카인은 무슨, 엑스터시는 무슨. 내가 아는 한 허기의 쾌감이 최고다. 이론상으로는 배가 고프면 힘들고 무기력해져야 한다. 그런데 거식증은 그렇지 않다. 더 빨리 달리고, 더 멀리까지 자전거를 타고, 더 늦게까지 잠을 안 자고, 더 많이 책을 읽고, 더 적게 먹을 수 있다. 굶을수록 거식증에 걸리면 슈퍼맨이 된다는 사실을 절실히 깨닫게 된다. 내가 그 오랜 세월 동안 무슨 기운으로 달렸는지 모르겠지만, 피곤한 느낌이 없었다.

어느 독자가 이메일로 말하길 한번은 어떤 기분인지 느껴보려고 1주일 동안 거식증에 걸린 여자친구를 따라서 과일과 채소만 먹으려고 시도해본 적이 있다고 했다. 그가 왜 그랬는지는 나도 모르겠다. 먹는 양이 부족하다는 걸 여자친구에게 증명해 보이기 위해서였을까? 그녀의 식습관을 몸소 체험해보고 싶었던 걸까? 아무튼 그는 첫날 저녁이 되자 현기증이 났고 기분이 나빠졌다. 하루 종일 포도와 당근만 먹었더니 퇴근하는 지하철 안에서 쓰러질 것 같았다. 그는 당장 실험을 중단했다. 두 사람 모두에게 다행스러운 일이었다.

그런데 나는 지금도 온 인류가 거식증 환자가 아니라는 사실에 놀라워한다. 거식증은 안전하고 예측한 범주에서 벗어나지 않는다. 자유를 선물한다. 이렇게 종잡을 수 없는 세상에 알맞은 생활방식이다. 내가 음식을 대하는 태도는 엄격하고 조직적이라 '불규칙'적이거나 기준에서 벗어난 음식은 한 입도 용납하지 않는다. 남들처럼 먹으라면 소름이 끼친다. 무심결에 충동적으로 집어 먹는 초콜릿 비스킷, 사무실에서 예정에도 없이 먹는 생일케이크 한 조각, 버스를 기다리는 동안 허겁지겁 해치우는 샌드위치.

어떻게 그렇게 먹을 수 있을까? 슬그머니 추가된 음식들, 무계획적인 식습관, 모두 내가 보기에는 불안하고 비정상적이다. 다이어트 전문가들이 예전부터 알고 있었던 것처럼 인간은 먹은 음식을 깜빡하고, 하루 동안 섭취한 음식의 양을 과소평가하는 성향이 있다. 솔직히 말해서 내 기준에 따르면 나를 제외한 모든 사람들이 무절제하다. 그리고 바로 이게 나의 가장 큰 문제다. 모든 걸 통제하려는 심리와 포기에 따른 두려움. 나는 음식을 앞에 두고 느긋해지지 못한다. 음식이 내게는 위험한 요소이자 깜빡이는 빨간불이자 조금도 방심하면 안 되는 순간이다.

길을 걸으며 감자튀김을 먹거나 와인 바에서 땅콩을 집어 먹는 사람들을 보면 이해가 안 된다.

이 병을 극복하고 나잇값을 하려면 내 생각이 틀렸다는 걸 인정해야 한다. 아주 간단하다. 아무리 나처럼 음식을 제한하는 태도가 옳고 남들이 지나치고 무절제하게 느껴질지라도 세상 사람들 생각은 다르다는 걸 인정해야 한다. 내가 옳다고 생각하는 게 틀렸다는 것을.

거식증은 나의 건강과 나의 가족을 파괴시켰다. 나를 감옥에 가두고 가족들과 멀어지게 했다. 가족들과 멀어졌던 기억은 죽을 때까지 나를 따라다닐 테지만, 더 이상은 안 된다. 나는 피해를 겪을 만큼 겪었다.

나는 결혼을 해서 아이도 낳고 싶고, 내 가족들에게 진 빚도 갚고 싶다. 거식증 때문에 너무 오랫동안 고생한 그들에게.

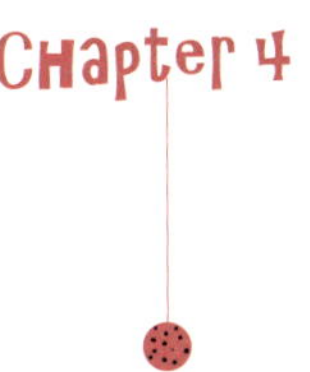

CHapter 4

사랑받기 위한 굶주림

거식증이 있다는 '커밍아웃'을 그렇게 무서워하면서, 그걸 감추느라 한참 동안 애를 썼으면서 나는 도대체 왜 전국으로 배포되는 일간지에 글을 실은 걸까? 많은 사람들이 나더러 제정신이 아니라고 할 것이다. 누가 머리에 대고 총을 겨눈 것도 아닌데. 강요한 것도 아닌데. 아니면 가명으로 기고하지 않은 이유는 뭐였을까? 이제야 그런 생각이 나다니 신기하다. 그 당시에는 가명을 쓸 생각조차 하지 못했다.

뭔가가 나를 부추긴 게 분명한데, 그게 뭐였는지는 모르겠다. 요즘은 너도 나도 커밍아웃을 하는 분위기이기 때문에, 모두가 속 시원하게 스캔들을 터뜨리는 분위기이기 때문에 그런 걸까? 글쎄, 모르겠다. 머릿속에 어떤 생각 하나가 뿌리를 내리기 시작하면, 나중에는 스스로 자라서 독립적인 개체가 되는 것 같다. 사실 나는 「타임스」에 실릴 첫 회 원고를 쓰는 동안에도 실제로 그 원고를 게재할 수 있을지 자신이 없었다. 나는 알코올중독자라는 둥, 나는 발기불능이라는 둥, 나는 폭식을 한다는 둥 여러분만의 비밀스러운 문제를 온 세상에 대고 공표한다고 상상해보라. 얼마나 민망하겠는가. 그리고 한 가지 확실한 사실이 있으니 커밍아웃을 해도 사람들이 얘기하는 것처럼 홀가분하지는 않다.

카타르시스가 느껴지기는커녕 모든 과정이 상당히 혼란스러웠다. 하지만 이건 건강이 걸린 문제다. 흔히 개인적인 것은 정치적인 것이라고 하는데, 여성과 그들의 체중만큼 이 말에 딱 들어맞는 것도 없다. 나는 거식증이 지긋지긋하기도 했지만 분노가 치밀기도 했다. 그래서 거식증 문제를 조심스럽게나마 공론화하고 싶었다. 오도 가도 못하게 만들려는 하나의 방편 삼아 병을 극복하겠다고 나 혼자 선포하기는 했지만, 오로지 그 이유만으로 글을 쓴 건 아니었다. 어떻게 보면 나와 우리 가족과 담당 정신과의사만 아는 비밀로 남겨두었더라면 더 좋았을 것이다. 하지만 그럼에도 불구하고 공개한 것은 거식증이 훨씬 더 광범위한 문제라고 생각하기 때문이다.

∴

하루에 사과 하나

오랫동안 거식증은 여자들의 실없는 고민거리 아니면 십대 여자아이들이나 걸리는 질병으로 간주되어왔다. 완벽한 몸매를 추구하다 생긴 증상이라는 것이다. 하지만 거식증은 스스로 선택한 생활방식이 아니라 살인마다. 진상을 파헤쳐보면 섬뜩하기 짝이 없다. 거식증보다 사망률이 높은 정신 질환은 없다. 환자의 20퍼센트가 합병증이나 자살로 생을 마감하고, 죽지 않더라도 뼈가 망가지고 불임이 된다. 소위 말하는 '회복기'에 접어들었다 해도 재발률이 높다. 영국 최대의 식이장애협회인 비트(Beat)에서 추산한 바에 따르면 완전히 병을 극복한 거식증 환자의 비율이 46퍼센트이고 점차 좋아지고 있는 비율이 3분의 1 정도 되지만, 나머지 20퍼센트는 만성질환자다. 회복률이 50퍼센트도 안 된다니 다른 병에 비하면 충격적인 수준이다. 게다가 '완전히' 극복한 환자의 비율이 46퍼센트라니 정말일까? 내 경험과, 거식증을 앓은 전적이 있는 수많은 사람들과 나눈 대화를 종합해보았을 때 거식증은 완전 극복이라는 게 없다. 워낙 흉터가 깊어서 '정상적으로' 먹는 방법을 배우고 배운 대로 잘 살더라도 특유의 사고방식이 평생 없어지지는 않는다.

그런데도 공중보건상 우선순위에서 한참 밀린다. '44사이즈 논쟁'은 논쟁거리도 되지 않는다. 식이장애는 폐암이나 심장병 같은 질환과 달리 정치적인 쟁점으로 부각되는 경우가 거의 없다 (굳이 이 두 가지 질환을 언급한 것은 폐암이나 심장병도 거식증처럼 자업

자득 내지는 환자의 '잘못'으로 간주되는 성향이 있기 때문이다). 연구비 지원은 다 무엇이며, 임상 연구는 다 무엇인가. 심리치료가 정말 효과적이라는 걸 아는데도 식이장애 환자들은 왜 몇 달 동안 대기자 명단에 이름을 올려놓은 채 기다려야 하는 걸까?

왜냐하면 아주 중요한 문제가 아니기 때문이다. 정치권에서도 마찬가지여서, 기껏해야 최근 린 페더스톤 장관이 TV드라마 「매드 멘」에 나오는 크리스티나 헨드릭스를 언급하며 이 문제를 건드린 게 전부다. 그녀의 발언은 BBC 웹사이트에 남아 있다.

"크리스티나 헨드릭스의 곡선미는 정말 끝내줘요." 양성평등부 장관 린 페더스톤이 「매드 멘」에 출연 중인 헨드릭스의 몸매를 여성의 가장 이상적인 몸매로 꼽으며 한 발언이다. 페더스톤 장관은 삐쩍 마른 모델의 '지나친 노출'과 그들이 젊은 연령층의 신체상에 미치는 부작용을 강조하며 말을 이었다. "이런 역할모델들이 좀 더 있어야 해요. 육감적인 역할모델이 등장하면 여기저기서 난리잖아요? 그게 그렇게 특이한 일로 받아들여지면 안 되는데 말이죠."(BBC 뉴스, 2010년 7월)

신문에서는 이때다 하며, 크리스티나 헨드릭스의 몸매와—사이즈가 77 반이라고 했던가, 88이라고 했던가?—GG컵이라는 풍만한 가슴을 분석하는 데 엄청난 지면을 할애했다. 언론은 이런

하루에 사과 하나

식의 촌평을 워낙 좋아해서 헨드릭스의 가슴골을 클로즈업한 사진을 싣고 여성의 몸매에 대해 또다시 이러쿵저러쿵하는 기회로 삼았다지만, 모름지기 정치인이라면 좀 더 수준이 높아야 하는 것 아닐까? '삐쩍 마른' 여성을 비난하고 '풍만한' 역할모델을 치하한 페더스톤의 발언은 지나친 단순화와 도식화의 표본이다. 그런 의도는 없었겠지만, 이런 식의 눈치 없는 발언이 여성들의 몸에 대한 고민과 불안을 부채질한다. 그리고 표현에 대해 걸고넘어지자면 '곡선미가 정말 끝내준다'니 심각한 질병에 대해 진지하게 고민하는 분위기라고 볼 수 없지 않은가.

어쩌다 가끔 언론에서 거식증을 다루더라도 어느 십대 소녀의 끔찍한 죽음을 소개하거나 싸구려 잡지에서 어떤 유명인사를 지목해 살을 너무 뺐다고 단정 짓는 식이다(너무 뚱뚱하다고 나무랐을 때는 언제고). 하지만 '풍만한' 게 됐건 '삐쩍 마른' 게 됐건 특정 몸매와 정신 질환은 별개의 문제다. 거식증이 공론화되는 경우, 슈퍼모델처럼 되고 싶은 여자들이 굶다 보니 생긴 병이라고 미루어 짐작할 때가 많다. 하지만 거식증은 단순히 패션 잡지나 (사춘기 이전의 여자아이들이라면 모를까, 아무나 입을 수 없는 샘플을 제작하는) 패션 디자이너들 사이에서 사랑받는 몸매에 국한된 문제가 아니다. 패션쇼 모델들은 대부분 기형적으로 키가 크고 말라서 실제로 보면 상당히 기괴하다. 거식증 환자들은 그렇게 되려고 굶는 게 아니다.

거식증은 그보다 훨씬 더 심각한 질병이고, 그 여파가 미치는 범위는 아무도 판단이 불가능할 것이다. 언론에서는 아무 생각 없이 '유행병'이나 '침묵의 살인마' 같은 표현을 남발하지만, 사실 거식증은 증상이 눈에 보이지도 않고 조용히 진행되는 병이다 보니 정확한 의학 데이터도 없다. 거식증을 포함한 식이장애는 병의 성격상 겉으로 드러나지 않을 수밖에 없다. 특히 단순 폭식증이나 신경성 폭식증˙ 환자들은 남들 앞에서는 정상적으로 식사하고 정상적인 체중을 유지하는 경우가 많다.

(가장 정확하다는) 국립보건의료연구소(NICE)의 통계 수치에 따르면 영국의 식이장애 인구가 160만 명이다. 그중 10퍼센트가 거식증을, 40퍼센트가 신경성 폭식증을 앓고 있고, 그 나머지가 단순 폭식증을 비롯한 불특정 식이장애 범주에 들어간다.

하지만 병원치료통계부의 자료를 근거로 작성된 수치이다 보니 전문가의 도움을 받지 않거나 진단을 받지 않았거나 개인적으로 치료를 받지 않아서 신고가 안 된 환자의 숫자는 누락되었다. 게다가 공식적인 연구마저 서로 이야기가 다르다. 국민의료보험에서 2007년에 실시한 조사(성인 정신병리 설문조사)에 따르면 성인의 6.4퍼센트가 식이장애의 조짐을 보였다. 그런데 얼마 전에 읽은 기사에 따르면 미국 여성의 75퍼센트가 음식이나 몸매와

˙ 폭식과 구토를 반복하는 증상

하루에 사과 하나

관련해서 건강에 해로운 생각이나 기분이나 행동을 경험한 적이 있다고 한다(2008년 4월 23일 PsychCentral.com에 게재된 '여성의 75퍼센트가 무분별한 식생활을 하는 것으로 밝혀져' 중에서). 75퍼센트라니 높은 감이 있기는 하지만, '무분별한 식생활'의 정의에 따라 결과에 약간의 차이가 날 수도 있고, 미국의 심각한 비만 문제를 생각해보면 그리 과도한 수치는 아닐 것이다.

어느 수치가 진짜인지 모르겠지만, 중요한 건 식이장애가 생명을 위협하는 질병이라는 점이다. 그리고 여성들만 집중 공격한다. 국립보건의료연구소에서 추정한 160만 명의 환자들 중에서 남성은 11퍼센트에 불과하다. 내가 「타임스」에 칼럼을 연재한 이래 감정적 섭식의 문제가 있다고 고백하는 여성들이 얼마나 많은지 놀라울 정도였다. 음식이 자신에게 상을 주거나 벌을 주는 용도로 쓰인다든지, 늘 배가 고파 죽을 지경이라든지, 끊임없이 다이어트를 반복하느라 자존감이 낮아졌다든지 하는 경우 말이다. 나도 그런 여자들을 알고 있고, 여러분도 그런 여자들을 알고 있을 것이다. 어쩌면 여러분이 그런 여자일 수도 있다. 삐쩍 마르지도 않았고, 시름시름 앓지도 않고, 심지어 그렇게 날씬하지도 않다고 해도. 거식증, 폭식증, 과식증, 기타 등등을 앓고 있는 환자들은 실제 체중과 관계없이 이런 공통점이 있다. 자신의 식욕을 수치스럽게 여기고, 음식이 앞에 있으면 스스로 이성을 잃는다고 생각하며, 먹는 행위를 불안해하고, 무엇이든 한 입 먹을 때마다 죄책감을 느낀다는 것이다.

이런 여성들은 대부분 공식적인 통계에 반영되지 않는다. 병원에서 치료를 받는 환자가 아니라 '정상'이기 때문이다. 나도 나 자신에게, 가장 가까운 사람들에게 최대한 오랫동안 거식증을 숨겼다. 체중이 급격히 줄기 전까지 철저하게 부인했다. 남들 없는 자리에서 미친 듯이 과식을 하는 습관 때문에 이미 수치심으로 가득하거나 폭식과 구토를 반복하는 경우라면 도움을 청하기가 얼마나 더 어려울까.

모든 여성들을 도매금으로 넘길 생각은 없다. 단순하게 다이어트를 하는 여성들과 나처럼 심각한 정신 질환을 앓고 있는 여성들을 똑같이 간주할 생각은 없다. 치수를 줄이고 싶은 마음과 거식증은 다르다는 거야 나도 안다. 사실 나도 이런 문제를 제기할 필요가 없었으면 좋겠다. 하지만 상황이 호전되기는커녕 점점 악화되고 있다. 수많은 여성들이 날마다 혐오감이나 가벼운 반감을 품고 자신의 몸을 대하고 있지 않은가. 미의 조건이 점점 현실과 동떨어져 기이해지고 있다. 몇몇 유명한 여류 인사들은 바비 인형을 닮아가고 있다. 남자들은 보정을 거쳐 잡지에 실린 모델과 여배우들의 사진을 보며 여자의 몸에 대해 전적으로 왜곡된 시각을 갖게 된다. 늘씬하지만 가슴은 크고, 피부는 잡티 하나 없이 매끄러운 구릿빛이어야 한다고 생각하게 되는 것이다.

심지어 책을 좋아하는 내 남자친구도 잡지에 실린 미녀들의 사진 앞에서는 꾸물거리고, 예쁜 여배우가 보이면 페이지를 천천히 넘긴다. 당연한 일이다. 자연스러운 반응이다. 그런데 개화된 페미니스트로서 인정하기는 싫지만 기분이 상한다. 우습겠지만 "실제로 보면 그렇지 않아" 아니면 "그거 다 보정한 거야"라고 말하고 싶어진다. 장담컨대 톰은 부족한 나와 완벽의 극치인 그들을 비교하지 않는다. 나를 있는 그대로 사랑하니까. 하지만 디지털 기술로 인해 여성스러움에 대한 남자들의 기대치가 높아졌다. 그러니 우리의 알몸이 얼마나 실망스럽겠는가.

물론 나는 잡지에 도배된 사진들이 포토샵으로 교묘하게 보정되었다는 사실을 훤히 알고 있다. 그래도 잡지 속 세상에서, 남자들의 시각에서 자유롭지 못하다. 나 역시 모름지기 여자는 가냘프면서 섹시하고 아이를 잘 낳으면서 아름다워야 한다고 불가능한 요구사항을 나열하는 이 미친 세상 속에서 살고 있으니까.

우리는 '그들'과 우리의 차이점을 느낀다. 그들은 얼마나 완벽하고 우리는 얼마나 부족한지 말이다. 동시에 피부는 자연스럽게 처지고, 임신을 하면 살이 트며, 허벅지에는 셀룰라이트가 생기고, 영국의 겨울을 보내고 나면 안색이 창백해지는 자신의 모습에 실망하게 된다. 하지만 인간이면 당연한 거 아닌가, 도대체 우리더러 어쩌란 말인가.

가끔은 그러거나 말거나 그냥 내버려두라고 말하고 싶어진다. 하지만 다시 생각해보면 이런 잡지의 구독자는 대부분 여자들이고, 사설과 온라인 코멘트와 연예계 뒷이야기 담당자도 여자들이니 여자의 적은 여자라고 할 수도 있겠다. 나이와 성별에 따른 차별만으로도 충분한데, 우리는 거기다 왜 자기 몸에 대한 혐오까지 보태는 걸까?

⁂

이 문제는 페미니즘과 연관이 있을까? 물론이다. 남자들도 외모에 대한 압박을 느끼지만 강도가 전혀 다르다. 제러미 팍스만이나 앤드류 마, 케네스 클라크를 보라. 세 사람 모두 깎아놓은 조각 같다고 할 수 없고 심지어 세월의 횡포에 무너져가고 있지만, 지적이고 경험이 많다고 존경을 받는다. 사생활이 엉망진창인 우리의 바람둥이 런던 시장, 보리스 존슨을 보라. 고등학생 같은 헤어스타일과 쭈글쭈글한 셔츠 등 후줄근한 외모를 미덕으로 삼는데, 여자들은 거기에서 매력을 느낀다. 나도 보리스를 상당히 섹시하다고 생각한다. 원숙한 남자배우, 방송인, 정치인들은 뚱뚱해도 되고 머리가 희끗희끗해도 된다. 반면에 여자들은 마흔다섯 살을 넘으면 퇴물로 간주된다. 아니, 요즘은 서른다섯 살인가? 팔십대인 브루스 포시스가 나이가 자기 반밖에 안 되는 전직 모델 테스 달리와 함께 댄스 프로그램을 진행하는 이유가 뭘까? 아니 좀 더 정곡을 찌르자면 똑같이 팔십대인 공동 MC와 함께 그 프

　　　　　　　　　　　　　　　하루에 사과 하나

로그램을 진행하지 않는 이유가 뭘까?

외모가 전부인 연예계가 아니라 언론에서 주목을 받는 여성들 사이에서도 똑같은 현상이 벌어지고 있다. 아나운서와 여기자들을 보라. 「컨트리파일」을 진행하던 미리엄 오라일리는 2011년에 나이가 너무 많다는 이유로 BBC에서 퇴출되며 논란을 낳았다. 그때 그녀의 나이가 쉰셋이었다(물론 연령차별로 소송을 제기해 무사히 BBC로 복귀했지만). 그보다 더 나이가 많은 지적인 여성들 중에서 애나 포드, 조안 베이크웰, 케이트 애디처럼 중력을 거스르지 않는 부류도 있지만, 그들 역시 그런 입장을 고수하는 데 따르는 압박감을 토로한다. 그리고 요즘 들어 텔레비전보다 라디오에 더 자주 출연하고 있다.

나는 삼십대 초반의 여성으로서 버겁게 느껴진다. 여자라면 누구나 후줄근해지거나 뚱뚱해지거나 나이를 먹으면 안 된다는 압박감에서 벗어날 수 없다(요즘 십대 여학생들은 얼마나 더 힘들겠는가). 남자들은 안 그런 반면 여자들은 외모로 평가를 받는다. 개인적인 것은 정치적인 이유도 그렇기 때문이다.

저메인 그리어가 『여성, 거세당하다』를 출간한 지 40여 년이 지났건만 여전히 여자들은 행적이 아니라 외모로 평가를 받는 경우가 많다. 오늘 아침에도 최근에 국제통화기금 총재로 선출된 크리스틴 라가르드의 프로필을 「옵저버」에서 접했는데, 새롭게 맡게 된 막강한 역할보다 날카로운 파란 눈과 긴 다리를 들먹이며 섹스어필에 초점을 맞추고 있었다. 라가르드는 오십대 초반이며 디자이너 의상을 좋아한다. 그래서 뭐 어떻다는 건가? 남자들은 주름살이 있거나 머리가 희끗희끗해도 아무 상관없어 보인다. 브래드 피트, 톰 크루즈, 로버트 레드포드를 보라. 우리는 그들이 몇 살인지 신경 쓰지 않고, 셀룰라이트가 있는지 허벅지를 살피지도 않으며, 똑같이 해변에서 찍었으되 한쪽은 배가 불룩하고 한쪽은 그렇지 않은 사진을 나란히 놓고 비교하지도 않는다.

기본적으로 여자들 입장에서는 나이 드는 것과 먹는 게 양쪽 모두 수치스러운 일이다. 극단적으로 들릴지 몰라도 사실이 그렇다. 그래서 여자는 나이도 음식도 맘대로 못 먹고, 사는 게 다소 힘들다. 얼마 전에 나는 「그라치아」에 기고하느라 자료를 조사하면서 오십대와 육십대의 여자 지인들에게 어떤 기사를 읽고 싶으며, 어떤 문제에 관심이 있고 걱정이 되는지 물어본 적이 있었다. 대답은 '나이를 먹는 것과 살이 찌는 것'이었다.

언론에서는 끊임없이 여성들의 이런 걱정을 부추긴다. 최근에는 체중에 집착하는 것을 넘어 임산부까지 정밀 조사하고 나섰다. 배가 너무 큰지, 너무 작은지, 적당한지 왈가왈부하는 것이다. 내가 보기에 여성들의 몸과 체형을 잣대질하는 것은 구태의연한 남녀차별의 연장선상에 있는 행위다. 얼마 전에 머라이어 캐리를 인터뷰한 남자 기자는 이런 말로 기사 첫머리를 장식했다. '실제로 보니 보정을 거친 앨범 재킷 사진에 비해 훨씬 거구였다.' 그러면서 그녀가 쌍둥이를 임신 중이라는 이야기는 쏙 빼먹었다. 임신 말기에도 12센티미터짜리 힐을 신고 화려해 보여야 한다는 말도 안 되는 요구조건을 내걸고, 그 이후에는 임신으로 불어난 체중을 얼마나 금세 빼는지 엄격하게 평가한다. "그냥 예전 몸매로 돌아가지던데요." (마취제 없이 자기 집 욕조에서) 아이를 낳은 지 3주 만에 비키니를 입고 패션쇼를 누비는 속옷 모델들은 입버릇처럼 이렇게 말한다.

2011년 왕실의 결혼식을 앞두고 언론에서는 '점점 말라가는' 케이트 미들턴의 사진을 신나게 반복 게재하며 거식증에 걸린 게 아니냐고 걱정하는 척했지만, 너무 이른 나이에 머리가 벗어져가는 예비 신랑에 대해서는 너그러웠다. '케이트 미들턴이 거식증 환자일까' 하는 궁금증을 파헤치러 나선 웹사이트가 한두 군데가 아니었다. 일상적인 남녀차별이 워낙 만연해서 우리는 여기에 익숙해져버렸다. 우리 스스로도 여성의 가치는 외모에 좌우된다고 생각하게 되었다. 남성의 외모는 별로 중요하지 않은 반면, 여성의 외모는 만만한 타깃이다.

∴

현대 여성들이 직면한 난제를 상징하는 사람을 꼽으라면 빅토리아 베컴이다. 웃어도 할 수 없지만, 나는 이상하게 포쉬 스파이스*라면 사족을 못 쓰겠다. 그녀는 나보다 몇 살 더 많고, 내가 십대였던 1990년대에 스파이스 걸스는 가장 인기가 많은 그룹이었다. 데이비드 베컴과 약혼을 하면서 미니스커트 차림으로 미소를 지었던, 지금보다 통통했던 그 당시 빅토리아의 모습이 아직도 기억에 선하다. 나는 그녀가 살이 빠지고 임신을 하고, 우스꽝스러운 드레스를 입고 결혼식을 올리고, 아이를 한 명 더 낳고, 또 한 명 더 낳으면서 해가 갈수록 점점 야위어가는 과정을 줄곧 지켜보았다. 그리고 각종 언론에서 그녀의 체중 정보를 거의 실시간으로 업데이트해주는 것도 열심히 지켜봤다.

빅토리아가 그렇게 유명한 이유가 뭘까? 그녀는 스스로도 고백했다시피 음치이고, 그녀의 이름을 달고 나오는 패션상품 가운데 몇 퍼센트를 스스로 디자인하는지 알 수가 없다. 게다가 불미스런 스캔들에도 종종 휘말렸다. 가슴 확대 수술 사건도 있었고, 데이비드 베컴이 바람을 피웠다는 의혹도 있었고. 그런데도 그녀는 여전히 건재하다. 그녀가 남편과, 아이들과 함께하는 사진은 언제나 타블로이드 신문을 장식한다.

특히 나는 그녀가 아이들과 함께 있는 모습에 격하게 반응한다. 정말이지 부럽다. 그녀는 얼마 전에도 넷째를 낳았다. 어떻게 그럴 수 있을까? 나와 키, 몸무게가 같은데. 여자마다 생식체

---

* 포쉬(Posh)는 '럭셔리하다'는 뜻으로, 포쉬 스파이스는 빅토리아 베컴의 별명이다.

 하루에 사과 하나

계가 다르겠지만, 장담하건대 몸무게가 그 정도면 자연 배란이 안 될 확률이 높다. 그런데 어떻게 아이가 생기고 임신이 유지되는지 이해가 안 된다. 어떻게 그게 가능할까? (의사인 내 친구 말로는 '다량의 임신촉진제와 체외수정 덕분'이라고 한다. 그 친구의 의견에 불과하지만.) 아이를 가지려면 몸무게를 늘려야 하는 사람으로서 천생 엄마인 듯한 그녀를 보면 질투가 난다. 나는 부족한 것 같아서 좌절한다. 평범한 여자들이라면 어느 정도 체지방을 감수해야 하는데, 포쉬 스파이시는 어쩌면 그렇게 계속 날씬하고 우아할 수 있는 걸까?

체지방 이야기가 나왔으니 말인데, 언론에서 특히 광적으로 주목하는 것이 그녀의 식습관이다. 온 언론의 관심이 거기 맞춰져 있다시피 하다. 듣자하니 그녀는 생선과 데친 채소만 먹는다고, 급기야 이제는 파인애플만 먹는다고 한다. 식당까지 조그만 저울을 들고 다니면서 음식의 무게를 재고, 음식이 나오면 뭐든 반으로 잘라서 절반은 주방으로 돌려보낸다고 한다. 이게 진짜인지 언론에서 만들어낸 소설인지는 아무도 알 수 없지만 음식과 몸매, 식습관에 대해 아주 혼란스러운 메시지를 전달하는 것만큼은 분명하다.

사진작가였던 내 예전 남자친구가 말하길 가장 짭짤한 파파라치 사진은 (차에서 내리거나 나이트클럽에서 나오는 순간에 촬영한) 여자의 치마 속 아니면 유명한 여류인사의 식사 장면이라고 했다. "주인공이 속바지를 안 입었으면 진짜 좋고, 햄버거를 먹고 있으면 금상첨화지."

다른 여자들이 먹는 음식에 대해 지나치게 관심을 기울이는 현상이 가장 여실히 반영된 것이 최근 나타난 DIPE(Documented Instance of Public Eating)라는 단어다. 할리우드에서 탄생된 DIPE라는 단어는 '공개 식사 인증 사례'의 약자다. 그 속내를 들여다보면 참으로 우습다. A급 여배우나 모델과의 인터뷰에서 DIPE는 그녀가 왕성하고 건강한 식욕의 소유자라는 것을 강조하는 용도로 쓰인다. 그러니까 그녀가 주문한 푸짐한 파스타나 베이컨 샌드위치를 소개하는 데 인터뷰의 제일 첫 문단을 할애하는 것이다. 조신한 척 남들 앞에서 식탐 있는 여자로 보일까 봐 두려워하던 것이 오랜 전통이었건만, 이제는 엄청난 식성으로 앞에 놓인 음식을 뚝딱 해치우는 모습이 섹시하게 간주되다니 이렇게 희한한 반전이 있을까. 남자들은 여자들이 날씬하길 바라면서 음식을 맛있게 먹는 여자들을 더 좋아한다. 다이어트를 하는 여자들은 지긋지긋하게 여긴다. 그래서 요즘 여자들은 몸무게를 관리하면서 아닌 척해야 한다. 그리고 DIPE의 차원에서 프라이드치킨과 햄버거를 입안으로 쑤셔 넣으며 "난 평범한 여자야. 신진대사가 워낙 빨라서 많이 먹는데도 날씬한 몸매를 유지하는 거야"라는 메시지를 전달한다. 물론 이것은 고도의 이미지 전략이고 이로 인해 진짜 평범한 여자들은 더욱 좌절한다. 우리는 프라이드치킨과 햄버거를 먹으면 살이 찔 따름이다. 예전 남자친구가 알려준 것처럼 미모의 여배우가 햄버거를 먹는 사진은 전 세계로 팔려나간다 (페넬로페 크루즈는 해마다 오스카 시상식이 끝나면 햄버거를 먹는다).

∴

미모에 관한 한 여자들은 이러지도 못하고 저러지도 못한다. 다이어트를 해야 하는 세상에서 다이어트를 안 하는 척해야 한다. 아름다워지기 위해 성형수술을 하면서도, 당당하게 그 사실을 고백하지 못한다.

그런데 잠깐, 성형수술을 받으면 더 당당해져야 하는 거 아닌가? 늘 꿈꾸어왔던 가슴이나 코나 허벅지로 바뀌는데. 하지만 현실은 그렇지가 않다. 성형수술은 외모를 개조하거나 다듬는 수단이 아니라 선택의 탈을 쓴 폭력이다. 여자들이 하얀 가운을 입은 남자들에게 수천 파운드를 지불해가며 코를 부러뜨리고, 광대뼈를 깎고, 턱을 조이고, 위를 꿰매고, 눈꺼풀을 절개하고, 앞머리를 뽑는 이유가 무엇이겠는가. 여러분은 피가 나고 멍이 든 얼굴을 본 적 있는지, 체액 유출, 피부 궤양, 감염, 신경 마비 운운하는 글을 읽어본 적 있는지 모르겠다. 보기 괴로울 정도로 잡아당겨서 무표정하게 변해버린 얼굴보다 슬픈 게 뭐가 있을까? 메스와 보톡스, 그러니까 절개와 독약. 어쩌다 이렇게 여자들이 살기 힘든 세상이 되었을까?

사실 여자들은 미모를 유지하기 위해 성형수술을 받는 게 아니다. 나오미 울프가 20여 년 전 『미의 신화』에서도 밝혔던 것처럼 많은 여성들은 사랑받고, 의미 있고, 회사에서 잘리지 않고, 존경받는 존재로 계속 남고 싶어서 수술을 감행한다. 우리는 다이어트도 하지 않고 머리도 염색하지 않고 자연스럽게 나이를 먹은 여자를 보면 '자신을 방치한다'고 생각한다.

여러분이 아무리 흔들림 없는 여자라 해도 우리는 지금 이런 세상에서 살고 있다. 이런 세태를 무시할 수 있는 여자는 거의 없을 것이다. 거식증의 이유는 이보다 훨씬 복잡하고 개인적이지만, 연예계 문화와 성형수술 사업, 노골적인 남녀차별을 무시할 수만은 없다. 여성 환자들이 월등히 많은 이유가 무엇 때문이겠는가. 남성 환자들의 숫자가 염려스러울 만큼 증가하고 있기는 하지만-나도 개인적으로 식이장애를 앓는 남자들을 알고 있고 11퍼센트라는 통계 수치가 무시해도 될 만한 수준은 아니다-나머지 89퍼센트가 여성 환자다.

17살 무렵 여성해방, 남녀차별과 여성 불평등, 여성들의 몸과 굶주림, 일과 육아를 다룬 책들을 맨 처음 읽기 시작했을 때 전혀 새로운 세상이 내 눈 앞에 펼쳐졌다. 여자란 무엇인가에 대한 생각을 바꾸어준 페미니즘계의 우상들-저메인 그리어, 베티 프리던, 나오미 울프, 수지 오바크-은 노여워했고, 자기 생각을 분명하게 표현했다. 그들이 '개인적인 것은 정치적인 것'이라고 했고, 나는 그 말의 어감이 마음에 들었다. 이제야 그 의미를 이해하기 시작했지만.

페미니즘이라는 신조와 독립심으로 무장한 채 강인한 여자들로 이루어진 집안에서 자랐으면서도 거식증에 걸리다니 이 얼마나 아이러니한 일인가.

CHapter 5

실연과 거식증의 씨앗

나는 어쩌다 거식증이 생겼는지 모르겠다고 이야기하지만, 100퍼센트 진실은 아니다. 열아홉 살 때 어떤 일이 계기가 됐는지 알고 있다. 하지만 근본적인 이유는 죽을 때까지 모를 것이다. 예컨대 언니, 동생과 학교 친구들은 안 그런데 왜 나만 거식증에 걸렸을까? 거의 누구나 자라면서 문제와 집착이 생기지만-알코올이나 마약이나 자해에 중독되는 경우도 있다-거식증에 걸리지는 않는다. 그런데 나는 왜 문제에 대처하는 방식으로 굶는 걸 선택했을까? 1980년대 제작된 영화 「조찬 클럽」에 나왔던 그 대사가 생각난다. "네 종목은 뭐야?" 어쩌면 나는 유전적으로 거식증에 걸리기 쉬운 성향이었을 수도 있고 아니면 단순히 기질과 환경의 문제일 수도 있다. 내가 중독이 잘 되는 성격이기는 하다.

나는 늘 뭐든 쉽게 빠져든다.

　　이 글을 쓰는데, 내가 상대적으로 운이 좋았다는 생각이 든다. 대다수와 비교했을 때 내 거식증은 견딜 만한 수준이다. 겉보기에 나는 정상적인 생활을 하고 있다. 한때 몸무게가 위험할 정도로 빠진 적도 있었지만 극복했다(다시는 그때로 돌아가고 싶지 않다). 10여 년 동안 거식증이 내 인생의 모든 영역에 영향을 미쳤지만, '후발성'이라 다행이었다. 그로 인해 어린시절이나 사춘기시절을 빼앗기지는 않았다. 나는 여덟 살 때 거식증과 신경성 폭식증이 생긴 수키라는 여자아이를 안다. 그녀는 지금 스물네 살인데, 여러 모로 아직 어린애다. 월경을 한 적도 없고, 브래지어를 한 적도 없고, 남자친구를 사귄 적도 없다. 거식증의 원인으로 종종 잘못 지목되는 사춘기에 대한 두려움이 수키의 경우에는 진짜였다. 그녀는 몸무게가 눈곱만큼이라도 늘면 여성스러운 몸매로 변한다고 생각한다. 그래서 신체적으로 여덟 살 무렵에 머물러 있다. 자칫 잘못하면 부러지기 쉬운 골격 위에 쭈글쭈글한 할머니의 얼굴이 얹혀 있다. 지금까지 내가 만난 환자들 중에서 가장 슬픈 경우다. 때문에 나는 내가 얼마나 운이 좋은지 안다. 열아홉 살 때부터 거식증으로 고생하기는 했지만, 적어도 어린시절과 사춘기시절에는 행복했다. 신났던 시간과 즐거웠던 일들이 내 기억 속에 고스란히 남아 있다. 아무 거리낌 없이 먹고 사귀고, 술에 취하고 케밥을 먹고 몸에 굴곡이 생기면서 섹시해진 기분이

들었던 그때. 적어도 내가 늘 이렇게 노이로제 상태는 아니었다.

내가 이렇게 정상적으로 건강하게 성장했다면 그 병이 어디서 생긴 걸까? 절반은 바다 밑으로 잠겨 있고 절반은 수면 위로 튀어나온 빙산이 있다고 하자. 윗부분이 겉으로 드러난 모습, 남들에게 보여주는 얼굴이다. 나는 그 부분에 있어서만큼은 별문제 없다. 그런데 밑으로 잠겨 있는 나머지 절반이 엉망진창이다. 굳이 빙산에 비유할 필요도 없다. 기반이 약한 건물이나 바퀴가 헐거운 자전거를 상상하면 감이 올 것이다. 나의 내면에는 모든 것을 하나로 단단히 묶는 무언가가 없는 모양이다. 위기의 순간이 찾아오면 나는 와르르 무너진다. 뭔가가 잘못되면 나 자신을 공격한다.

'기반'이 내 어린시절을 말하는 것은 아니다. 나는 그보다 더 안정적일 수 없는 어린시절을 보냈다. 우리 부모님의 결혼생활은 바위처럼 단단했고, 나는 예나 지금이나 가족들과 가깝게 지낸다. 학창시절도 좋았고, 사춘기시절도 마찬가지였다. 딱히 생각나는 트라우마도 없었고, 미래에 그런 질병을 야기할 만큼 참혹한 사건이나 참사를 겪은 적도 없었다.

원인을 찾기가 더욱 힘들어지는 게, 나는 정말로 자신감 넘치는 성격이다. 여러 면에서 나 자신을 긍정적으로 생각한다. 초기에 나를 진찰한 정신과의사는 '비정형적인' 거식증이라는 진단을 내렸다. 수많은 거식증 환자들과 달리 나에게는 '왜곡된' 시각이 존재하지 않기 때문이었다. 나는 오히려 이 병의 육체적, 생물학적, 인지적 측면을 숙지했다. 10년 동안 심리학서 전문 출판사에서 근무하지 않았던가. 나는 건강상으로 어떤 위험이 따르는지 알고 있다. 얼마나 자기 파괴적인지도 알고 있다.

거식증 하면 널리 알려진 영상이 하나 있다. 삐쩍 마른 여자가 거울을 들여다보는데, 거울 속에서는 뚱뚱한 여자가 그녀를 쳐다보는 영상 말이다. 나는 그렇지 않다. 나는 말랐고, 거울을 들여다보면 마른 여자가 나를 쳐다보고 있다.

그러니까 이 병은 간단하지가 않다. 단순히 자신감 부족을 원인으로 지목할 수가 없다. 나라는 빙산의 윗부분은 외향적이고 쾌활하다. 예컨대 남들 앞에서 말을 하는 건 아무렇지도 않다. 결혼식장에서 축사를 낭송한 적도 있고, 업무상 프레젠테이션도 숱하게 한다. 처음에는 긴장하지만, 긴장이 풀리면 제법 즐기는 편이다. '방 안으로 들어서는 순간'의 두려움을 한 번도 느껴본 적 없고, 낯선 사람들 만나는 것을 좋아하며, 심지어 회사 면접에도 부담을 느끼지 않는다. 십대시절부터 혼자 여행을 다녔고, 혼자 영화를 보러 가도 아무렇지 않다. 우리 가족과 친구들, 동료들에게 나에 대한 평가를 물으면 붙임성이 좋다고 할 것이다. 대부분의 사람들처럼 나 역시 내 말을 하기보다 남의 말에 귀를 기울여야 한다는 것을 알고, 저녁은 같이 못 먹을지 몰라도 재미있는 술친구나 파티친구는 될 수 있다.

문제는 아랫부분이다. 나는 칭찬도 받고 승진도 한다. 다른 사람들처럼 여러 가지 성과를 거두었다. 하지만 내게 성공이란 오리의 등 위로 떨어진 물과 같아서 기쁨도 잠깐뿐이다. 반면에 거절을 당하면 그런 기미만 느껴져도 당장 직격탄을 맞는다. 시도한 나를 나무라고 실패한 나를 증오한다. 할 수 있을지 모른다고 생각했다니 어쩌면 그렇게 바보 같으냐고 속으로 중얼거린다. 기다렸다는 듯이 나 자신을 조롱하고 넌더리를 내는 것이다. 그리고 안 좋게 끝난 만남, 사무실에서 보인 추태 같은 일들을 재연하며 어쩌면 그렇게 맹목적일 수 있었는지 놀라워한다. '잘될 리 없다는 걸 왜 몰랐을까? 정말로 내가 그 일자리를 따낼 수 있을 거라고 생각한 걸까? 그 남자는 나를 달갑지 않게 생각한다는 걸 왜 알아차리지 못했을까?'

나는 실패를 긍정적으로 받아들이지 못한다. '늘 도전했고, 늘 실패했다. 괜찮다. 다시 한 번 시도하고, 다시 한 번 실패하고, 더 잘 실패하면 된다'는 새뮤얼 베켓의 명언을 믿지 못한다(그 문구를 부엌 찬장에 붙여놓기는 했지만). '모두 좋은 경험'이라거나 '실수를 통해 배우는 법'이라고 하는 폴리아나'식의 위로에서도 별다른 감흥을 느끼지 못한다.

나 혼자만 그런 게 아니라는 건 안다. 자신감 넘치는 수많은

---

* 긍정적인 성격으로 유명한, 어린이 소설 주인공

사람들이 만성적으로 불안해한다. 심지어 야심만만한 사람들조차 사기꾼이 된 기분이라고, '들통' 나면 어떻게 하나 두려워하며 산다고 고백하는 경우가 많다. 자기 자신이 모자란 것처럼 느껴지는 이런 기분은 거의 모두에게 해당된다.

결국은 타고난 성격 탓, 유전 탓일까? 어머니와 나는 이런 점에서 아주 비슷하다. 우리는 어떤 이유에서든 거절이나 무시를 당하면(출판사로부터 예의바르게 퇴짜를 맞건 어떤 파티에 초대를 받지 못하건) 당장 우리 잘못이라고 생각한다.

톰은 정확히 정반대다. 그는 기질적으로 낙천적이다. 어떤 신문사 편집자에게 이메일로 기획안을 보냈는데 몇 주째 답장이 없더라도 아무렇지 않게 휴가 중인가 봐 하고는 그만일 것이다. 그의 사고체계를 알아내려고 내가 얼마나 많은 질문을 퍼부었는지 모른다. 자신을 불신하기도 하는지. 실패하면 자책하는지. 그는 대부분의 경우 실패가 아니라 '엿 같은 상황'에 불과하다고 말한다. 그러니까 거절을 당하더라도 마음속에 담아두지 않는다는 말이다. 그는 답장이 없으면 정말로 편집자가 자리를 비웠거나 바빠서 그런 거라고 생각한다. 그의 기사가 쓰레기 같아서 그렇다든지, 신문사 측에서 그를 탐탁지 않게 여긴다든지 하는 식으로 성급하게 결론을 내리지 않는다.

하지만 성격은 절대 간단한 문제가 아니다. 나에 관한 한, 그에 대한 나의 감정에 관한 한, 톰이 훨씬 불안해하니 말이다. 그

   하루에 사과 하나

는 내가 아는 남자들은 모두 예전 남자친구 아니면 미래의 남자친구라고 생각하며, 가끔 터무니없는 비난과 의심으로 우리 두 사람 모두를 절망의 나락으로 떨어뜨리곤 한다. 나는 비록 거식증이라는 정신 질환을 앓고 있지만, 이런 수준의 질투심은 공감을 못하겠다. 그런 감정을 느껴본 적도 없고, 이해도 안 된다. 어떤 사람이 나를 두고 바람을 피우기로 작정했다면 그건 이미 내 손을 떠난 문제다. 내가 그 사람이 바람을 피울지 모른다고 상상한들 달라지는 게 뭐가 있겠는가. 게다가 어떤 이와 평생을 함께하고 싶은 사람이라면 바람을 피울 이유가 없지 않은가. 논리적으로 대화를 나누면 톰도 이해한다. 하지만 감정이 늘 논리적이지는 않다. 우리는 둘 다 자신 있는 부분과 불안한 부분이, 민감한 부분과 약한 부분이 있고, 이건 누구나 마찬가지일 것이다. 톰의 경우 일에 대해서는 확고하지만, 나에 대해서는 그렇지 않다. 마음속 깊은 곳에서는 내 사랑을 믿지 못하는 모양이다. 나는 감정적인 질투심으로 괴로워하지 않고 그의 사랑을 확신하지만, 날마다 나의 능력과 나라는 인간을 못미더워한다. 내 아이디어를 세상에 공개한 순간부터 거의 절망의 늪에서 허우적거리고, 거의 평생 동안 다음번에는 실패하겠거니 짐작하며 지내왔다.

그러니까 나도 남들처럼 어떤 부분에 있어서는 자신만만하고 어떤 부분에 있어서는 자신이 없는 사람이다. 그런데 웬 호들갑일까? 이게 거식증과 무슨 상관있을까? 내가 보기에 관건은 회복력인 것 같다. 일은 늘 잘못되기 마련인데, 그럴 때 필요한 것이 중심이다. 근본적으로 나는 괜찮다고 믿어야 한다. 자기 자신에 대한 믿음이 있어야 한다. 그런데 나는 그렇지 못하다. 나는 저울추가 없기에 힘든 일이 생기거나 기대에 못 미치면 비틀거린다.

나는 이 부분에 대해 수도 없이 고민해보았다. 문제는 나에 대한 믿음이 전혀 없다는 것이다.

∴

나의 거식증은 엄청난 실연에 대한 반응으로 시작됐다. 당시 나는 열아홉 살이었고, 그때부터 줄곧 나 자신과 전쟁을 치르고 있다.

오래전부터 나는 실패작이라고 스스로 세뇌한 사람들은 누군가에게 거절을 당하더라도 그다지 놀라워하지 않는다. 하지만 상처에도 강도가 있는 법이다. 면접에서 퇴짜 맞고 시험을 망치고 운전면허시험에서 떨어지는 게 아무리 속상하다 한들 사랑을 거부당한 상처에 비하면 아무것도 아니다.

사랑과 만남과 헤어짐이라는 이 묘한 과정. 사람들은 예민하게 받아들일 일이 아니라고 한다. 예민하게 받아들이지 말라고 한다. 말도 안 되는 소리. 진지하게 만난 사이였다면 어떻게 예민하지 않을 수 있겠는가. 어떤 사람이 나와 사랑에 빠져 서로 비밀을 털어놓고, 내 몸과 마음에 젖어들고, 함께 목욕을 하고, 내 옆에서 잠을 자고, 내 살결과 땀과 눈물을 맛보다 "당신은 나랑 안 맞아"라고 하는데. 사귀던 사람과 헤어지면 탓할 사람이 나 말고는 없지 않겠는가.

나는 남자친구를 여럿 사귀었고, 내가 찬 쪽이건 차인 쪽이건 숱하게 이별을 경험했다. 솔직히 내가 주로 끝낸 편이었지만, 그 반대였을 때만 기억에 남는 법이다. 내가 버림을 받은 경우는, 그때의 굴욕감은 생생하게 기억이 나지만, 나머지 경우는 기억이 흐릿하다. 내가 차일 때마다 엄마는 이렇게 이야기하곤 했다. "네가 부족한 게 아냐, 걔가 뭘 모르는 거지." 엄마의 말은 거의 항상 옳지만, 이번에는 틀렸다. 당연히 '내가 부족해서' 생긴 일이다. 이보다 더 확실하고 완벽한 거절이 어디 있겠는가. 절교 선언의 정확한 의미는 이것이다. 나는 너를 사랑하지 않아. 아니면 나는 너를 충분히 사랑하지 않아.

우리는 모두 사랑의 진실을 안다. 누군가에게 반하면 거의 모든 일을 그와 함께한다. 거처를 옮기고, 영혼을 팔고, 산에도 오른다. 하지만 그렇지 않을 때는 그저 자유롭고 싶어진다.

나는 열아홉 살 때까지 운이 좋았다. 어쩌다 한 번씩 좌절하고 운전면허시험에 한 번인가 두 번 떨어졌을 뿐 내 기반을 통째로 흔들 만한 일은 없었다. 실패와 거부의 상처를 0에서 10까지 점수로 매긴다고 쳤을 때 운전면허시험에 떨어진 게 3이었다면(나는 그때 차를 살 만한 형편이 못 됐고, 런던에는 차를 둘 만한 데도 없다) 내가 경험한 실연의 상처는 11이었다.

나는 이쯤에서 잠깐 글을 멈추고 다이어트 콜라를 마신다. 진심으로 그때 기억을 되새기고 싶지 않지만, 어떤 사건을 계기로 거식증이 시작됐는지 솔직하게 고백하고 싶다. 대부분의 사람들에게는 잘 되지 않았지만 그래도 영원히 잊지 못할 상대가 한 명쯤 있을 것이다(어쩌면 잘 되지 않았기 때문에 영원히 잊지 못하는 것일지도 모른다). 여러분도 어느 누구보다 많은 상처를 주었던 사람, 없으면 못 살 것 같았던 사람이 있었을 것이다. 내게는 그런 사람이 로렌스였다.

∴

뉴욕과 옥스퍼드에서 있었던 일들을 한데 종합하다 보니 실연이 먹는 걸 중단하기에 합당한 이유는 아닌 것 같다는 생각이 든다. 내 가슴이 산산이 무너지기는 했지만, 누구나 살다 보면 한 번쯤은 그런 일을 겪지 않겠는가. 그런다고 쫄쫄 굶다니 반응치고 특이하다. 내가 왜 거식증이라는 형벌을 선택했는지, 내가 선택한 형벌이 맞기는 한 건지 잘 모르겠다. 하지만 내 주변 사람들에게 물으면 로렌스와 헤어진 이후로 내가 달라졌다고 할 것이다.

하루에 사과 하나

말수가 줄고 확실히 여윈 건 물론이고, 내성적인 성격이 되었다
고.

자타가 공인하건대 그 만남으로 내 안의 무언가가 망가져버
렸다. 로렌스를 비난하려는 것은 아니다. 그는 나와의 관계를 계
속 유지해야 할 의무가 없었다. 나에게 거식증이 생길 줄도 몰랐
다. 게다가 원인과 결과는 늘 애매모호한 법이다. 아마 그보다 훨
씬 전, 그러니까 어린시절이나 사춘기시절에 거식증의 씨앗이 심
어졌을 것이다. 그러니까 몇 년 더 거슬러 올라가서, 거식증이 시
작되기 전에 내가 어떤 사람이었는지 설명해도 좋을 것이다.

십대 시절의 나는 북런던에 살며 유명한 세인트폴여학교에
다니던 행복한 여학생이었다. 케이트 언니와 여동생 앨리스도 같
은 학교에 다녔고, 필립 오빠와 남동생 트리스트럼은 템스 강 바
로 맞은편의 세인트폴남학교에 다녔다. 존 밀턴과 새뮤얼 존슨,
조지 오스본, 이모젠 스터브스, 레이첼 와이즈, 해리엇 하먼을 비
롯해 이루 헤아릴 수 없을 만큼 많은 배우, 정치인, 음악가들이
세인트폴 동문이다. 그 두 학교 졸업생들은 야심만만하고, 눈에
확 띄며, 보기 드물게 자신감 넘치기로 악명이 높다. 마이클 하워
드의 딸, 존 메이저의 대녀, 찰스 다윈의 증손녀, 세인즈베리 경의
조카 몇 명이 수험생 시절에 나와 같은 반이었다. 세인트폴여학
교 학생들은 집안도 대단하지만, 어마어마하게 돈이 많고 제멋대
로였다. 내 단짝친구의 열일곱 번째 생일날이 생각난다. 몇몇 친

구들끼리 교문 밖에서 몰래 담배를 피우고 있는데, 새로 뽑은 까만색 컨버터블 레인지 로버가 학교로 배달됐었다.

대조적으로 우리 집은 어마어마하게 가난했다. 사립학교까지 보냈으면서 무슨 소리냐 하겠지만, 정말 빈털터리였다. 우리 부모님은 얼마 안 되는 생활비를 가지고 기적적으로 꾸려나갔다. 호텔 대신 캠핑을, 음식점 대신 도시락을 애용했고, 우리 모두 어머니가 말끔하게 고친 교복을 물려받아서 입고 다녔다. 골동품 트라이엄프 헤럴드가 또 퍼져서 또 집까지 견인되더라도 우리 부모님은 그걸 신나는 모험처럼 포장했다.

1980년대와 1990년대에는 학비 보조금과 장학금의 기회가 많아서 우리 모두 경제적인 지원을 받았지만, 부모님이 무슨 수로 우리 5남매를 모두 런던에서 가장 비싼 사립학교에 보낼 수 있었는지 아직도 모르겠다. 수업료는 어찌어찌 냈다 치더라도 새 교과서, 각종 공연 티켓, 운동 장비 등 돈 들어갈 데가 끝도 없었으니 얼마나 고생스러우셨을까. 우리 형제자매는 그 부유한 대열에 끼어든 침입자였다.

나는 수학여행을 한 번도 간 적이 없었다. 베르비에에서 스키를 타지도 않았고, 그리스에서 고고학 유물을 발굴하지도 않았고, 중국으로 라크로스 투어를 떠나지도 않았다. 어렸을 때 우리는 유럽에서 휴가를 보냈다. 승용차와 캠핑카 가득 짐을 싣고 프랑스와 이탈리아로 '자동차 여행'을 떠났다. 그렇게 달리고 또 달리다 밤이 되면 캠핑장이 아니라 외진 대피소나 옥수수 밭에 차를 세웠다. 엄마와 아빠는 캠핑카에서 주무셨고, 우리 5남매는 승용차에서 잠을 청했다. 트렁크에서 두 명, 뒷좌석에서 두 명, 앞좌석에서 한 명, 이렇게(여러분은 핸드브레이크 너머로 다리를 걸치고 잠을 자본 적 있는지 모르겠다).

나는 열일곱 번째 생일선물로 컨버터블도 받지 못했다(울워스백화점에서 주말마다 아르바이트를 할 수 있게 되기는 했지만). 케이티, 필립, 앨리스, 트림 그리고 나는 날마다 북부 선과 피카딜리 선을 타고 캠던타운에서 해머스미스로 출근했다. 우리는 지하철 안에서 책을 읽고 티격태격하며 컬리월리 초코바를 먹는 후줄근한 울프 5남매였다.

요즘 세인트폴여학교는 거식증의 온상으로 그려지지만, 내가 기억하기로 예전에는 그렇지 않았다. 유난히 말랐거나 몸무게에 집착하는 친구가 없었다. 그 당시에는 내가 먹는 데 전혀 아무 걱정이 없어서 알아차리지 못했을 수도 있지만. 기껏해야 15년에서 20년 전인데, 다른 세상의 이야기처럼 느껴진다. 그 당시에는 각양각색의 잡지와 인터넷 사진이 없었고, 얼굴에서부터 머리카락, 치아, 엄지발가락의 건막류, 주름, 피부색, 피부 탄력, 셀룰라이트에 이르기까지 여자들의 몸을 구석구석 조사하지도 않았고, 주름 제거 수술은 정신 나간 할리우드 여배우들이 아흔다섯 살에나 받는 수술이었다.

「히트」나 「클로저」가 없던 그 시절에 우리는 「저스트 세븐틴」 과 「미즈」를 꼼꼼히 챙겨 읽었다. 반짝이는 아이새도와 마돈나처럼 춤을 추는 방법이라면 모를까, 다이어트나 식이요법이나 여성들의 평균 체중을 다룬 기사는 없었다. 어쩌다 한 번씩 친구 엄마한테서 「보그」를 빌려 본 적도 있지만, 모델들이 지금처럼 비쩍 마르지 않았다. 그 당시 '슈퍼모델'을 여러분도 기억할 것이다. 작은 점이 있었던 신디 크로퍼드, 머리를 밝게 염색했던 린다 에반젤리스타! 내가 기억하기로 우리는 남자친구를 주제로 대화를 나누었고, 실크컷을 피웠고, 라크로스 복식 시합을 꺼렸고, 화학 선생님을 괴롭혔다.

점심을 거르거나 점점 더 삐쩍 말라가거나 너무 열심히 운동을 한 친구는 없었던 것 같다. 거식증이 화제로 등장한 적도 없었던 것 같다. 얼마 전에 정신과 상담을 받는데, 희한하게 세인트폴 여학교의 로커룸에서 겪었던 일이 생각났다. 오전 쉬는 시간이었고, 나는 몇 명의 친구들과 함께 마스 초코바를 먹으며 폴리스티렌 컵에 담긴 자동판매기 커피를 홀짝이고 있었다. 그런데 한 친구가 일어나 화장실로 들어가더니 구역질을 하는 소리가 들렸다. 직전까지만 해도 멀쩡했던 그 친구는 잠시 후 밖으로 나와서 담배 피우러 갈 사람 있느냐고 물었다. 신경성 폭식증이 있었던 모양인데, 내가 그 당시에 과연 그게 뭔지 알 수 있었을까?

수험생 시절이 끝나고 옥스퍼드대학교 영문학과로 입학 결정

   하루에 사과 하나

이 났을 때 나는 여름방학 동안 단짝 친구와 파리로 여행을 떠났다. 학창시절의 끝이자 새로운 인생의 시작이었다. 우리는 파리의 여러 다리를 지그재그로 누비고, 카뮈를 읽고, 밤새도록 와인을 끝없이 들이켰다.

9월이 되자 런던으로 돌아가 크리스마스 때까지 울워스백화점에서 풀타임으로 근무했다. 그 당시만 해도 '오락부장'이었기 때문에 일요일 아침마다 미칠 듯한 숙취를 달래며 백화점 영업시간이 시작되기 전까지 톱 40 차트에 오른 카세트와 CD를 정리해야 했다.

통장에 돈이 조금 모였고, 이제 비로소 휴학생 생활을 제대로 시작할 수 있었다. 섣달 그믐날, 나는 뉴욕행 비행기에 몸을 실었다.

∴

열여덟 살의 나이로 JFK 공항에 내린 그때가 모든 사건의 시발점이었다. 나보다 다섯 살 많은 케이티 언니가 뉴욕에 살고 있어서 몇 주 있다 가라고 나를 불렀다. 나는 공항까지 마중 나온 언니를 따라 지하철을 타고 집으로 가서 옷을 갈아입고 첫 번째 신년 파티에 참석했다. 그리고 10시를 10분 남겨둔 시점에서(두 번째인가 세 번째 파티였고, 입구에서 삼부카를 잔으로 나누어주고 있었다) 로렌스를 만났다.

그게 우리의 첫 만남은 아니었다. 로렌스가 부모님과 함께 런던으로 종종 놀러왔기 때문에 사실 열세 살 때부터 알고 지내던 사이였다. 그는 우리 식구들 사이에서 로리라고 불렸고, 나보다 한 살 많았다. 양쪽 어머니가 두 분 모두 작가 겸 학자이고-우리 어머니는 런던대학교, 그의 어머니는 뉴욕대학교 소속이다-학회나 학술여행 때 한 방을 쓸 만큼 가까운 사이다.

나는 진가를 새롭게 발견한 언니, 로리, 왁자지껄한 친구들과 함께 이 파티장에서 저 파티장으로 옮겨다녔다. 술에 취했고 시차가 달라서 피곤했음에도 불구하고 맨해튼에서 보낸 첫날밤의 기억은 아주 선명하다. 중국 음식을 열심히 먹었던 게 생각난다(그때는 남들 앞에서 아무렇지 않게 먹을 수 있었다니 기분이 이상하다). 로리와 함께 브로드웨이의 어느 음식점 밖에 서서 담배를 같이 피웠던 것도 생각난다. 택시를 계속 갈아타며 어퍼웨스트사이드에서 어퍼이스트사이드를 종횡무진했던 것도 생각난다. 자정 무렵 어느 집 옥상에서 음악과 불꽃놀이를 배경으로 허드슨 강을 내려다보며 처음으로 입을 맞추었던 것도.

우리의 만남을 뭐라고 설명하면 좋을지 모르겠다. 이후에 겪은 고통 때문에 그 당시 누렸던 수많은 행복이 지워져버린 모양이다. 하지만 뉴욕만큼은 내 마음을 사로잡았다. 노라 에프런이 만든 영화 「제2의 연인」을 보면 그 시절의 내 생활과 그 도시를 알아나가면서 느낀 흥분을 연상시키는 대사가 나온다. 뉴욕 사

하루에 사과 하나

람들은 '재미있는 일과 사랑과 세상에서 제일 맛있는 초코칩 쿠키를 찾아서' 늘 바쁘게 움직인다는 대사 말이다. 나는 원래 2주만 있을 생각이었는데 거의 1년을 있게 됐다. (광고회사에) 일자리도 얻었고, (어퍼이스트사이드에) 손바닥만 한 아파트도 구했고, (난생처음으로) 사랑에 빠졌다. 초코칩 쿠키는 수도 없이 먹었다.

⁂

　나는 로리를 왜 그렇게 미친 듯이 사랑했을까? 난생처음으로 진지하게 사귄 남자친구는 아니었다. 열일곱 살에 처녀 딱지를 뗐을 때 상대는 세인트폴남학교에 다니던 제이미라는 아주 괜찮은 녀석이었다. 우리는 합동 시 토론 동아리에서 만났다. 여자아이들은 남자를 만나러, 남자아이들은 여자를 만나러 가입하는 그런 동아리였다. 트위크넘 럭비 클럽에서 열린 크리스마스 파티 때 그가 관심을 선포했다. 누군가를 정말로 좋아했던 기억, 그도 나를 좋아해주었으면 좋겠다고 빌었던 기억이 아직도 선명하다.
　둘 다 경험이 없었던 우리는 몇 개월 사귀었을 때 이제 때가 되었다는 결론을 내렸다. 동정이 마음의 짐처럼 느껴질 조짐이 보였던 것이다. 그 당시만 해도 열여섯 살이면 동정 딱지를 떼기에 알맞은 나이였고, 열일곱 살이 커트라인이었다. 그런데 나는 열일곱 살 반이었고, 제이미는 거의 열여덟 살이었다. 우리는 주말 동안 데번에 있는 그의 이모의 별장을 빌려 거사를 치렀다. 솔직히 고백하자면 격정적이었다기보다 어설펐지만, 드디어 해치웠다는 데 속이 후련했다. 이후에 우리는 밖으로 나가 방파제에 앉았다. 제이미는 눈물을 흘렸고, 나는 얼마나 아팠는지 곱씹었던 기억이 난다.

따라서 그런 의미에서 로리가 첫 남자는 아니었다. 하지만 성인 대 성인으로 맨 처음 만난 사이이기는 했다. 우리는 같이 살다시피 했고, 거긴 내 고향집에서 5600킬로미터나 떨어진 곳이었다. 로리의 표현에 따르면 '오래전부터 예정돼 있었던' 일이었고(내 눈에는 그 오만함도 매력적으로 다가왔다), 우리 둘 다 내숭을 떨 필요성을 못 느꼈다. 그렇게 마음을 열고 육체적으로 친밀하게 지낸 남자친구는 처음이었다. 학교에서 맺은 관계는 미숙했다. 그때는 솔직한 것보다 깔끔한 게 더 중요했다. 누군가가 나를 마음에 들어 하거나 조만간 찰 것 같으면 거기에 맞춰 감정을 정리했던 것이다. 하지만 로리와 나는 서로 감정을 숨긴 적이 없었다. 우리는 한 방향으로 나아가는 사랑하는 사이였다.

필연적인 운명론과 빤한 양쪽 집안 내력과 십대 시절에 잠깐씩 만났을 때 조성됐던 긴장감은 둘째 치고, 성인 대 성인으로서도 제법 잘 맞았다. 지적으로 정말 잘 통했고 관심사도 문학, 언어, 여행으로 비슷했다. 우리는 경쟁심이 하늘을 찔렀다. 나는 옥스퍼드에서, 그는 코넬에서 공부할 예정이었으니 그럴 수밖에 없

                    하루에 사과 하나

었다. 로리는 미국인답지 않게 유럽 곳곳을 여행했다. 프랑스어와 이탈리아어와 독일어가 유창했다. 게다가 데번의 그 방파제에 앉아 있었을 때는 실망감을 달래야 했건만, 로리와의 잠자리는 거부할 수 없는 매력이 있었다. 그는 키가 너무 크고 호리호리하며 갈색 머리는 나풀거려서 전형적인 미남이라고 할 수 없었지만, 세련되고 멋있었다. 뉴욕의 특권층 유대인답게 옷을 입되 학구파처럼 쭈글쭈글한 셔츠와 코듀로이를 걸치고 다녔다(아마 유럽에서 배운 스타일이었을 것이다). 그는 내가 처음으로 만난 채식주의자였고, 우리는 동물의 권리를 주제로 몇 시간씩 토론을 벌이곤 했다. 나도 죽은 동물을 먹는다는 게 예전부터 마음에 걸렸다. 우리 어머니가 기억하기로는 어렸을 때도 뱅어를 앞에 두고 하염없이 앉아만 있었다고 한다. 그 조그만 은색 생선을 차마 먹을 수 없었던 것이다. 이제 독자적으로 자유롭게 음식을 골라 먹을 수 있게 되었으니 채식이 이치에 맞는 선택이었다. 나는 로리처럼 철저한 채식주의자가 되지는 못했지만—예컨대 가죽 신발을 신고 우유도 마신다—지금까지 육류나 생선은 먹지 않고 있다.

영원한 것은 아무것도 없는 법. 내가 영국으로 돌아가서 대학생활을 시작해야 하는 시점이 찾아왔다. JFK 공항의 출발 게이트에서 로리에게 작별 인사를 했던 게 생각난다. 그를 걱정했던 것도 생각난다. 우리가 서로 헤어져서 살 수 있을지 상상이 되지 않았다. 우리 둘 다 대서양을 사이에 두고 계속 변함없을 거라고 믿어 의심치 않았다. 우리는 장문의 편지와 엽서를 끊임없이 쓰고, 날마다 팩스를 주고받았다. 미국까지 1분당 20페니밖에 안 되는 장거리 전화요금 약정제에 가입했고, 그 당시만 해도 신기술이었던 이메일 계정을 만들었다.

그렇게 10주가 흘러 다시 만날 계획을 세우고 있었을 때-내가 뉴욕에서 크리스마스를 보내고, 로리가 나와 함께 영국으로 건너와 새해를 옥스퍼드에서 시작하기로 했다-뜬금없이 항공우편이 날아왔다. 장거리 연애로는 '안 되겠다'고, 곁에 있어줄 여자친구가 필요하다고, 각자 새로운 사람을 만나는 게 좋겠다는 그의 편지였다.

그때 받은 상처는 말로 표현할 수 없을 정도였다. 나는 꼬박 5일 동안 집 밖으로 나오지 않았다. 수도꼭지에 입을 대고 물을 마시고, 창가 바닥에 앉아 면세점에서 산 미국 담배를 피웠다. 수업도 듣지 않고, 상점 출입도 하지 않았다(태어나서 처음으로 굶은 때였다). 울었던 기억은 없다. 머릿속이 새하얀 백지였을 뿐. 그 없이 살아야 하는 현실을 이해할 수 없었다. 그러다 5일 만에 샤워를 하고, 잠갔던 문을 열고, 나를 파괴하기 시작했다.

CHapter 6

거식증이 무럭무럭 자라나다

옥스퍼드에서 보낸 몇 년을 뭐라고 설명하면 좋을까? 꿈꾸는 아름다운 첨탑과 처웰 강에서 벌인 뱃놀이로 말머리를 장식하지는 않겠다. 나는 시인도 아니거니와 ˙『다시 찾은 브라이즈헤드』˙˙보다 더 근사하게 묘사할 자신도 없다. 내가 읽었던 책과 제출했던 리포트, 감동적이었던 강의와 도서관, 유니버시티 공원, 오솔길과 대학 건물과 귀청을 때리는 종소리에 대해서 주절주절 늘어놓지도 않겠다. 옥스퍼드 하면 떠오르는 추억들과 한데 엮어 머릿속에 꽁꽁 가두어두었지만, 지금 내가 하려는 이야기와는 상

˙ 영국의 시인이자 평론가인 매튜 아널드가 옥스퍼드를 가리켜 '꿈꾸는 첨탑의 도시'라고 표현했다.
˙˙ 영국 작가 이블린 워의 소설

관없으니까.

열아홉 살부터 스물한 살까지 성장의 시간이 되었어야 할 3년 간 나는 오히려 거의 쓰러지기 직전까지 점점 쪼그라들었다. 로리와 깨지면서 만들어진 불똥에 불이 붙은 것이다. 나는 기본적으로 나에 대한 믿음이 부족했기에 나를 자책했다. 아픔을 안으로 감추고 버림받은 나를 경멸했으니 벌을 내리는 게 당연한 수순이었다. 자해를 하는 사람들의 심리가 이렇지 않을까 싶다. 마음의 상처를 달래느라 몸에 칼을 들이대는 것이다. 나는 일부러 상처를 낸 적은 없지만, 그러고 싶은 충동을 십분 이해한다(이 칼럼이 게재된 그 주에 '거식증도 일종의 자해'라는 어느 정신과의사의 이메일이 도착했다. 내가 그 이메일을 읽고 얼마나 마음이 불편했는지 모른다).

굶는 건 내가 느끼는 고통에 대처하는 방편이자 나 자신을 통제하는 방편이었다. 나는 로리가 감당하기 버거운 상대였다. 너무 말이 많고, 너무 감정적이며, 너무 살이 많았다. 요컨대 너무 뚱뚱했다. 내 키와 몸무게가 평균이고 BMI 도표상 딱 '정상'이었음에도 불구하고 그렇게 생각했다. 열아홉 살 때 찍은 내 사진을 보면 몸매가 예쁜데도.

혼란스러운 감정을 다스릴 방법이 없었기에 육체적인 해결책을 찾았다. 물론 그 당시에는 아무것도 몰랐다. 이성적인 사고가 불가능했고, 온종일 로리 생각뿐이었다. 버림을 받았다는 생각과 수치심이 감당하기 버거울 정도였다. 나는 그가 아니라 나를 미워했다(그를 미워한 적은 한번도 없었다).

굶으면 모든 걸 잠재우는 데 효과 만점이다. 먹는 게 없으면 울컥하거나 호들갑을 떨 여유가 사라진다. 그런 건 우선순위에서 한참 밀려난다. 게다가 계속 배가 고프면 정신을 바짝 차려야 하기 때문에 힘이 든다. 실수로 뭐라도 먹거나, 못 버티고 음식이나 포옹이 필요한 티를 내거나, 배고픔에 지면 안 된다. 나는 먹을 자격이 없는 사람이니까.

거식증도 처음에는 일반적인 다이어트와 비슷하다. 1주일에 500그램에서 1킬로그램씩 서서히 빠진다. 고생한 대가가 느껴지면 뿌듯하다. 노력하면 보상이 따르는 단순한 게임이다. 예전에 친구와 함께 카페에서 자주 먹던 크루아상이나 초콜릿 브라우니를 거부하고, 매일 아침마다 억지로 헬스클럽에 출근하면 효과가 나타나기 시작한다. 섭취하는 칼로리를 줄이고 소모하는 칼로리를 늘리면 저울 눈금이 내려가는 법. 정말이지 그렇게 간단하다.

∴

이론상으로는 간단할지 몰라도 실제로는 먹는 걸 중단하기가 쉽지 않다. 아무리 초인적인 거식증 환자라도 인간이라면 누구나 사냥하고 채집해 섭취하도록 되어 있다. 칼로리는 생명줄이자 생존도구니까. 결국 식욕이라는 선천적인 욕구를 억제하려면,

굶주린 배를 안고 한 시간도 어김없이, 하루도 빠짐없이 음식을 거부하려면 엄청난 에너지가 소모된다. 거식증을 둘러싼 가장 큰 오해가 있다면 거식증 환자들은 먹는 걸 좋아하지 않는다는 것이다. 내가 끊임없이 듣는 질문 중 하나가 "왜 먹는 걸 좋아하지 않으세요?"이다. 정말이지 나는 먹는 걸 싫어하지 않는다(두려워할지언정 싫어하지는 않는다).

나는 어떤 음식을 좋아하냐고? 오랫동안 멀리했던 음식들을 다 좋아한다. 강판에 간 체다 치즈를 위에다 뿌리고 흥건히 고일 정도로 버터를 듬뿍 넣은 조가비 모양 파스타, 마멀레이드를 아낌없이 바른 두툼한 통밀 토스트, 탈리아텔레*와 페스토 소스, 길거리에서 신문지에 담아주는 소금과 식초와 기름 범벅의 감자튀김, 갓 구운 바게트와 살짝 녹은 브리 치즈 한 덩이와 시큼한 레드와인, 구운 감자와 구운 콩, 타코와 삶아서 튀긴 콩과 엔칠라다**와 플로리다 타코벨에서 파는 7겹 브리토, 마늘 버터를 바른 뜨거운 햇감자. 누구나 좋아하는 맛있고 살찌는 음식을 나도 좋아한다. 한밤중에 먹는 초콜릿과 여러 가지 색깔이 섞인 땅콩 M&M 한 움큼. 어렸을 때 엄마가 만들어주셨던 마카로니 치즈.

밀려드는 추억에 정신을 못 차리겠다. 당장이라도 느껴질 것 같은 그 맛, 내가 정한 규칙이 없었더라면 안 먹을 이유가 없는

---

* 기다란 리본 모양의 파스타
** 토르티야에 고기를 넣고 매운 소스를 뿌린 멕시코 음식

 하루에 사과 하나

그 음식들. 하지만 나와는 무관한 추억이다. 그 음식들을 다시 먹는다는 것은 상상할 수 없는 일이기에. 차마 용납을 못하겠기에. 내가 그 음식들을 추억이라 부르는 이유는 먹어본 지 하도 오래됐기 때문이다. 추운 겨울날, 지하철 안에서 코니쉬 파이*를 파는 가게 앞을 천천히 지나가다 보면 안에서 흘러나오는 냄새에 기절하고 싶어진다(냄새만 맡아도 살이 찔까?).

물론 파이와 페이스트리에 불과하지만 고백하건대 파이를 못 먹은 지 백만 년쯤 됐다. 굶주린 사람에게 감자와 기름기와 치즈가 뒤섞인 파이 냄새는 정말로 따뜻하고 맛있고, 정말로 괴롭다. 또 피쉬 앤 칩스는 얼마나 맛있는 음식이었는지. 어렸을 때 가족들끼리 휴가 여행을 떠나면 자동차 뒷자리에서 혹은 바닷가에서 커다란 감자튀김 한 봉지를 나누어 먹곤 했는데. 기름기로 번들거리는 봉지, 짭짤하고 바삭한 웨지 감자, 입가에 남은 그 맛, 따스한 온기…….

써놓고 보니 나는 소박하고 어쩌면 유치할 수도 있는 음식을 가장 좋아하는 것 같다. 막 성인기로 접어들 무렵 거식증이 생겨서 어른 입맛을 개발하지 못한 걸까?

"그럼 뭘 먹어요?" 식이장애가 있는 사람들은 이런 질문도 자주 듣는데, 주로 과일과 채소를 먹는다. 사과, 오렌지, 바나나, 브

* 고기와 채소가 든 반달 모양 파이

로콜리, 아스파라거스, 시금치. 다량의 뮤즐리 시리얼과 생균제가 함유된 천연 요거트. 가끔 특별식 삼아 통밀 피타 빵*과 저지방 후무스를 먹는 경우도 있다. 봄기운에 기분이 들떠서 그런지 몰라도 나는 얼마 전부터 새로운 음식에 도전하고 있다. 막스 앤 스펜서에서 파는 슈퍼 홀푸드 쿠스쿠스와 토마토 수프. 둘이서 톰의 마당에 구근식물도 몇 개 심었다. 새로운 삶과 새로운 계절. 새로운 도전에 집중하고 음식의 지평을 계속 넓혀나가야 한다는 생각이 든다.

∴

다시 옥스퍼드 시절로 돌아가자면 그 당시 나는 거의 먹질 않았다. 대학교에 입학했을 때 60킬로그램이던 몸무게는 졸업할 때 35킬로그램이 되었다. 그래도 내 기억에는 행복한 시간이었다. 이제 와 생각해보면 이상한 일이지만, 내 평생 그렇게 춥고 배고팠던 적이 없는데도 행복한 기억으로 남아있다.

옥스퍼드에 얽힌 추억은 뒤죽박죽이지만 강렬하다. 그 시절을 돌이킬 때 각 학년을 구분하는 기준은 어떤 사건이나 실제 날짜가 아니라 당시 느꼈던 기분이다. 그리고 그 시절의 내 몸.

* 지중해, 중동 지방에서 먹는 납작한 빵

 하루에 사과 하나

　　1학년 때는 파티광으로 남자친구가 많았고, 주말마다 친구들과 베일리얼과 코퍼스크리스티대학에서 취할 때까지 술을 마셨고, 살이 빠지기 시작했지만 아직까지는 보기 좋았다. 2학년 때는 훨씬 홀쭉해진 몸으로 헬스클럽에 맛을 들였고, 몇몇 가까운 친구들만 남았고, 밥보다 술을 더 많이 마셨다. 3학년 때는 도서관과 집에 틀어박혔고, 도가 지나칠 정도로 운동에 매달렸고, 거의 곡기를 끊은 채 끊임없이 책을 읽거나 시를 쓰는 등 바쁘게 지냈고, 병원을 들락거렸다.

　　내 몸과 마음과 삶에 대한 통제력이 저 밑바닥으로 곤두박질친 것은 난생처음 있는 일이었다. 모든 게 산산이 무너지는 광경에 짜릿하면서도 겁이 났다. 무슨 생각으로 그렇게 살았을까? 굶어 죽을 작정은 아니었다. 그런 계획을 세운 기억도 없고, 죽고 싶은 마음도 없었다. 하지만 난 정체를 알 수 없는 덫에 단단히 걸려들었다.

　　덫에 걸린 기분은 둘째 치고 고통스러웠다. 피하지방이 됐건 음식으로 섭취하는 지방이 됐건 지방이 0이 되면 계속 사투를 벌여야 한다. 거식증 환자들은 누구나 추위에 대해 이야기하는데, 나도 옥스퍼드에서 보낸 겨울이 얼마나 힘들었는지 모른다. 1990년대 말에 3년 동안 12월 기온이 평소보다 낮았나 싶어 지금 기상청 홈페이지에 접속해 확인해보니 아니나 다를까, 평소와 다를 게 없었다. 그렇다면 내가 그토록 추웠던 이유는 무엇일까?

어느 날 밤, 마을 중심가에 있는 맥스웰스라는 칵테일 바에서 열렸던 친구 생일파티가 생각난다. 학생들로 북적거려서 후텁지근했는데도 나는 보온재가 되어줄 살이 없었으니 냉기가 뼛속까지 스며들었다. 나 혼자 터틀넥 스웨터와 청바지에 부츠까지 신고, 노출이 심한 원피스 위로 조끼만 걸친 친구들에게 둘러싸여 앉아 있는데 추워서 죽을 것 같았다. 있는 기운, 없는 기운을 총동원해가며 참석한 자리라 어떻게든 있고 싶었지만, 대화에 집중할 수가 없었고 손끝이 마비됐다. 결국 나는 슬그머니 빠져나와서 하이 가를 따라 집까지 3.2킬로미터를 걸어갔다. 버스나 택시를 탈 수도 있었지만 그건 '배부른' 짓이었다. 끊임없이 스스로 벌을 내리는 게 거식증이다. 날마다 소소하나마 잔인하게 괴롭히고, 자기 자신에게 매몰차게 대하느라 "피곤하잖아, 춥잖아, 따뜻한 택시 타고 가" 이런 말도 할 줄 모르는 게 거식증이다. 나는 이플리 대로에 있는 학생용 아파트로 돌아가서 최대한 뜨겁게 목욕을 했다. 삐죽 튀어나온 꼬리뼈와 욕조 옆면에 부딪쳐 얼얼한 팔꿈치와 무릎 때문에 욕조에 앉아 있는 동안 얼마나 고생스러웠는지 아직도 기억이 난다. 어디 살짝 부딪치기만 해도 멍이 들어서 온몸이 거무죽죽했다. 나는 그날 밤, 살갗이 벗겨질 정도로 뜨거운 물속에 새하얗고 종이처럼 가벼운 몸을 담그고 앉아 맥스웰스에서 시 브리즈 칵테일을 유리병째 마시고 있을 친구들을 생각했다.

  하루에 사과 하나

그러던 날들 속에서 어느덧 졸업시험이 6주 앞으로 다가왔다. 그해 4월의 어느 주말, 두 가지 사건이 벌어졌다. 먼저 토요일 저녁, 예전 남자친구 스티브가 집으로 놀러왔다. 당시 우리 둘 다 사귀는 사람이 없던 터라 같이 런던에 있거나 내가 맨체스터로 건너가거나 그가 옥스퍼드로 건너오면 가끔 만나곤 했다. 술을 몇 잔 마시고 같이 자거나 아니면 노닥거리는 식이었는데, 심각한 관계는 아니었다. 그는 화이트 버건디 와인을 한 병 들고 7시쯤 찾아왔고, 우리는 내 방 침대에 누워 와인을 마시며 서로의 근황을 파악했다. 그사이 틀어놓은 라디오에서 '우리 노래'가 나왔다. 앨 그린의 'Let's Stay Together'. 우리는 벌떡 일어나 춤을 췄다. 옛 추억에 알딸딸한 취기가 녹아들었다. 느린 댄스곡이라 서로 꼭 끌어안은 채 가만히 서 있다시피 한 것도 좋았고, 스티브의 입맞춤도 좋았다. 그런데 잠시 후 그의 뺨을 어루만지는데, 눈물이 느껴졌다. 울고 있었던 것이다.

그는 욕정이나 열정을 담아서 입을 맞춘 게 아니었다. 그런 건 모두 사라지고 없었다. 다정하고 섹시한 스티브가 나를 감싸 안았을 때 느낄 수 있는 것이라고는 뼈다귀뿐이었다. 그가 했던 말들은 애써 기억에서 지웠지만, 그 눈빛만큼은 지금도 잊지 못한다. 충격과 슬픔이 뒤엉킨 눈빛. 그는 무슨 일이 있었던 거냐고 물었고, 나는 아무 일 없었다고 대답했고, 그는 그럴 리 없다고 말하고 자정쯤 떠났다.

다음 날 아침, 난 평소보다 더 일찍 일어나 처참한 기분을 달래며 길 건너 이플리 대로에 있는 헬스클럽에 갔다. 헬스클럽에는 아무도 없었다. 나는 헤드폰을 꽂고 평소처럼 러닝머신에서 한 시간 동안 달린 뒤 로잉머신*을 2~3킬로미터 당겼다. 그러고는 나가려는데, 프런트 데스크에 있던 관장이 나를 잡으며 할 말이 있다고 했다. 미안하지만 내 회원 자격을 박탈하기로 결정을 내렸다는 것이다. 그는 건강을 생각해서 내린 결정이라며 남은 기간은 당연히 환불해주겠지만, 너무 무리하는 거 아니냐고, 좀 쉬어야 하지 않겠느냐고 말했다. 내 평생 그런 굴욕은 처음이었다.

⁙

나는 마침내 결단을 내렸다. 체중을 늘려보기로 결심한 것이다. 더 이상 거울을 자주 들여다보지 않았지만, 내가 얼마나 아파 보이는지 느낄 수 있었다. 까딱 잘못했다가는 입원할 상황이었다. 나는 부모님과 친구들, 담당교수님의 걱정스런 눈은 여전히 피했지만, 프로작**까지 복용하며 나름의 노력을 기울였다.

위기의식 때문이었을까, 아니면 프로작, 아니면 자존심 때문에? 이유가 뭐가 됐건 천천히, 괴로울 정도로 천천히 체중이 늘기

* 노 젓는 동작의 운동기구
** 대표적인 항우울제

　　　　　　　　　　　　　　하루에 사과 하나

시작했다. 나는 옥스퍼드에서 보낸 마지막 여름에 입원을 면할 수 있었고, 졸업시험도 치르고 훌륭한 성적을 거둘 수 있었다. 다시 먹기 시작하려니 엄청나게 힘이 들었지만, 그래도 사는 게 더 쉬워졌다(상상이 안 되는 일이겠지만, 살이 그 정도로 빠지면 200~300그램만 늘어도 심리 상태와 삶의 질이 확연히 달라진다).

몸무게는 여전히 41킬로그램 근처에서 왔다 갔다 하는 수준이었지만, 그래도 35킬로그램에 비하면 양호했다. 나는 여름 동안 혼자 이집트와 이탈리아를 여행하고, 런던에서 프리랜서로 일도 하고, 심리학 교수와 재미있는 관계도 맺고, 계속 먹으려고 노력했다. 빵이든 파스타든 뭐든 위협적이지 않은 만큼. 적은 양이었지만 덕분에 나는 연명할 수 있었다.

한 입, 두 입 삼킬 때마다 미치도록 고통스러웠다. 먹는 생각을 할 때마다 내가 주접스럽게 느껴졌다. 먹을 자격이 없는 사람처럼 느껴졌다. 기분이 엿 같았다. 하지만 학교를 졸업하고 그해 9월, 어느 광고회사에서 건강하게 일을 시작할 수 있었다. 여전히 삐쩍 말랐지만, 위험한 수준에서는 벗어났다. 다시 살아 있는 자들의 땅으로 돌아온 것이다.

그렇게 몇 년 동안 44킬로그램이 조금 못 되는 체중을 유지했다. 이것이 바로 '기능성 거식증 환자'의 정의다. 정상적인 생활을 하며 일도 있고 집도 있는 사람. 거식증이 있어도 이런 수준을 유지할 수 있다. 나는 광고회사에서 출판사로 회사를 옮기고,

나에게 꼭 맞는 보금자리를 찾아 나섰다. 처음에는 캠던타운의 원룸에서 월세로 살다 엘러펀트 앤 캐슬의 방 하나짜리 아파트를 구입했다. 런던에서 가장 살기 좋은 동네는 아니었지만, 나는 브릭레이어스 암스 입체 교차로 바로 옆 막다른 골목에 자리 잡은 그 손바닥만 한 아파트를 정말 좋아했다. 계약이 성사됐던 날이 생각난다. 화요일 아침이었고, 나는 평소처럼 회사에 있었다. 몇 달 동안 진전 없이 지지부진했고 대출 상담사, 감정인, 사무 변호사와의 첫 만남도 남들처럼 옥신각신하다 끝이 났는데, 부동산에서 전화가 왔다. "자금 문제가 해결돼서 이제 아파트가 손님 것이 됐어요. 아무 때나 와서 열쇠 받아가세요."

나는 당장 자전거를 타고, 유스턴에 있는 사무실에서 버러 하이 대로까지 달려갔다. 중개업자는 이제 막 수화기를 내려놓은 참이라 나를 보고 놀란 눈치였다. 나는 열쇠를 받아서 좀도둑이 된 듯한 기분을 누르며 앞문을 열었다. 중개업자 없이 혼자서는 처음 들어가 보는 나의 아파트. 오래된 나무 바닥과 텅 빈 하얀 벽과 대형 냉장고뿐이었다. 나는 냉장고 코드를 꽂고 배낭에서 꺼낸 샴페인을 넣었다. 당시 남자친구였던 닉(폴란드 출신의 자전거 곡예사였다)과 언니, 여동생에게 문자를 보냈다. '열쇠 받았어! 7시에 샴페인 마시러 올래?' 그런 다음 다시 자전거를 타고 회사로 돌아가 오후를 보냈다.

(그런데 여러분은 알아차렸을지 모르겠지만, 이 사건을 통해 발동 걸

　　　　　　　　　　　　　　　　　　　　　　하루에 사과 하나

린 거식증의 흥미진진한 사례를 볼 수 있다. 나는 6시에 일어나 8킬로미터 거리의 회사까지 자전거를 타고 가서 블랙커피와 함께 사과를 먹은 다음 중간에 바나나를 먹었다. 그러고는 점심시간 때 아파트까지 자전거를 타고 가서-이런 식으로 먹을 기회를 회피한 것이다. 나는 늘 '너무 바빠서' 먹을 겨를이 없는 사람이다-열쇠를 받은 다음 다시 자전거를 타고 회사로 돌아갔다가 하루 일과를 마친 뒤 다시 자전거를 타고 아파트에 가서 샤워를 하고, 옷을 갈아입고, 자축하는 의미의 샴페인을 마셨다. 그러니까 자전거로 32킬로미터를 이동하고 하루 종일 근무까지 했으면서 정신없이 왔다 갔다 하고 흥분하느라 과일 말고는 아무것도 먹질 않은 것이다. 그 당시에 내가 그런 식으로 살았다. 그리고 요즘도 심란한 일이 생기거나 바쁘거나 불안하면 가끔 그럴 때가 있다. 아무리 멀고 험한 길이라도 지하철과 자전거, 둘 중 하나를 선택하라면 나는 자전거를 선택한다. 끼니를 거를 핑계가 생기면 놓치지 않는다. 무의식적으로 이런 결정을 내리는 것, 이것이 거식증의 증상이다. 너무 적게 먹고 너무 많은 일을 한다. 그리고 언제나, 항상 음식을 피한다.)

　　나는 엘러펀트 앤 캐슬의 그 아파트에서 3년을 살았는데, 그 기간 동안에는 체중이 상당히 안정적으로 유지됐다. 하지만 식습관은 절대 정상적이라 할 수 없었다. 사무실에서는 거의 먹는 법이 없었고, 남들 보는 앞에서도 마찬가지였고, 동료들은 그런 나에게 익숙해져 있었다. 금요일 퇴근 후에 동료들과 함께 술집에 가는 경우는 있어도 점심 때 공원에서 같이 샌드위치를 먹은 적은 한 번도 없었다. 술은 괜찮지만, 음식은 괜찮지 않았다.

　회사 동료들은 날마다 아무 생각 없이 행복한 얼굴로 삼삼오오 점심을 먹으러 나갔다. 어쩌면 그렇게 간단해 보이는지 놀라울 정도였다. 나는 오랫동안 수단과 방법을 가리지 않고 남들과 식사하는 자리를 피해왔다. 그러느라 문구류를 보관하는 벽장에 바나나를 몰래 숨겨두고, 화장실 안에서 롤빵을 먹고, 비 오는 날 공원 벤치에서 요거트를 먹는다. 주변에 누가 있으면, 혼자 있을 만한 장소를 찾지 못하면 그냥 굶는다.

　그나마 이런 현실적인 어려움은 괜찮다. 그 변명과 얼버무림으로 인해 사회생활에서 겪는 어려움은 어쩌란 말인가. 얼마나 사교적이지 못한 인간으로 보이겠는가. 지금까지 회사생활을 하면서 정말 좋은 친구도 몇 명 사귀었지만, 이런 장벽이 있기 때문에 동료들과 가까워질 수가 없다. 나를 얼마나 이상하게 생각하겠는가. 회사에서는 점심시간을 통해 우정이 공고히 다져지고, 평범한 직장동료가 동맹으로 발전한다. 그때가 일을 하는 동안 사무실을 탈출해 사악한 상사 험담을 하거나 서로 비밀을 털어놓을 수 있는 유일한 시간이다. 점심을 먹으러 우르르 나가는 그들을 보고 있노라면 도대체 나는 왜 그걸 그렇게 어려워하는지 모르겠다는 생각이 든다. 제대로 만든 샌드위치를 사다가 남들 앞에서 먹으면 얼마나 좋을까? 여름에는 잔디밭에서, 아니면 회사 내 자리에서, 아니면 노천카페에서. 친구들과 함께 먹으면 어떨까?

　　　　　　　　　　　　　　　하루에 사과 하나

당시 그나마 내 또래의 이십대 편집자들, 디자이너들과 뭉쳐 다니기도 했다. 하지만 그들에게 나는 조금 내성적이고 거리를 두는 성격으로 비쳐지지 않았을까 싶다. 아니면 나만의 착각일까? 이미 내가 거식증 환자라는 걸 전 직원이 알고서 식습관에 문제가 있는 말라깽이라며 뒤에서 수군거렸을 수도 있는데(아니었으면 좋겠지만). 그래도 그때는 출판업계에서 경력을 쌓아가던 행복한 시간이었다.

기획 편집자로서 직급이 높아지자 동기들과의 술자리가 줄었고, 따라서 먹는 걸 피하는 게 더 수월해졌다. 그런데 안타깝게도 저자들에게 점심을 대접한다든지 하는 식의 접대가 많아졌다. 거식증은 식사시간만 잘 모면하면 되는 문제 아니냐고 생각하는 사람이 있을지 모르겠지만, 그건 착각이다. 음식은 우리 일상의 모든 부분에 영향을 미친다. 교우관계도 그렇고, 남녀관계도 그렇고(상대방을 위해 요리도 하고, 가족들끼리 모여 식사도 하고, 누가 한턱낼 때도 있지 않은가), 직업적인 면에서도 그렇다. 나는 거식증 때문에 회사생활을 하기가 얼마나 힘들었는지 말로 다 설명하지 못할 정도다. 주문한 샌드위치를 먹으며 회의를 하거나 사무실에서 파티가 열리거나 누구 생일이거나 식사나 술을 같이 먹으며 환송식을 하거나 이런 식의 걱정스러운 행사가 거의 매주 열렸다. 이런 행사가 열릴 때마다 음식이 빠지지 않았으니 나는 매번 피하는 게 일이었다.

그중에서도 특히 기억나는 점심 약속이 있다. 나는 그때 체중을 늘리고 '거식증을 포기'하겠노라고, 내키지도 않으면서 실패할 게 뻔한 결심을 한 참이었다. 아무튼 그날이 식생활을 바꾸기로 한 첫날이자 몇 주 동안 미루었던 새로운 생활을 시작하는 날이었다. 나는 그 무렵 심리학서 전문 편집자였고, 새로운 저자에게 점심을 접대하기로 되어 있었다. 평소에는 깔끔한 케이크 전문점에서 차를 마시자고 약속을 잡는 편이었는데-그래놓고는 보상 차원에서 페이스트리를 푸짐하게 대접했다-선배 두 명이 따라나서며 '근사한' 점심을 먹자고 했다. 그랬으니 빠져나갈 도리가 없었다.

사무실에서 가까운 이탈리안 레스토랑에 예약을 했다. 나는 몇 주 전부터 걱정이 증폭돼서 전날 밤에는 한숨도 눈을 붙이지 못하는 지경에 이르렀다. 메뉴를 보며 숨겨진 함정은 없는지 확인하고 뭘 먹으면 안전할지 고민하느라 레스토랑 홈페이지를 못해도 다섯 번은 들락거렸다. 몇 주 만에 런던 위로 해가 비친, 화창하고 상쾌한 겨울날이었다. 사무실을 나서는데, 나와 친하게 지냈던 옆자리의 귀여운 동료 편집자가 손을 흔들며 말했다. "잘 됐으면 좋겠다, 엠. 적어도 점심은 공짜로 먹을 수 있어서 좋잖아." 회사생활을 하는 내내 듣던 말인데, 나로서는 절대 이해가 되지 않았다. 사람들은 "으, 회사 파티 진짜 싫어. 그나마 공짜로 먹을 수 있으니까 가는 거야"라고 했다. 나는 이 소리를 들을 때마다 어리둥절했다. 회사에서 벌인 무료 행사에서 무료 음식만 피할 수 있다면 무슨 짓이든 할 텐데. 아픈 척하든지 창밖으로 뛰어내리든지!

우리는 반짝이는 은 식기와 크림색 리넨 냅킨이 놓인 창가 테이블에 앉았다. 잠시 후 저자가 등장했다. 서로 자기소개와 악수를 했고, 웨이터가 메뉴를 나누어주었다. 하지만 나는 준비가 되어 있었다. 그새 메뉴가 바뀌었을 가능성도 있지만 뭘 주문할지 결정하고 왔으니까.

머릿속에서 느껴지던 공포가 생각난다. 점심을 먹기에는 비상식적으로 이른 시간처럼 느껴졌고, 코스 요리를 먹어야 한다는 생각에 간담이 서늘했다. 거식증이, 조용한 레스토랑이 쩌렁쩌렁 울리도록 고함을 지르는 듯했다. 먹을 자격도 없는 네가 지금 점심을 먹겠다고? 아직 오전인데? 그때 시각이 1시 30분이었고, 평소에도 그 무렵이면 사과나 바나나 한 개쯤은 용납하곤 했었다. 하지만 레스토랑에서 완벽하게 조리된 요리라니. 그 시각에 뜨끈뜨끈한 음식을 먹겠다니.

어느새 웨이터가 전채요리를 들고 왔고(내 몫은 간단한 채소 샐러드였다) 우리는 신작에 대해 이야기를 나누었다. 잠시 후 웨이터가 메인 요리를 들고 왔다. 저자와 두 선배는 스테이크, 나는 아라비아타 파스타. 어찌나 양이 엄청나던지 밑도 끝도 없이 화가 났다. 절반을 해치워도 제대로 안 먹은 것처럼 보일 테니 너무하지 않은가. 정상적으로 살아가려고 시도하는 찰나에 이러니 화가 났고, 먹을 게 우라지게 많아서 더 화가 났다. 맛이 정말 훌륭했고(잊고 살았건만), 나는 배가 정말 고팠고(언제는 배고프지 않은 적이 있었을까), 폭식에 대한 두려움이 입증됐다. 내가 그 스파게티를 세 접시라도 먹어치울 기세였던 것이다. 이 자리에서 진실을 밝히건대 나는 폭식의 대가다.

어쨌든 점심시간은 무사히 지나갔다. 다행히 모두 남자였기에. 남자들은 대부분 '이상한' 식습관에 관심이 없다. 내가 건네받은 롤빵을 받아서 빙글빙글 돌리다 반으로 쪼개서 앞 접시에 그대로 남겨도 알아차리지 못한다. 올리브 오일 드레싱을 집기만 하고 샐러드 위에 실제로 뿌리지는 않아도 알아차리지 못한다. 그들은 내가 파스타에 파르메산 치즈를 뿌리지 말아달라고 웨이터에게 세 번이나 당부해도 이상하게 여기지 않았다(내 희망사항일지 몰라도).

남들 앞에서 식사를 하면 내 모습이 어떻게 비쳐질까? 긴장으로 등이 구부정해진 내 머릿속에서 펼쳐지는 갈등이 남들 눈에도 보일 것만 같다. 지방과 칼로리 덩어리를 한 포크 떠서 먹을 때마다 내 머릿속에서 '식충이, 식충이' 하고 고함을 지르는 거식증의 목소리가 남들 귀에도 들릴까?

새로운 생활을 시작한 첫날 점심은 드레싱을 뿌리지 않은 채소 샐러드와 토마토 소스 스파게티였다. 오히려 건강에 좋다면 모

하루에 사과 하나

를까, 벌 받을 만한 음식은 없었다. 사과에만 길들여져 있다 실제 음식을 먹으면 그 맛을 말로 형언할 방법이 없다. 다시 신작 쪽으로 화제를 돌리려고 애를 쓰는 와중에도(세 남자는 축구로 이야기 꽃을 피웠다) 온갖 맛의 향연으로 맛봉오리들이 주체를 못했다. 오일에 흠뻑 젖어 번질거리는, 신선한 달걀을 넣어서 반죽한 파스타, 탱글탱글한 방울토마토와 한데 어우러진 페스토와 잣, 포크로 돌돌 말아서 뜰 때마다 오일이 뚝뚝 떨어지는 매끈매끈한 스파게티. 워낙 기름에 굶주려 있던 몸이라 현기증이 났다.

(꼬맹이 조카 아일라에게 맨 처음 초콜릿을 주었을 때 새로운 맛을 느끼고는 취객과 비슷한 반응을 보였던 게 생각난다. 길쭉한 초콜릿 한 귀퉁이를 살짝 뜯어먹었을 뿐인데도 눈이 반짝였고, 행복한 미소가 온 얼굴로 번졌다. 우리 몸은 지방에 반응하게 되어 있다. 나 혼자만 먹어도 먹어도 채워지지 않는 식탐을 타고난 게 아니다. 그건 죄가 아니다.)

점심식사가 끝났을 때 얼마나 안심이 되던지! 계속 먹으면 어떻게 하나 싶어서 남은 파스타 접시를 앞에 두고 앉아 있기 싫었다. 물론 그럴 일은 없었다. 나는 정확히 반만 먹고 포크를 내려놓았다. 하지만 작정하고 달려들어 그 맛있는 스파게티를 마지막 한 가닥까지 먹어치우면 어떻게 될까. 식당에서 웨이터가 접시를 치우지 않고 내버려둘 때마다 늘 그런 심정이다.

단순한 점심 약속에 이 고생이라니. 며칠 동안 잠을 설치고, 정체를 모르는 음식을 주문해 남들 보는 앞에서 먹어야 한다니.

다른 사람들은 정말 이런 게 좋을까? 그런 순간마다 남들과 전혀 다른 거식증 환자의 사고방식을 실감하게 된다. 어떻게 남들 앞에서 대놓고 음식을 먹으며 즐거워할 수 있는지 내 머리로는 도무지 이해하지 못하겠다. 지금도 예컨대 아침을 먹는 자리에서 톰이 수첩을 흘끗 들여다보며 홍보대행사와 점심 약속이 있다고 말하면, 어쩌면 그렇게 아무 대책 없이 모르는 사람들과 밥 똑 먹을 수 있는지 놀라워진다. "프레타망제˙에서 쓸 5파운드 아낄 수 있겠네." 그가 이렇게 말하면 나도 언젠가는 그렇게 느긋해질 수 있을지 궁금해진다.

접시가 치워졌을 때 나는 어깨 위에 얹고 있던 무거운 짐을 내려놓은 듯한 기분이 들었다. 디저트를 생략한 것은 당연한 선택이었다. 나는 기분 좋을 만큼 배가 부르다고 선포하고, 디카페인 블랙 필터 커피를 주문했다. 식사라는 공포의 과제를 해치웠더니 신이 났다. 나는 좀 더 자신 있게, 좀 더 전문가답게 허리를 꼿꼿하게 펴고 앉았다. 저자를 돌아보며 계약 조건에 대해 의논하기 시작했다.

그래서…… 그 환상적인 점심을 계기로 정말 새로운 생활이 시작됐을까? 파스타로 시동을 걸고 극복을 향해 내달렸을까? 그렇지 않았다. 시동은 걸리지 않았고, 그 뒤로도 몇 년 동안 똑같

˙ 영국의 샌드위치 전문점

은 음식 공포가 이어졌다. 그날 점심을 먹은 뒤 오후 내내 내 몸은 아무 말이 없었다. 포만감이라는, 나로서는 정말로 낯선 느낌 때문이었다. 아무것도 느껴지지 않았던 게 생각난다. 속이 쓰릴 정도로 배가 고프지도 않았고, 뭐가 미친 듯이 먹고 싶지도 않았다. 내 위장은 맡은 소임에 따라 평화롭게 영양분을 흡수하고 있었다(그렇게 엄청난 지방으로 배를 채웠을 때 위장의 소임이 뭔지 잘 모르겠지만). 사무실로 돌아왔을 때 그 침묵으로 인해 마음이 불안했다. 뭔가가 사라져버린 듯한 기분이었다. 무엇을 하든 날이 서지 않았다.

심지어 자전거를 타고 집으로 돌아가는 길도 달랐다. 피곤하지 않아서 모퉁이를 거칠게 돌지도 않았고, 오가는 차량 사이로 길을 건너지도 않았다. 어렸을 때 배운 대로 빨간 신호등 앞에서 참을성 있게 기다릴 수 있었다. 페달을 밟으며 거리의 집, 나무, 사람 들을 구경했다. 해가 지고 있었고, 저녁 공기가 포근했다. 나는 하이드 공원 다리에서 자전거를 멈추고 서펜타인 호수를 바라보았다. 파란 보트가 몇 개 떠 있었고, 나는 공책을 한 권 들고 자전거에서 내려 잔디밭 위로 털썩 주저앉고 싶은 충동을 느꼈다. 미친 듯이 집으로 달려갈 이유가 없었으니 저녁 햇살을 만끽할 수 있었다. 카페에 들러 야외에서 시원한 맥주나 와인을 한 잔 마실 수도 있었다. 아무 일이나 내 마음대로 저지를 수 있었다. 그런데 나는 그러지 않았다. 나답지 않고 잘못된 일처럼 느껴졌던 것이다. 배고픔이 잦아들면 의지할 게 아무것도 없기 때문에, 내 안에 남은 게 아무것도 없기 때문에 온 세상이 내게 달려든다. 내가 어찌할 수 없을 만큼 많은 가능성과 상황이 펼쳐진다. 나는 다시 배가 고파지고 싶었다. 뱃속을 깨끗하게 비우면 집중이 잘 되고, 계속 신경을 곤두세울 수 있다. 반면에 배가 부르면 게을러지고 현실에 만족하며 안주하게 된다. 나는 뚱뚱하고 무기력한 멍청이가 된 기분이었다. 내 몸이 너무 조용했다.

스파게티 공포는 밤까지 이어졌다. 그로부터 12시간이 지났을 때 나는 뜬눈으로 침대에 누워 어둠 속을 바라보았다. 그러다 결국 불을 켜고 불안감과 패배감을 달래며 침대 가에 걸터앉았다. 점심 때 먹은 파스타 반 접시를 핑계로 집에 와서 저녁을 건너뛴 탓에 자정이 되자 잠을 잘 수 없을 정도로 배가 고팠다. 위벽이 긁히는 듯한 아픔이 계속됐다. 그런데 오히려 안도감이 들었다. 나의 가장 고약한 단짝 친구 '허기'의 품에 다시 안길 수 있다니. 스파게티로 시작한 내 첫걸음은 이렇게 또 실패하고 말았다.

⁙

그 점심 약속이 있었던 21세기 초, 나는 그레그라는 남자와의 만남을 시작하고 있었다. 그는 나처럼 전갈자리였고 정서적으로 아주 불안했고 안타깝게도 아이가 있는 유부남이었지만, 내

     하루에 사과 하나

가 그때까지 만난 남자들 중에서 가장 다정하고 지적이었다. 우리는 레드와인을 마시고 담배를 피우며 밤새도록 이야기를 나누었고, 싸우기도 많이 했고, 함께 시를 읽고 음악을 들었다. 어느 날 밤에는 차를 타고 런던을 벗어나 스노도니아 산까지 수십 킬로미터를 무작정 달렸다가 출근하러 그 먼 길을 되돌아온 적도 있었다. 그레그와 함께 있으면 늘 그런 식이었다. 짜릿함. 하지만 절대 편안하지는 않았다. 그는 마흔네 살, 나는 스물네 살. 우리는 20년 간격을 두고 같은 날에 태어났다. 그레그는 영원히 함께하자고 했지만, 나는 우리의 미래에 대한 그림이 떠오르지 않았다. 그런 생각을 했는지도 잘 모르겠지만 말이다. 그 무렵 나는 나 자신을 살살 구슬려 몸무게를 47.5킬로그램까지 늘렸다. 나의 수치스런 비밀과 끝없는 전쟁 상태였지만, 그럼에도 거식증과 더불어 사는 법과 거식증을 피해가며 사는 법을 하나둘씩 터득하는 중이었다. 평범한 식사와 요리를 피하는 대신 과일과 샐러드와 빵을 찾아 먹는 등등.

내가 변변찮게나마 균형을 찾아가고 있었을 때 그레그는 점점 균형을 잃었다. 그러다 2002년에 스스로 목숨을 끊었다. 나는 지금도 날마다 그를 생각한다. 그는 뉴욕을 떠난 이래 내가 맨처음 경계를 푼 상대였고, 때때로 나의 오빠 아니면 아버지 아니면 쌍둥이가 되어주었다. 그 정도로 가깝게 얽힌 사이였건만……나는 그의 생애 마지막 몇 시간 동안 무슨 일이 있었는지, 무엇이 그를 그런 종말로 이끌었는지 죽을 때까지 알 수 없을 것이다. 자살이라는 행위를 받아들이기 힘든 이유도 그 때문이지 않을까. 설명도 없고, 마지막 인사도 없으니 말이다. 인간에게는 스스로 생을 정리할 권리가 있다고 철학자 니체는 주장하지만, 나는 잘 모르겠다. 남겨지는 사람들을 생각하면 그건 아니지 않을까.

하지만 돌아보면 그레그가 왜 그런 탈출구를 택했는지 알 것 같다. 당시 그는 오랜 우울증에 정서 불안을 겪고 있었고, 자신의 가족과 과거와 우리 관계로 갈등하다 알코올과 약물에까지 손을 대가며 스스로를 학대했다. 누군가 말했다. '자살은 비극적이다. 아무것도 그걸 막지 못했으므로.' 나는 그를 막지 못했다. 나는 왜 앞으로 닥칠 일을 예상하지 못했을까? 나는 왜 다른 사람들에게 도움을 청하지 않았을까? 나는 그를 용서했지만, 나 자신은 죽을 때까지 용서하지 못할 것이다. 에밀리 브론테가 쓴 시 중에 '기억'이라는 작품이 있는데, 내가 그레그에게 하고 싶었던 말들을 고스란히 담고 있다.

흙 속은 차갑고, 깊은 눈이 그대의 위에 쌓여 있다.
머나먼 그곳, 황량한 무덤 속에 차갑게 묻힌 그대!
하나뿐인 사랑아, 나는 급기야 모든 것을 자르는 시간이라는
물결에 잘려
그대를 사랑했던 마음을 잊어버렸던가.

새벽에 그의 시신이 발견되었다는 전화를 받은 9월의 그날은 아름다웠다. 나뭇잎들은 붉게, 황금빛으로 물들었고, 서늘한 바람이 첫인사를 건네고 있었다. 그리고 부검과 언니의 결혼식, 이어서 그의 장례식이 치러졌지만 나는 허락되지 않는 자리였다. 몇 주 뒤에 교구 목사님이 그를 묻은 장소까지 몰래 안내해주겠다고 하셨다. 얼마 전에 만들어진 그의 무덤 옆에 앉아 있었던 순간이 그때까지 살아오면서 가장 암울한 순간이었다. 그가 몇 미터 밑에 묻혀 있다니 있을 수 없는 일처럼 느껴졌다.

그 뒤로 몇 주 동안, 몇 달 동안 온갖 질문과 죄책감과 슬픔과 사랑이 아무런 위안이나 해답도 없이 충돌하며 내 머릿속에서 끝없는 지옥이 이어졌다. 나는 작별 인사를 하지 못했다. 그를 마지막으로 한 번 안아보지도 못했다.

부모님이 이제 와 말하길, 그레그의 죽음을 겪으면서 내가 다시 극단적인 거식증 환자의 길로 되돌아갈 거라고 믿어 의심치 않았다고 한다. 부모님의 예상은 맞아떨어진 부분도 있고, 틀린 부분도 있다. 나는 그때 살이 엄청 빠졌다. 언니 결혼식 때 입으려고 맞춘 분홍색 실크 신부 들러리용 드레스를 줄이고 줄이고 또 줄여야 할 정도였다. 언니의 결혼식 사진에 찍힌 나를 보면 핼쑥하고 꼬챙이처럼 말랐다. 그런데 의식적으로 음식을 피한 기억은 없으니 거식증은 아니었다. 사별의 슬픔으로 식욕이 전혀 없었을 뿐이다. 나는 지금도 당시를 떠올리면 공황을 느낀다. 그레

그의 죽음을 애도하는 과정은 몇 달에 걸쳐 공황 발작이 이어진 것이나 다름없었다. 그렇게 당혹스럽고 가차 없었다.

그 뒤로 오랫동안 나도 죽고 싶었다. 그레그는 2년 동안 나를 지독하게 사랑했을 뿐 아니라(그의 사랑에 가끔 숨이 막힐 것 같기도 했지만) 나를 보호해주었다. 그전까지는 남자친구들이 나와 비슷한 또래였지만, 그레그는 스무 살이나 많았다. 연령대가 아예 달랐다. 그는 강했기에 곁에 있으면 안심할 수 있었다. 그런 그가 떠났으니 나는 무섭고 외로웠다. 계속 살 수 있을지 자신이 없었다. 하지만 그의 자살로 내가 지금까지 고수하는 원칙이 하나 생겼다. 우리 가족을 그런 식으로 깨뜨릴 수는 없다는 원칙이었다. 나는 그처럼 지저분한 문제들을 남기고 떠나지 않을 것이다. 우리 아버지는 부모님을 자살로 잃은 충격을 지금까지 극복하지 못했다. 나는 그레그를 진심으로 사랑하지만, 그에게 선택의 여지가 없었다는 걸 알지만, 그가 자살을 택하는 데 엄청난 용기가 필요했다는 걸 알지만, 그래도 자살은 지극히 이기적인 행위라고 생각한다. 나는 무슨 일이 있더라도 그런 식으로 도피하지 않을 것이다. 내 사전에 자살은 없다.

무슨 일이 있더라도 살아가야 한다는 믿음이 나를 살리지 않았을까 싶다. 나는 거의 1년 동안 경계선상에 머물다 다시 정상 궤도로 방향을 틀었다. 그레그의 1주기 즈음부터 나를 다시 돌아보기 시작했고, 인생은 살아볼 만한 가치가 있다는 생각을

  하루에 사과 하나

하기 시작했다. 새로운 희망과 함께 몸무게가 조금씩 늘고 또 늘었다. 그 뒤로 지금까지 45킬로그램과 50킬로그램 사이에서 아슬아슬한 평행선을 긋고 있다. 사는 게 그런 것 아닐까. 4월 초, 봄, 그레그가 가장 좋아했던 계절.

몇 년을 허투루 날린 것 아니었느냐고? 그 시간을 후회하지 않느냐고? 아…… 차마 대답을 못하겠다. 허투루 날린 건 아무것도 없다고 믿고 싶다. 자살 이후에도, 거식증이 있더라도 인생은 살아볼 만한 가치가 있다. 행복도 있었고 슬픔도 있었고, 일도 남자친구도 책도 상담치료도 많았고, 가슴이 쓰리도록 아팠던, 그래서 지워버리려고 애를 썼던 1년이라는 시간도 있었다. 물론 돌아갈 수 있다면 바꾸고 싶은 게 몇 가지 있긴 하다. 그레그의 상황을 알아차리고, 도울 방법을 찾았을 것이다. 하지만 나는 그때 고작 스물네 살이었다. 그리고 돌아갈 방법은 없다. 그는 아내와 아이들을 두고 떠났고, 그들의 상실감이 나보다 더 클 것이다.

⁂

이 글을 마무리 짓는 시점에서 로리와의 후일담도 소개할까 한다. 헤어진 지 9년이 지나 내 나이 스물여덟 살이 되었을 때 런던에서 그를 만났다. 그의 어머니가 강연차 런던을 찾은 길에 양가 식구들이 저녁 때 맛있는 이탈리아 요리를 먹기로 한 것이다.

나도 남들처럼 마늘빵과 샐러드와 파스타를 먹었지만—정상으로
보이고 싶은 마음이 간절했다—남들과 다른 게 있다면 그 자리를
위해 며칠 동안 칼로리 조절을 했다는 점이었다.

로리와 나는 식사가 끝난 뒤에도 블룸스베리의 그 레스토랑
에 남았다. 바에서 와인을 몇 잔 더 마시고 러셀 광장에 앉아 밤
새도록 이야기를 나누다 템스 강으로 걸어가, 내 출근시간 직전
까지 일출을 감상했다. 로리와 함께 걷고 이야기를 나눈 시간은
예상했던 대로 근사했다. 예전 기분이 되살아났다.

그 짧은 만남이 끝났을 때 그가 주말에 뉴욕으로 놀러오라
며 나를 초대했다. 그 시간도 달콤쌉사름했다. 완벽한 동시에 가
슴이 미어졌다. 우리는 뉴욕 시립 발레단 공연을 보고, 예전 친구
들과 함께 브런치를 먹고, 옛 추억을 생각하며 센트럴파크 주변
을 한참 동안 돌고, 재즈 클럽 중에서 우리가 가장 좋아했던 블
루 노트에서 레드와인을 마셨다. 맨해튼으로 돌아가 다시 로리를
만나다니 나로서는 황홀한 시간이었다. 십대보다 이십대 후반의
만남이 훨씬 더 좋았다. 하지만 며칠 재미있게 놀자는 것일 뿐 그
이상은 아니라는 게 시간이 지날수록 점점 분명해졌다. 그에게
나와 함께하는 미래의 장기 계획 같은 건 없었다. 나는 산산이
부서진 가슴을 안고 월요일 아침, 뉴욕을 떠났다. 어이없게 들릴
지 몰라도 뭉텅이로 잘려나간 심장을 두 손으로 들고 있는 듯한
심정이었다. 런던으로 돌아온 그 주에 살이 3, 4, 5킬로그램 빠졌

하루에 사과 하나

다. 몸무게가 밑으로 곤두박질쳤다.

내가 이 이야기를 꺼낸 이유는 9년이 지난 뒤에도 나에게 상처를 줄 수 있는 능력이 여전했다니 믿기지 않기 때문이다. 내가 그를 사랑했던 것만큼 그는 나를 사랑할 리 없다는 사실을 깨달으며 그와의 관계를 완전히 청산하자 오랜 습관처럼 거식증이 되돌아왔다. 엘러펀트 앤 캐슬 아파트 마룻바닥에 누워 엄마와 전화 통화를 하는데, 하도 우는 바람에 떨어진 눈물이 마룻장 위로 고였다. 그제야 나는 이제 마지막이라는 것을 마침내 깨달았고, 그 뒤로는 두 번 다시 그를 만나지 않았다.

그로부터 6년여가 흘렀다. 로리는 이제 결혼을 했고 딸이 둘이다. 그와 마지막으로 헤어지고 톰을 만나기까지 4년이 걸렸고, 병을 치유해야겠다고 마음의 준비를 하기까지 최소 5년이 걸렸다.

⁘

가끔 이 책을 쓰는 게 겁이 날 때도 있다. 거의 날마다 잠을 설치며 마지막 부분에 대해 고민한다. 어떤 식으로 마무리를 지어야 하는지 뻔한데. 지난날의 실패를 또다시 되풀이해서는 안될 텐데. 중독 전문가들이 하는 이야기에 따르면 술이 됐건 약물이 됐건 담배가 됐건, 끊으려고 여러 번 시도하면 할수록 결국에는 성공할 확률이 높아진다고 한다. 나는 거식증 중독을 끊는 데

수없이 실패했지만, 그만큼 성공에 가까이 왔을지도 모른다.

　나는 이 책을 쓰는 와중에도 먹는 양을 늘리되 겁에 질리지 않고 포기하지 않으려고 날마다 애를 쓰고 있다. 지금은 4월, 이 여행을 시작한 지도 거의 6개월이 지났다. 몸무게가 늘어서 신이 나기도 하고 두렵기도 하다. 지금은 49킬로그램, 어쩌면 50킬로그램을 살짝 넘었을 수도 있는데 잘 모르겠다. 차마 재질 못하겠다. 하지만 지금까지를 통틀어 최고의 성적이고, 나로서는 엄청난 정신적 장애물을 넘은 셈이다. 내가 거구가 된 것 같고 옷들이 낀다. 밤이 되면 너무 덥고 어쩐지 전보다 부은 것처럼 느껴진다. 하지만 이것이 발전 과정이다. 원래 이래야 하는 거다. 런던 곳곳을 자전거로 누비는데 전보다 강인해진 기분이고-전에 비해 기운이 넘친다-내 몸에서 반응을 보이기 시작한 게 느껴진다.

　바로 눈앞에 돌파구가 있을지도 모른다. 다이어트를 할 때, 마지막 2~3킬로그램을 빼기가 가장 어렵다고들 한다. 그 반대의 경우도 마찬가지인 것 같다. 그 고지를 넘어서면 돌파구가 생기겠지? 그러니까 끈질기게 버티고 후퇴하면 안 된다. 노를 저어 인도양을 건너거나 암을 극복하는 것에 비하면 먹으려는 노력은 아무것도 아니다. 요거트 하나 더, 토스트 한 조각 더 먹는 것쯤이야. 살, 그리고 내 몸의 변화. 이런 것들에 대한 두려움이 어마어마하기도 하지만 진정해야 한다. 지금 후퇴하면 그동안의 노력이 뭐가 되겠는가.

하지만 겨우 쥐어짠 나의 의지 사이로 불쑥불쑥 비관주의가 고개를 든다. 지난주에도 그랬다. 태양이 고개를 내밀자 여기저기서 겨울이 드디어 끝난 것 같다고 했다. 그래서 나는 봄맞이 대청소를 할 때가 됐다는 생각에 저녁 내내 서류와 입출금 내역서, 편지가 담긴 상자를 정리했다. 그 안에는 지난 10년 동안 모은 진료의뢰서가 들어 있었다. 주로 정신과 로빈슨 선생님이 내 주치의에게 보낸 의뢰서였다. 우울한 내용이었다. '엠마의 BMI가 17이 되었지만 아직도 무월경입니다.' '1.5킬로그램이 빠졌지만 원래 몸무게로 돌아가고 싶어 하는 눈치입니다.' '뼈 스캔 결과 상태가 더 악화된 것으로 밝혀졌습니다. 사진 첨부합니다.'

봄을 맞아 부푼 내 가슴에 갑자기 바늘이 꽂힌 듯했다. '못하겠다.' 다시 패배감이 들었다. 그 증거가 활자로 내 눈앞에 펼쳐져 있었다. 이 모든 진찰 기록, 상담과 체중 변화의 차트. 손톱만큼 줄었거나 늘어난(그 당시만 해도 엄청난 변화처럼 느껴졌건만) 몸무게를 지그재그로 기록한 차트를 보면 1킬로그램 늘었다 몇 킬로그램 빠지는 식이라 1보 전진 후 2보 후퇴였다.

내가 지금까지 쏟은 노력과 흘려보낸 시간을 생각해보았다. 날이면 날마다 굶었건만 남은 거라고는 아무짝에도 쓸모없는 의사들의 편지뿐이었다. 지난 10년을 거식증에 바쳐도 아무 수확이 없었다. 절망을 느끼며 거실 바닥에 앉아 있는데, 자신의 한계를 인정하라던 어느 심리치료사의 경고가 생각났다. '단순히 이성과

끈기의 문제였다면 당신은 지금쯤 회복이 됐을 거예요. 그러니까 의지로 안 되는 것일 수도 있어요.'

나는 진정한 패배자였다. 그 순간, '내가 지금까지 나를 속여 왔구나' 하는 생각이 들었다. 거의 다 이긴 줄 알았건만, 이번에는 드디어 새 출발을 하는 줄 알았건만. 어쩌면 내 상태가 좋아지지 못한 건 좋아질 수 없기 때문일 수도 있다. 문제는 음식이나 체중이 아니다. 거식증 환자들이 완전히 회복하지 못하는 데에는 이유가 있다. 나는 아무리 기를 써도 이 병에서 벗어나지 못할 것이다.

나는 봄맞이 대청소를 집어치우고, 이 놀라운 깨달음에 전율하며 뜨거운 욕조 속으로 후퇴했다. 만약 이 병을 이길 수 없다면 어떻게 해야 할까? 내가 어디로 걸어가고 있는지 알고 싶은데, 그 순간만큼은 키를 잃어버린 배 신세였다. 나는 자몽 향이 나는 거품 속으로 몸을 담그며 고민했다. '받아들이는 게 가장 성숙한 태도일까?' 정신분열증, 조울증, 우울증 등 다른 힘겨운 질병과 더불어 살아가는 사람들도 있지 않은가. 어쩌면 나도 거식증과 더불어 살아가고 나 자신과 화해하는 방법을 배워야 할지 모른다. 어쨌거나 나를 괴롭히는 것은 거식증 그 자체가 아니라 거식증을 상대로 벌이는 끊임없는 투쟁이다. 완벽하지 않아도 행복할 수 있지 않을까?

하지만 그럼 톰과 가정을 꾸리는 문제는 어떻게 되는 걸까?

　　　　　　　　　　　　　하루에 사과 하나

톰과 나의 아이를 간절히 낳고 싶은데. 패배를 인정하지 못한 머릿속이 어지러웠다. 계획을 세울 필요가 있었다. 나는 욕조에서 빠져나와 수건으로 몸을 감싸고 노트북을 열었다. 검색어 창에 '임신촉진제, 체외수정, 입양'을 입력했다.

그날 밤에 나는 매주 게재하는 칼럼을 쓰면서 100퍼센트 솔직해지기로 결심했다. 내 암울한 심정을 설명하고, 지금까지 하도 실패를 많이 해서 이번에도 실패할까 겁이 난다고 고백했다. 임신에 관해서라면 거식증이 낫기를 기다리는 것보다 임신촉진제나 체외수정, 입양을 택하는 게 낫겠다는 심정까지. 칼럼이 신문에 실린 지 몇 시간 만에 답장이 쇄도하기 시작했다.

2011년 4월 20일, 5:58 p.m.

당신은 거식증 환자가 아니에요. 부정적인 말만 늘어놓는 거식증이라는 목소리가 당신의 생활 곳곳에 스며든 상태일 뿐이죠. 당신의 인생은 당신이 책임질 수 있어요. 당신이 바꿀 수 있어요.

J.M.

2011년 4월 20일, 8:22 p.m.

다시 일어날 수 있기를 진심으로 기원할게요. 나는 사십대의 대부분과 오십대 초반 내내, 처음에는 거식증에 시달리느라 나중에는 거식증과 싸우느라 고생했어요. 쉰여섯 살인 지금도 거식증 환자의 사고방식이 사라지지 않았지만, 그래도 먹고 마시고 제대로 살아가고 있어요. 지금 20개월인 손자가 엄청난 자극이 됐죠. 건강한 몸으로 딸을 돕고, 손자를 돌보고, 할머니 노릇을 즐기고 싶었거든요. 본연의 내가 되고 싶었거든요. 건강하길 바랄게요, 엠마. 자기 자신을 너무 닦달하지 말고 자랑스럽게 생각해요.

V.B.

내 안의 투지를 일깨우는, 내 힘으로 임신에 도전하라는 응원도 많았다. 캐나다 친구 마이크는 이런 이메일을 보냈다.

아직은 체외수정에 대해 고민할 필요 없어. 체외수정이라니 내 귀에는 비겁한 변명처럼 들린다. 네게도 건강했던, 거식증과는 무관했던 시절이 있잖아. 그때로 돌아가야지. 그 아름다운 아기는 네 안에서 만들어져야 해, 너의 유전자로. 그래야 너는 너에 대한 의무를 다했다고 할 수 있어.

경기를 포기하려던 순간, 뭔가가 바뀌면서 내 마음도 달라졌다. 햇볕에 힘입어, 독자들과 친구들의 성원에 힘입어 나는 다시 링으로 돌아갔다. 인생은 늘 그런 식이다. 포기하려는 찰나, 무슨 일인가가 벌어진다.

하루에 사과 하나

두말하면 잔소리겠지만, 다음 주 내 칼럼은 훨씬 낙천적으로 바뀌었다. 발코니에서 봄 햇살을 쪼이며 쓴 칼럼인데, 단어마다 물씬 배어 있던 모험심과 희열이 아직도 생각난다.

지난 몇 개월 동안 내가 느낀 심정을 여러분에게 공개하고 싶다. 그 시간은 부활과도 같았다. 내 몸이 깨어나고 있다. 모든 게 새롭다. 미각도, 감각도, 감정도. 그리고 나의 솔직한 면모에 간담이 서늘하기도 하다. 성인이 된 이래 줄곧 괜찮은 척 연극을 했던 내가 (배 안 고파요, 진짜예요, 좀 전에 먹고 왔어요) 진실을 폭로해 이제는 내가 괜찮지 않다는 사실을 모두가 알게 됐다. 나는 평생 한 번도, 단 한 번도 해본 적 없는 일을 저지르기도 했다. 도움을 청한 것이다. 응원 문구를 보내고, 내가 할 수 있을 거라고 믿어준 모든 독자들에게 전하고 싶은 말이 있다. 여러분의 글을 모두 읽었다고, 여러분의 응원대로 될지도 모른다고 생각하니 기뻐서 가슴이 터질 것 같다고 말이다.

Chapter 7

어느 여행 작가의 여자친구의 고백

"와, 멋진 일을 하고 계시네요." 이것은 내가 "그럼 뭘 드세요?" 다음으로 가장 자주 듣는 말이다. 맞는 말이긴 하다. 톰은 멋진 일을 하고 있다. 여행 작가이자 전국으로 배포되는 신문의 호텔 평가 담당자라 둘이서 온 세상을 누비며 환상적인 섬과 해변과 도시를 찾아다닐 수 있으니 말이다. 영국에 있더라도 거의 주말마다 런던을 탈출해 근사한 호텔을 살피러 다닌다.

톰과 나는 끊임없이 움직여야 직성이 풀린다. 우리는 대화를 나누고, 새로운 곳을 탐험하고, 미래의 계획을 세운다. 책, 칼럼, 여행 그리고 아이에 대해. 그가 호텔을 둘러보는 동안 나는 비공식 조수가 되어 스파에서 운영하는 미용 관리 프로그램에 (기꺼이) 몸을 맡기고 그에게 보고한다. 미용 관리 프로그램이라고 하면 얼굴 랩과 전신 랩, 매니큐어와 페디큐어, 눈썹 정리와 핫스톤 테라피와 성대한 마사지를 의미한다. 나는 일종의 스파 전문가가 되었는데, 세인트폴여학교를 장학금으로 졸업하고 돈이 없어서 머리카락을 군데군데 금발로 염색도 못했던 과거를 생각하면 상당히 재미있는 변화다. 가장 최근에 발견한 것은 속눈썹 염색이다. 눈에다 무언가를 바르면 영구 마스카라 비슷한 역할을 해서 번질 염려도 없고, 번거롭게 날마다 지울 필요도 없다.

여행 작가 겸 기자라는 톰의 직업이 환상적인 것만큼은 분명하다. 하지만 가끔 우리도 운전을 하거나 호텔 매니저와 잡담을 나눌 필요 없이, 짐을 쌌다 풀었다 할 필요 없이 런던에서 주말을 보내고 싶을 때가 있다. 엄격히 말하면 나도 매주 칼럼을 게재하고 있으니 이제 기자라고 할 수 있는데, 늘 그렇듯 사기를 치는 듯한 기분이 든다. 아직도 나를 뭐라고 설명해야 할지, 내가 하는 일이 뭔지 정확히 모르겠다. 날마다 출퇴근하던 직장을 박차고 나온 사람이라면 누구나 익숙한 단계일 테지. 출판사를 그만둔 지 9개월도 넘었건만, "무슨 일을 하세요?"라는 디너파티용 질문을 들으면 아직도 머뭇거리게 된다. 지난달만 해도 4월 소득세 신고 마감일이 다가오기에 국세청의 자진신고서를 작성하는데, '직업'란을 향해 움직이는 내 손이 떨렸다.

풀타임으로 근무하던 직장을 그만두는 것은 경제적인 면이나 생활방식 면에서 상당한 모험이다. 가끔은 거식증 극복기만큼

                    하루에 사과 하나

이나 험난하게 느껴지기도 한다. 직업이 나를 얼마나 좌지우지하는지, 어떤 조직, 어떤 집단의 소속이라는 사실, '쓸모 있는' 존재라는 느낌이 내 자존심에 얼마나 많은 영향을 미치는지, 나는 잘 몰랐던 것 같다. 그래도 속이 후련한 선택이었고, 지금도 후회는 없다. 10년 동안 여러 회사에서 근무했으니 이제 다른 걸 시도할 때도 되지 않았을까, 늘 꿈꾸어오던 작가의 길을 걸어도 되지 않을까. 나는 프리랜서를 선언하고 한 달도 안 돼서 저작권 대리인을 구했고, 6개월 만에 첫 소설을 완성했다. 「타임스」에 정기적으로 칼럼을 게재하게 된 것은 비단 위에 꽃을 더한 격이었다.

그리고 여행이 우리와 맞는다. 톰과 나는 작가이기에 노트북만 있으면 된다. 나는 이제 여행가방을 치우지 않는다. 여행에서 돌아오면 빈 방에 그냥 두고, 여권을 늘 들고 다닌다. 낯선 객실, 낯선 침대에서 눈을 뜨면 여기가 어딘가 싶을 때가 종종 있다.

런던의 세인트토머스병원에서 산부인과 의사로 근무하는 지인이 얼마 전에 말하길 아이를 갖고 싶으면 느긋해져야 된다고 했다. "임신을 하고 싶으면 긴장을 풀어야 해요. 여행 그만하고, 자전거도 그만 타고, 밤새도록 글을 쓰는 것도 그만해요." 나도 원칙적으로는 이해하지만, 어떤 식으로 실천에 옮기면 되는지 방법을 모르겠다. 느긋해지려면 생활방식을 완전히 바꾸어야 하는데.

우리에겐 여행가의 생활방식이 있다. 우선 엄청난 시차증(그리고 시차증 때문에 벌어지는 엉뚱한 말다툼). 그리고 공항, 렌터카, 스파 프로그램, 와인 바, 호텔 홍보담당, 햇볕 때문에 생긴 화상, 여행사. (톰은 여행 정보 센터 집착증이 있다. 어디에서건 여행 정보 센터가 보이면 들어가서 리플릿과 브로셔를 있는 대로 모두 챙겨야 한다.) 그리고 수많은 교회, 해변, 화랑, 박물관.

그리고 내 경우에는 수많은 음식들을 회피하기 위한 전쟁. 뒤늦게 깨달은 사실이지만 거식증이 있으면 여행 작가의 여자친구로 지내기가 녹록지 않다.

⁑

먹는 걸 피하는 방법에는 여러 가지가 있다. 가장 간단한 방법은 "배 안 고파요" 아니면 "나중에 먹을게요"라고 하는 것이다. 이보다 좀 더 세련된 방법은 내 전공이라 할 수 있는데, 온갖 핑계를 대는 것이다.

오늘 아침에 나는 에든버러의 어느 호텔에서 아침식사에 손도 대지 않았다. 이유는 오렌지 씨가 너무 많고 조금 시고, 껍질 안쪽의 하얀 부분이 너무 두꺼워서 껍질을 벗길 수가 없고, 사과는 그래니스미스*인데다 나는 통째로 먹는 걸 좋아하는데 잘라놓았고, 바나나는 너무 파랬기 때문이다. 그 밖에도 기타 등등 많

* 녹색이 나는 품종

　　　　　　　　　　　　　　　　하루에 사과 하나

았다(톰은 오트밀과 딸기잼을 바른 토스트를 태연하게 먹었건만). 왜 다른 걸 못 먹었는지 모르겠지만 아무튼 오렌지가 엉망이었고, 내 머릿속의 그 목소리가 (죄책감과 불안을 유도하며) 고함을 지르면 모든 게 불가능해진다. 화학반응이 아닐까 싶은데, 머릿속이 뒤집히면서 내 마음대로 통제가 안 된다. 음식을 먹으면 그런 기분을 가라앉히는 데 도움이 된다지만, 나는 잘 모르겠다.

톰의 전언에 따르면 내가 이렇게 말했다고 한다. "그 오렌지 때문에 너무 스트레스 받아서 아무것도 못 먹겠어. 그냥 커피나 마실래."

오렌지 때문에 너무 스트레스를 받았다고? 먹는 걸 피하려는 핑계에 불과하다. 요즘에는 식기 때문에 말썽이다. 포크가 너무 크면 쓰질 못하는 것이다. 여행을 다니면서 난 일회용 플라스틱 숟가락을 쓸 수 없기 때문에 핸드백에 조그만 숟가락을 넣고 다니는데 가끔 잊어버릴 때가 있다(요즘은 슬슬 숟가락에 대해서도 까다로워지려 하고 있다. 찬장 서랍을 열고 세어보니 완벽한 은 숟가락이 열아홉 개나 들어 있지 뭔가). 접시 크기도 중요하다. 작은 건 상관없지만 큼지막한 만찬 접시가 나오면 못 먹는다. 그리고 온도도. 너무 뜨거워도 못 먹지만 돌처럼 차가워도 물 건너간 얘기다. 식감도 마찬가지다. (빵이) 너무 딱딱해도 문제지만, 특히 파스타 같은 경우 너무 물컹물컹하면 가망이 없다.

과일의 강도도 중요하다. 파랗고 딱딱한 바나나도 문제지만,

너무 익어서 당도가 지나친 바나나도 먹을 수 없다. 사과도 마찬가지다. 멍이 들었거나 물컹물컹하면 안 된다. 포도는 반질반질하고 단단하며 씨가 없어야 한다. 그리고 달콤하면서 짭짤한 맛도 문제다. 온갖 음식에서 불쑥 등장하는 건포도도 그렇고, 짭짤한 맛이 나는 말린 과일은 정이 안 간다. 막스 앤 스펜서에서 완벽했던 슈퍼 홀푸드 쿠스쿠스에 왜 석류를 추가하기 시작했는지 이유를 모르겠다. 일일이 골라내는 것도 일이다. 나는 '부적합한' 음식이 보이면 그냥 '괜히 애쓰지 않겠어. 먹지 말아야지' 하고 생각해버린다. 구운 콩은 웬만하면 작은 깡통에 담긴 것을, 냉장고에 넣었다가 시원하게, 작은 숟가락으로 먹어야 한다.

내가 까불까불 잘도 늘어놓고 있지만, 실제로는 이렇게 살면 별로 재미가 없다. 나는 본질적으로 평범한 음식을 평범하게 먹지 못한다. 그게 바로 거식증이다. 내 입장에서는 이런 규칙들이 일리가 있지만, 사실은 음식을 피하려는 또 다른 수법에 불과하다. 톰이 이것 때문에 얼마나 스트레스를 받는지 나도 알고 있고, 당연히 거식증을 극복하는 데에도 방해가 된다. "당신이 어떤 걸 좋아하는지 나는 정확히 알아." 톰이 말한다. "깨끗하고 신선하고 흠집 하나 없어야 하지? 조식 뷔페를 한번 쓱 보면 난처한 상황이 벌어질지 안 벌어질지 알 수 있어." 그의 말이 맞다. 내 음식은 정해진 기준이 있다. 그런데 우리처럼 여행을 자주 하다 보면 그 기준에 맞는 음식을 찾기가 하늘의 별 따기다.

얼마나 까다롭게 보일지 나도 안다. 하지만 이것이 나를 지배하는 규칙이다. 나는 이것을 까다로운 식습관이라고 부르지 않겠다. 그 수준을 훨씬 넘어서니까. 나는 먹을 수 없는 종류의 낯선 음식이 나오면, 어린애처럼 구는 게 아니라 정말로 먹을 수가 없다. 배가 고파 죽겠는데도 나온 음식이 '부적합'할 때 느껴지는 무기력감과 분노를 어떤 식으로 설명해야 좋을지 모르겠다. 지난 11월의 칼럼에는 내가 탄자니아 여행에서 느낀 이 무력감과 분노가 고스란히 드러난다.

나는 식탁을 움켜쥐고 이성을 잃지 않으려고 애를 쓰고 있다. 접시를 내동댕이치고, 식탁을 뒤엎고, 의자를 걷어차고 싶어서 미칠 것 같다. 하지만 바닥에 끌리는 원피스 자락을 밟지 않도록 조심해가며 자리에서 일어나 나를 멀뚱멀뚱 쳐다보는 T와 웨이터들을 두고 떠난다.
내가 왜 이러는 걸까? 솔직히 예전부터 내 성격이 불같긴 했지만 이렇게 느닷없이 폭발할 정도는 아니었다. 이런 음식으로 인한 분노는 전혀 새로운 현상이다. 거식증을 포기하면 이렇게 되는 걸까? 예전에는 먹는 걸 철저하게 단속하더니 이제는 다른 걸 철저하게 단속하려 드는 것 같다. 너무 단순한 진단인지 모르겠지만. 어쩌면 내 자체가 통제 불능이기 때문에 감정까지 통제 불능인지 모른다. 이유가 뭐가 됐건 기분이 엉망진창이고 내가 누구인지, 뭘 어쩌면 좋을지 모르겠다. 화가 나고 무섭다. 아프리카에서의 첫 밤은 이렇게 시작됐다.

이제 와 생각해보면 그럴 만한 일도 아니었던 것 같지만 시차 때문에 피곤하고, 죽도록 배가 고파서 뭔가 영양가 있는 음식을 먹고 싶어 안달이 난 상황을 상상해보라. 데친 채소와 밥을 주문하고 '볶지 말고 데쳐서 달라'는 요구사항을 제대로 이해했는지 거듭 확인했건만, 버터에 잠긴 당근과 밥, 여기에 추가로 고구마튀김이 나온다.

버터 속에서 헤엄치는 음식을 내가 무슨 수로 먹을 수 있겠는가. 못 먹는다. 그게 정답이다. 내가 특별한 부탁을 한 것도 아니었다. 내가 먹을 음식을 제대로 만들어달라고 한 것밖에 없다. 이게 바로 거식증 환자의 사고방식일까? 이토록 철저하게, 비이성적으로 통제하려드는 게?

내 경우, 결국에는 항상 통제의 문제로 귀결된다. 처음부터 내게는 거식증이, 통제할 수 없는 세상을 통제하는 방법이자 타인의 접근을 차단하는 방법이었다. "나는 네 사랑 필요 없어, 나는 네 음식 필요 없어, 나는 끼고 싶지 않아"라고 말하며 바깥세상을 거부하는 방법이었다.

마찬가지로 나를 건사하려는 톰을 내 쪽에서 거절하는 지금의 상황도 통제와 관련이 있다. 그가 또다시 자기 집에서 같이 살자고 하면 나는 사랑이 아니라 위협을 느낀다. 기본적으로 음식은 애정과 보살핌의 표현인데, 나는 그런 것을 받아들이거나 믿지 않는 듯하다. 긴장을 풀고 톰에게 나를 맡기면-뜨거운 거품 목욕을 준비해주고 침대로 아침을 가져다달라고-다시 안심할 수 있는 어린아이로 돌아간 것 같아서 황홀하고 평화로운 기분이 들건만.

톰이 거식증을 극복해주기 바라는 이유는 내가 약해 보여서가 아니라 나를 사랑하기 때문이다. 그런데 나는 왜 그걸 받아들이지 못할까? 다른 누군가를 내 마음속에 들이는 게 왜 그렇게 어려울까? 그러면 왜 통제력을 잃는 것처럼 느껴질까? 그리고 설령 잘못 만든 음식이 나왔다 한들 나는 왜 그걸 그냥 먹지 못하는 걸까?

탄자니아에서 나는 파인애플로 연명했다. 일주일 내내 그랬다. 돌아왔을 때 입과 혀가 물집으로 뒤덮여 거의 말도 못할 지경이었다.

탄자니아와 케냐와 우리가 아프리카에서 가본 다른 나라들은 음식을 만들 때 대부분 기름이나 버터나 기'를 쓴다. 그것이 그들의 조리법이다. 문화적인 부분이라 다르게 만들어달라고 해도 잘 안 된다. 우리는 최고의 요리사가 준비한 저녁을 단둘이서 먹은 적도 있고, 별장에서 집사의 시중을 받은 적도 있고, 바닷가에서 낭만적인 바비큐 파티를 연 적도 있고, 다우배"에서 별빛을 등불 삼아, 호텔 베란다에서 촛불을 등불 삼아 식사를 한 적도 있다. 하지만 소용없었다. 그렇다고 아프리카에서 (나의 주식이랄 수 있는) 채소 자체에 문제가 있는 것도 아니다. 맛있는 당근, 브로콜리, 콩이 넘쳐난다. 그런데 주방에서 테이블로 오는 동안 끔찍하게 망가져버린다. 저녁을 먹으러 가서 데친 채소를 주문했는데—심지어 분명하고 깍듯하게 종이에 적은 적도 있었다. '볶거나 버터를 넣지 말고 그냥 데쳐주세요.' 이렇게 말이다—기름에 둥둥 떠다니는 채소를 갖다 준 게 몇 번인지 셀 수가 없을 정도다.

버터에 볶은 당근? 기름기로 번들거리는 브로콜리? 그런 건 안 된다.

여러분이 무슨 생각을 하는지 안다. 이 무슨 낭비인가. 이 얼마나 모든 걸 통제하려드는 한심한 여자인가, 이 얼마나 재미없는 여행인가. 맞는 말이다. 내 남자친구도 여러분의 생각에 동의할 것이다. 그가 세이셸에서 큰박쥐 카레에 도전했을 때 (나는 간

* 일종의 액상 버터
** 아랍의 돛단배

하루에 사과 하나

단한 채소 샐러드를 먹었다) 함께할 수 없어서 슬펐던 기억이 난다. 해외여행의 하이라이트는 이국적인 음식이건만. 하지만 거식증 환자에게 낯선 음식보다 두려운 존재는 없다.

⁘

　몇 주 전에 우리는 스키를 타러 나선 길에 이탈리아 알프스를 지나면서 작년에 겪었던 사건들을 추억했다. 케냐에서 만난 개코원숭이(호텔이 개코원숭이들로 넘쳐났고, 녀석들이 내 바나나까지 훔쳐 갔다)와 바베이도스 곳곳을 찾아 헤맸던 저지방 요거트. 결국 브리지타운*의 어느 슈퍼마켓에서 수입된 밀러를 찾았을 때 거기 있던 걸 몽땅 다 샀다는 사실! 저지방이 맞는지 의심스러웠지만(저지방이라고 하기에는 맛이 너무 풍부했다) 그래도 그냥 먹었다. 그 정도로 절박했던 것이다.

　톰은 잔지바르**에서 롤빵 때문에 벌어졌던 난처한 상황을 떠올렸다. 우리는 다르에스살람***에서 손바닥만 한 6인승 프로펠러 비행기를 타고 스파이스 제도로 이제 막 건너와 냉탕에서 땀을 식히며 저녁을 주문하려던 참이었다. 도착한 첫날 저녁에는 기온

* 바베이도스의 수도
** 탄자니아의 섬
*** 탄자니아의 수도

이 38도에 육박했는데, 룸서비스 메뉴에 내가 먹을 수 있는 게 아무것도 없었다. 톰이 다급한 마음에 간단한 후무스나 차지키(오이를 넣은 천연 요거트)를 만들어줄 수 있는지, 혹시 롤빵은 있는지 물어보러 주방장을 찾아갔다. 내 '안전한' 음식 목록에 들어 있는 게 그 정도다(그런데 알 수 없는 외국 스타일은 싫다. 어떤 식으로 만드는지도 중요하다).

여행 때문에 지친 몸을 이끌고 땀을 뚝뚝 흘리며 주방에 서서 탄자니아 요리사들에게 빵 만드는 법을 설명했을 가엾은 톰을 상상해보라. 잔지바르 사람들은 갈색 빵을 좋아하지 않으니 통밀이 뭔지 알 턱이 없었다. 우리는 밀가루에 물을 섞어 반죽을 만든 다음-맞나? 빵 만드는 법을 알 수가 있어야지-치대서 오븐에 구우면 되는 거 아닌가, 생각했다. 그는 마침내 시커멓게 탄 자잘한 밀가루 덩이들을 은 쟁반에 담아서 허위허위 별장으로 돌아왔고, 우리는 그걸 보고 히스테리 환자처럼 배꼽을 잡고 웃었다. 웃을 일이 아니었는데(나는 배가 고파서 쓰러질 지경이었다!) 그가 '임신한 몰티저스*' 같다고 하는 바람에 빵 터진 것이다.

케냐의 호텔 주방에서 요거트를 만들려고 했던 사건은 그냥 넘어가련다. 나는 사실 요거트나 빵 만드는 방법을 모른다. 이스트를 넣고 발효시킨 다음 부풀게 두면 되는 거 아닌가? 아무튼

* 동그란 모양의 초코볼

     하루에 사과 하나

톰과 나는 뭘 얼마만큼 넣어서 어떻게 하면 되는지 전혀 몰랐고, 그 결과는 참변으로 이어졌다. 매일 아침마다 시큼한 전지방 우유가 담긴 큼지막한 오븐 접시가 세 개씩 우리 테이블로 배달됐던 것이다. 요거트는 아닌데, 갓 짠 소젖처럼 따뜻하고 덩어리가 있었다(막스 앤 스펜서가 얼마나 그리웠는지 모른다).

요리를 못 배운 여파가 이제야 실감나기 시작한다. 대학교 친구들이 새로운 요리법을 실험하고 정성 들여 디너파티를 준비하는 동안 나는 쫄쫄 굶었다. 내게 있어 음식은 그런 식으로 시도할 만한 대상이 아니었고, 『푸드 닥터 다이어트』 말고는 요리책도 산 적이 없었다. 그것도 요리책이라고 할 수 있을지 모르겠지만. 책꽂이를 훑어보니 몇 년에 걸쳐 선물 받은 요리책이 몇 권 있기는 하다. 『간단한 채식 요리』, 『건강한 인도 음식』. 하지만 한 번도 들춰본 적이 없다. 부엌에서 다른 사람들을 위해 정성껏 음식을 준비하는 거식증 환자들도 많지만, 나는 음식 근처에 있고 싶지 않다. 일요판 신문에 딸린 잡지를 볼 때도 요리 코너는 곧장 건너뛴다(복잡한 음식 사진을 보고 있으면 구역질이 난다).

내겐 따뜻한 요리보다 깨끗하고 차가운 음식이 더 편하다. 나는 신선한 유기농 우유를 부어서 먹는 뮤즐리 시리얼과 냉장고에서 방금 전에 꺼낸 구운 콩이 좋다. 3년 전에 이 아파트로 이사 오면서 새로 부엌을 꾸몄다. 내가 이즐링턴에 아파트를 마련할 수 있었던 것도 이전 세입자들이 보증금을 다 까먹었기 때문인데, 그들이 복수 차원에서 붙박이 부엌을 뜯어내 들고 도망쳐버렸던 것이다. 그래서 은색과 검은색이 어우러진 크롬 부엌을 설치했지만, 오븐에 든 사용설명서를 한 번도 꺼낸 적이 없다.

⁂

내 칼럼을 읽고 독자들이 보인 반응 중에서 (초기에, 내가 단련되기 전에) 가장 상처가 됐던 것을 꼽으라면 '자기 몸도 못 챙기면서 무슨 수로 아이를 챙길 작정이냐'는 거였다. 즉, 아이를 가지려고 애를 쓰기 전에 음식과 식습관부터 해결하라는 소리인데, 이게 과연 맞는 말일까? 요리를 못하는 사람은 좋은 엄마가 못 되는 걸까? 거식증 환자는 자기 아이조차 돌보지 못하는 걸까?

좋은 부모의 조건은 누가 정하는 걸까? 어떤 사람이 아이를 낳을 '준비'가 됐는지, 안 됐는지 누가 정하는 걸까? 톰과 나는 요즘 들어 이런 대화를 자주 나눈다. 그가 마흔을 목전에 두고 있기 때문이다. 그가 아빠가 되고 싶어 하는 것은 상당히 갑작스러운 현상이다. 여자들은 생물학적으로 아이를 갖고 싶게 프로그램이 돼 있을지 모른다. 일찍부터 임신과 피임의 책임이 여자들에게 있으니 남자들보다 훨씬 자주 고민하고 의논할 수밖에 없다. 아이를 낳는 데 특별히 관심이 없는 여자라도 추락하는 임신 확률에 대한 경고까지 무시하기는 어렵다. 하지만 '준비'가 됐네, 안

하루에 사과 하나

됐네 하는 것은 잘못된 미신일지 모른다. 우리 남매와 내 주변의 친구들, 직장 동료들 중에서 천생 엄마나 아빠는 거의 없는데, 나이가 많건 적건 어찌어찌 아이들을 낳아서 사랑으로 키우고 있다. 결국에는 다 잘 되기 마련이다.

100퍼센트 준비가 완료된 커플이 어디 있을까. 당연히 톰과 나도 완벽하게 준비되었다고 볼 수는 없지만, 그게 관건이다. 미지의 세계로 떠나는 모험이라는 것이.

(내가 너무 앞서 나가고 있다는 거 안다. 아직 임신도 안 됐는데, 아이를 가질 수 있으려면 체중을 충분히 늘려야 하는데 말이다.)

⁘

하지만 그러면…… 여행은 어떻게 되는 걸까? 아이를 낳아도 이렇게 주말마다 다른 호텔에 묵고 2~3주마다 나라를 바꿔가며, 매인 데 없이 자유롭게 돌아다니며 살 수 있을까? 내 거식증만 걸리는 게 아니다. 아이가 생기면 우리 둘 다 사는 속도를 늦춰야 할 것이다. 아이들에게는 안정적인 일상이 필요하기 때문에-젠장, 나도 안정적인 일상이 필요하다-이런 속도로 여권에 도장을 모아가며 살 수는 없을 것이다.

물론 우리도 사는 속도를 늦추기 위한 나름의 노력을 기울였다. 예컨대 작년에도 내가 그 기억에 남을 킷캣 초콜릿을 먹기 직전에 크리스마스를 전후해서 2주 동안 남아프리카에 다녀왔는데, 긴 여행에서 돌아올 때마다 으레 그렇듯 우리는 한동안 여행을 쉬고 런던에 머무르면서 못 만났던 친구들을 만나기로 다짐했다. 그래서 몇 주 동안 그 어떤 예약도 잡지 않고 집에서만 지냈다. 그런데 톰이 「선데이 텔레그라프」의 여행 코너를 들여다보는가 싶더니 우리 둘 다 새로운 호텔을 다룬 특집기사를 오려서 모으기 시작했고, 얼마 후 정신을 차리고 보니 베른 알프스의 외딴 곳으로 스키를 타러 가느라 짐을 싸고 있었다. 엉덩이가 근질거려서 견딜 수가 없는 것이다.

며칠 전에 어느 신경과학자와 심리학자가 라디오 4에서 자폐증과 거식증의 연관 가능성에 대해 토론하는 것을 들은 적이 있었다. 처음에는 논리가 빈약하게 느껴지더니 들으면 들을수록 솔깃했다. 이 새로운 연구 결과 소통 불능이 특징인 자폐증과, 허기를 부인하고 자신의 몸과 거리를 두는 분열성 거식증이 상관관계가 있는 것으로 밝혀질까? 아직 연구 초기 단계이기는 하지만, 전혀 뜬금없는 소리는 아닌 것 같다. 나는 왠지 몰라도 나의 몸에 대해 전혀 무심하다. 배가 고파도 남들과 다른 반응을 보인다. 내가 지금까지 주장했던 것처럼 거식증은 다이어트가 잘못돼서 생긴 병이 아니다. 열심히 먹는 다른 사람들을 보고 있으면 나의 머리는 배선이 남들과 다르다는 느낌이 강하게 든다.

그 방송을 들었더니 여행에 대해서도 고민을 하게 됐다. 톰

   하루에 사과 하나

과 나는 왜 끊임없이 돌아다니는 걸까? 무슨 이유로 여행을 하는 걸까? 물론 새로운 장소를 구경하고 세상에 대해 알아나가는 짜릿함 때문일 것이다. 이것은 엄청난 특권이자 모험이다. 여행을 하면 우리 둘 다 자극이 되고 나와 다른 사람, 언어, 문화에 대해 눈이 트인다. 하지만 자신의 내적인 문제를 외면하기에 좋은 방법이기도 하다.

나는 끊임없이 움직여야 진정이 되는 것 같다. 한자리에 오래 앉아 있지 못한다. 조깅을 하고 자전거를 타고 수영을 해야 머릿속에서 들리는 요란한 소음에 대처할 수 있다. 밤에는 몇 시간 동안 양쪽 발을 비비고, 비비고, 또 비비며 마음을 가라앉힌다. 침대에 누우면 손을 주먹 쥐고 턱 밑에 단단히 붙여야 안심이 되는데(톰은 이걸 쑤셔 넣기라고 부른다) 밤새도록 주먹의 위치를 이리저리 바꾸며 마음 편한 자세를 찾는다. 엄마는 해머스미스 앤 웨스트 런던 병원에서 내가 태어났을 때 몇 시간 뒤에 찍은 사진을 보관하고 있다. 그 사진을 보면 내가 조그만 주먹을 턱 밑에 쑤셔 넣고 있다. 그러니까 오랜 역사를 자랑하는 버릇인 것이다. 어렸을 때 나는 몸을 앞뒤로 흔들며 잠을 청하곤 했는데(자폐증의 또 다른 특징이기도 하다) 지금도 리드미컬하게 몸을 흔들면 마음이 진정된다.

속도에 대한 욕구도, 그칠 줄 모르는 방랑벽도 가벼운 중독일까? 아니면 나는 가만히 있지 못할 정도로 심각한 걱정거리가 있는 걸까?

그렇지만 나는 집으로 돌아오는 것도 좋아한다. 몇 주간의 여행, 장거리 비행, 낯선 환경, 긴장하며 여행가방에 의지해 항공기 승무원과 호텔 직원의 처분만 기다리며 지내다 드디어 돌아온 나만의 익숙한 공간. 현관문을 열고, (도둑이 들어오지 않았다는 데 안도의 한숨을 내쉬며) 여행가방을 들고 2층으로 올라가고, 우편물을 정리해 피자 전단지와 「해크니 가제트」 주간지를 버리고, 빨래를 세탁기에 넣고, 깨끗하게 샤워를 한 뒤 지친 몸을 눕히는 과정이 좋다. 내 침대. 마침내 돌아온 내 집. 귀가도 여행의 일부다.

그러니까 산부인과 의사는 삶의 속도를 늦추고 집에서 푹 쉬는 게 좋다고 조언을 했지만, 나는 지키지 못할 조언임을 안다. 톰과 나는 나그네다. 우리 아이도 엄마아빠를 따라다녀야 할 것이다.

CHAPTER 8

먹는 것과 화해하는 방법

안녕하세요, 엠마 씨. 당신의 칼럼을 관심 있게 챙겨 보고 있어요. 나는 '정신력에 좌우되는 문제'를 해결할 수 있도록 돕는 임상 최면치료사랍니다. 혹시 무료로 최면치료 받아보실 생각 있어요? 안전한 환경에서 강력한 변화를 경험할 수 있으실 텐데…….

강력한 변화란 말이지. 이번에도 또다시 밑도 끝도 없이 도움을 자청하는 이메일이다. 오랫동안 모든 걸 안에 꽁꽁 담아두기만 했던 나인지라 손을 내밀기만 하면 얼마나 많은 도움을 받을 수 있는지 느낄 때마다 놀라워진다.

앞에서도 말했던 것처럼 산부인과 의사인 친구는 삶의 속도를 늦추는 게 회복의 열쇠가 될 수 있을지 모른다고 했다. 명상 스승님은 미안하다는 소리를 그만하고, 죄책감을 그만 느껴야 된다고 한다. 엄마는 치즈와 몸에 좋은 지방과 유분을 더 많이 섭취해야 된다고 하고, 남자친구는 자기랑 같이 살아야 된다고 한다. 파리에 사는 어느 여성 독자는 이메일로 육류와 생선을 다시 먹어야 한다고 주장하고, 스코틀랜드 출신의 어느 사이클 선수는 '매주 쿼크 치즈를 일곱 통씩 먹은' 게 재활의 열쇠였다고 한다. 여동생은 EFT, 즉 정서 자유 기법을 운운하고, 이모는 EMDR, 즉 안구 운동 민감소실 및 재처리요법을 운운한다. 어떤 사람들은 명상, 요가 혹은 아유르베다*의 효과를 장담하고, 또 어떤 사람들은 영양보조제를 추천한다. 나는 6주로 이루어진 불면증 코스에 참석하고, 매주 침을 맞고 동종요법 의사의 진찰을 받으며, 아침마다 심상 훈련을 하려고 노력하고, 『지금 이 순간을 살아라』를 대충 훑어보며, 600쪽에 달하는 『기적적인 치유』를 꾸역꾸역 읽고, 신경언어 프로그래밍에 대해 알아본다.

이 모든 특효약에도 불구하고 아직도 먹는 게 가장 힘들다.

나는 몇 년 동안 이뿐 아니라 더 많은 방법들을 시도해보았지만…… 앞에서도 이야기했다시피 묘책은 없다고 생각한다. 금연을 시도해본 사람이라면, 보조 수단의 과부하를 경험하다 결

---

* '생명의 과학'을 뜻하는 인도의 전통 의학으로 식이요법, 요가, 생활방식을 중시한다.

   하루에 사과 하나

국에는 자기도 모르게 담뱃갑 쪽으로 손을 뻗는 그 심정을 이해할 것이다. 사실 온갖 최면법과 앨런 카*의 책과 니코틴 껌을 동원해도 담배를 피우고 싶은 마음이 남아 있으면 아무 도움이 안 된다. 나는 열여섯 살부터 스물아홉 살까지 담배를 피웠고, 끊을 수 있을 거라고는 생각도 못했다. 담배를 그 정도로 사랑했던 것이다.

내가 들은 바에 따르면 인간은 태어날 때부터 흡연자와 비흡연자가 정해져 있다고 한다. 예컨대 우리 형제들 중에서 케이티 언니는 담배라면 광적으로 질색하고 언니의 손에 담배가 들려 있는 모습은 상상조차 불가능하지만, 나머지 형제들은 아직도 담배를 피우거나 피우다 끊었다. 우리 부모님도 마찬가지다. 아빠는 개과천선했지만 한창 때는 궐련, 시가, 파이프담배, 무필터 담배, 코담배를 애용했다. 끊은 지 40년이 됐지만 아직도 저녁을 먹은 뒤 브랜디와 함께 피우던 식후 담배를 그리워한다. 반면에 엄마는 케이티 언니처럼 한 번도 담배를 피워본 적이 없다.

내 경우에는 적극적으로 담배를 싫어하기 시작하면서 전환점이 마련됐다. 재떨이처럼 고약한 냄새를 풍기는 것도, 사회적으로 따돌림 당하는 것도, 살이 에일 듯이 추운 날 다른 인생의 낙오자들과 함께 사무실 밖에 서서 담배를 뻐끔거리는 것도, 담뱃

---

* 33년간의 골초 생활을 청산한 후, 저술과 강연을 통해 손쉬운 금연법을 설파한 금연 전문가

값이 점점 오르는 것도, 아침마다 역겨운 기침이 터지고 숨소리가 쌕쌕거리는 것도 지긋지긋했던 것이다. 끊기까지 13년이 걸렸고 아직도 니코틴에서 벗어나지 못했지만(니코틴이 헤로인보다 더 중독성이 강하다) 실제로 금연을 시도하기 전에 담배를 질색하고 끊고 싶어 하는 단계가 필요했다.

거식증도 마찬가지다. 거기에 신물이 나야 포기할 수 있다. 세상에는 온갖 보조 수단과 조언이 있지만, 가장 중요한 것은 간절한 마음이다. 거식증에서 정말로, 정말로 해방되길 바라는 마음이다.

지금은 4월 말이고 나는 거의 6개월째 「타임스」에 칼럼을 연재하고 있다. 그 기간 동안 수많은 여성 독자들이 이메일로 조언을 청했다. 내가 도움을 줄 만한 입장이라도 되는 양! 그들의 심정이야 이해하지만, 재활원에 입원한 약물중독자에게 상담을 청하는 것과 비슷하다(특히 아침용 바나나를 거르고 점심용 사과를 반으로 나누어 먹은 날, 어떻게 하면 체중을 늘릴 수 있느냐는 이메일을 받으면 더욱 그렇다). 그냥 누군가에게 최악의 경험을 털어놓고 싶어서 나한테 이메일을 보낸 경우도 많다. 끼니마다 무슨 수로 먹은 걸 게워내는지, 목에서 어떤 식으로 피가 나는지, 그리고 (하루에 100알씩) 엄청나게 남용하는 변비약과 자해와 면도칼. 그리고 어쩌다 한 번씩 찾아오는 죽음.

이메일을 받으면 특히 조언을 구하는 경우 일일이 답장을 하

   하루에 사과 하나

는 편이지만, 그런다고 뭐가 달라질까 싶다. 돌아보면 나도 이십 대에는 무슨 일이 있더라도 거식증을 포기하지 못했을 것 같다. 배가 고프면 기분이 좋고 천하무적이 된 것 같았다. 좋아지려고 노력을 하긴 했지만, 과연 절실히 바랐을까? 거식증이나 신경성 폭식증이나 그보다 더 심각한 질병을 앓는 친구들에게 하고 싶은 말이 있다면 이것이다. '이제 그만해…… 당장 집어치우고 남은 인생을 낭비하지 마. 굶는 데에도 의미가 있다고, 굶으면 뭐든 통제할 수 있다고 너를 속이지 마. 그렇지 않으니까. 인생은 통제할 수 없는 것이고, 거식증은 숨으려는 수작에 불과하니까…….'

어떤 현자가 남긴 명언이 있다. 당신과 똑같은 고통을 겪어보지 않은 사람의 충고는 듣지 말 것.

나도 아직 거식증을 완전히 극복하지 못했음에도 희한하게 충고할 자격이 있는 것처럼 느껴지는 이유도 그 때문이다. 어떻게 보면 의사나 전문가보다 내가 더 전문가라 할 수 있다. 내 인생의 3분의 1이나 되는 시간을 거식증과 더불어 살아왔으니 말이다. 아직 갈 길이 남았지만, 그래도 나는 한 입, 두 입, 괴로운 과정을 거쳐 몸무게를 35킬로그램에서 47.5킬로그램까지 늘린 사람이다. 당장 완벽하게 낫는 비법이야 모른다 해도 나는 그 병이 어떤 면에서 위험하고 어떤 식으로 유발되는지 몸소 경험한 바 있다. 최소한 뭐가 도움이 되고 뭐가 해로운지는 안다.

내가 첫 번째로 추천하고 싶은 방법은 손바닥만 한 옷들을 처분하라는 것이다. 옷장을 열고 44사이즈 옷들을 꺼내 내팽개치기 바란다. 인정사정없이, 지금 당장. 사소해 보이지만 결정적인 조치다. 식습관과 음식과 자기 자신에 대한 판단, 즉 일상을 살아가는 방식은 대부분 마음먹기 나름이다. 몸에 꼭 끼는 옷을 입으면 누구라도 불편할 수밖에 없는데, 거식증 환자들은 이런 식의 신체 공포에 유난히 민감하다. 어렵다는 건 나도 안다. J 브랜드 스키니 진을 자선 재활용품점에 기증하려면 얼마나 속이 쓰리겠는가. 하지만 14세용 옷을 입을 이유가 어디 있을까. 당신은 열네 살이 아니라 성인이다. 몸무게를 반올림하지 않고 손바닥만 한 옷만 입지 않아도 전쟁에서 절반은 승리한 셈이다.

다른 충고는 없느냐고? 얼른 도움을 청하라는 것이다. 당신에게 문제가 있다는 사실을 솔직히 인정하자. 나처럼 몸무게가 거의 절반으로 줄 때까지 기다리지 말고. 약물중독처럼, 다른 나쁜 습관처럼 거식증도 몸에 밴다. 그래서 저체중으로 지낸 기간이 길수록 회복하기도 힘들어진다.

몸무게를 늘리려고 할 때는 뭐든 먹는 게 좋다. 이상적으로는 탄수화물과 단백질과 지방이 완벽하게 균형을 이루는 식단이면 좋겠지만 걱정할 것 없다. 내 경우 지방 공포증이 있지만 건강에 좋은 음식은 갈망한다. 따라서 튀김은 절대 못 먹을 테지만, 탄수화물은 어찌어찌 삼킬 수 있다.

초콜릿을 좋아하면 초콜릿을 먹자. 깡통에 든 구운 콩이나 토스트나 마마이트*를 좋아하면 그것도 괜찮다. 고칼로리 음료나 밀크셰이크가 더 나으면 마음껏 마시자. 당장은 균형 걱정할 것 없이 칼로리를 섭취하는 데 신경 쓰자. 영양적인 측면에서는 몇 달 동안 젤리와 아이스크림을 먹어도 장기적인 악영향은 없을 것이다.

자기 자신에게 너그러워지자. 상투적이라는 건 알지만 그래도 중요하다. 와인을 좋아하면 와인을 마시고, 뜨거운 거품 목욕도 하고, 영화도 보고, 흠뻑 빠져들 만한 일도 찾아보자. 내 경우에는 그것이 글쓰기다. 여러분의 경우에는 노래가 될 수도 있고, 외국어 공부가 될 수도 있겠다. 음식이나 운동과 무관한 일에 관심을 가질수록 거식증으로부터 자신의 정체성을 지킬 수 있다. 나는 오랫동안 나 자신을 처벌하는 데 인생을 바쳤다. 영하의 날씨에도 새벽에 일어나 달렸고, 굶었고, 고립을 선택했고, 나를 사랑하지 않는 남자들로 상처를 자초했고, 나를 사랑하는 남자들을 버렸다. 자기 자신과의 전쟁은 그만두자. 그래봐야 득이 되는 것은 아무것도 없다.

뭐든 먹는 것만큼 어떤 방식으로든 먹는 것도 중요하다. 여러분의 방식이 비정상적일지라도 걱정할 것 없다. 옆에 사람들이 있어야 관심을 다른 데로 돌릴 수 있다면 여럿이서 함께 먹으면 된

* 빵에 발라먹는 이스트 추출물

다. 혼자 먹는 게 더 좋다면 그래도 괜찮다. 나는 몇 년 전부터 남들이 보는 앞에서 먹는 게 힘들어서 겨울에도 리전트 공원 벤치에서 끼니를 해결했다. 사무실에서 점심을 먹는 게 감당이 안 됐던 것이다.

그리고 여러분의 사전에서 '식탐'이라는 단어를 지워주기 바란다. 음식을 놓고 욕구와 가치관 사이에서 감정적인 싸움을 벌일 필요 없다. 먹는다는 데 죄책감을 느끼지 말자. 음식을 섭취해야 뇌와 내장기관이 제 기능을 할 수 있다. 철저하게 따져가며 차에 기름을 넣듯 여러분의 몸에도 연료를 공급하자. 거식증 환자들의 의지는 경이로운 수준이다. 이제는 그 의지를 좋은 쪽으로 활용해야 한다. 쫄쫄 굶을 수 있다는 것을 보여주었으니 이제는 새로운 규칙을 만들 차례다.

충분한 영양과 전문가의 도움뿐 아니라 감정적인 응원도 필요하다. 계속 손을 내밀고 도움을 청하기 바란다(나는 이런 데 서툴지만). 자신을 격리하거나 숨지 않았으면 좋겠다. 이런저런 자리에 참석하고, 여기저기 놀러가고, 세상과 신체적인 접촉을 유지하고, 마사지를 받으러 가보자. 나는 가장 아팠던 시절에 사람들과의 접촉을 피했지만(울고 싶어졌기 때문에) 내 말을 믿어주기 바란다. 많은 포옹이 필요하다는 것을.

좋아져야 하는 여러분만의 이유를 만들었으면 좋겠다. 목표나 보상을 그려보자. 가보고 싶은 나라가 됐건, 낳고 싶은 아이가

 하루에 사과 하나

됐건(!), 자극이 될 만한 것으로. 그 병보다 더 큰 무언가가 있어야 이길 수 있다.

마지막으로 (조금 아이러니한 조언이기는 하지만) 돌이킬 수 없는 일은 없다는 사실을 기억해주기 바란다. 극복의 과정을 일종의 실험으로 간주하는 거다. 한번 살을 찌워보고 그러면 정신적인 건강과 육체적인 건강이 어떻게 달라지는지 느껴보는 거다. 0.5킬로그램을 늘릴 때마다 치유에 한 걸음 더 가까워지는 것이다. 싫으면 다시 빼면 된다. 당분간만 먹어보려고, 건강해지려고 노력해보자.

✥

획기적인 내용은 아니지만, 온갖 수단을 동원해 현재도 진행 중인 거식증과의 전투를 벌이면서 터득한 진리 중에서 요지만 정리한 것이다.

전문적인 치료 중에서 어떤 게 '효과'가 있었다고는 말 못 하겠다. 앞에서도 말했던 것처럼 가장 중요한 것은 세상 속으로 다시 돌아갈 수 있기를, 건강해질 수 있기를 간절히 원하는 마음이다. 의사나 부모님 앞에서 말로만 그러는 게 아니라 진심으로 그러길 바라야 한다. 정신 질환 중에서 거식증 환자의 사망률이 가장 높을지 몰라도 우리가 지금 암이나 에이즈 이야기를 하는 게 아니지 않은가. 대부분의 경우 거식증과 싸우겠노라고 결심하고 먹기 시작하면 극복할 수 있다. 결단을 내리면 절반은 이긴 거나 다름없다. 그렇긴 해도 전문가의 개입을 아예 배제하라는 건 아니다. 나도 적절하게 도움을 받았다.

나는 살이 빠지기 시작했을 때 옥스퍼드에서 소위 말하는 '상담'을 받았다. 매번 내 몸무게를 재고 눈금이 38킬로그램에서 계속 떨어지는 것을 보며 걱정스러운 표정을 지었던 친절한 보건실 간호사와 매주 만났다. 다른 여학생들과 함께 대기실에 앉아 있는 동안 얼마나 괴로웠는지 아직도 기억에 선하다. 다들 사후 피임약이나 독감 예방주사를 맞으러 왔는데, 나는 왜 거기 앉아 있는지 모르는 사람이 없었다. 땅딸막한 육십대 아주머니였던 브렌다 간호사가 "우리 꼬맹이, 이번 주에는 입맛이 어땠니?" 하고 물으면 나는 멍하니 그 자리에 앉아 있곤 했다. 그녀는 식이장애 환자를 상대한 경험이 있었을까?

3년 뒤 런던으로 돌아왔을 때 이번에는 태비스톡 클리닉에서 6개월 동안 정신분석을 받았다. 심리학적인 측면에서 보았을 때 내 인생을 통틀어 가장 충격적인 경험이었다. 나는 그레그가 자살하고 몇 주가 지났을 때 태비스톡으로 넘겨졌다(갑작스러운 사별과 동시에 내 몸무게가 빠지기 시작하자 주치의가 걱정이 됐던 것이다). 못된 정신분석가는 융의 악몽에나 나옴직한 냉혈한이었다. 갈색 실크 옷을 입고 한쪽 구석에 앉아 까만색 콜로 섬뜩하게 아

 하루에 사과 하나

이라인을 그린 눈으로 나를 쳐다보았다. 처음 3주 동안-1회당 90분이었다-한 마디도 하지 않았다. 이게 얼마나 괴로운 일인지 여러분도 겪어보면 깜짝 놀랄 것이다. 결국 세 번째 주 중간 무렵에 내가 울음을 터뜨렸는데(아마 스트레스 때문이었을 것이다) 그래도 그녀는 계속 아무 말 없이 나를 쳐다보기만 했다. 나를 무너뜨려야 뭔가를 시작할 수 있는 모양이었다. 그 뭔가가 뭐였는지 모르겠지만. 내가 '무너지고' 난 다음에서야 상호 교류가 시작됐지만(그걸 대화라고 부를 마음은 없다) 서로 신뢰하거나 도움이 될 만한 관계로 발전하기는커녕 그 근처에도 못 갔다. 그 여자는 질문을 한 다음 내가 믿고 있던 모든 걸 뒤집었다. 행복했던 어린시절, 그레그의 죽음으로 인한 슬픔, 거식증을 극복하고 싶은 마음까지. 내 인생을 통틀어 태비스톡의 그 의자에 앉아 있었던 때만큼 비참하거나 외로워본 적이 없다. 나는 한참이 지난 다음에서야 그 당시의 기억을 제대로 떠올릴 수 있었고, 교활하고 위협적인 방식의 전통적인 정신분석을 불신하는 마음은 예나 지금이나 여전하다. 모름지기 치료라면 환자를 일으켜 세운 뒤에 무너뜨려야 하는 것 아닌가. 그녀의 의도가 무엇이었는지 아직도 모르겠다.

　그다음으로 등장한 프램짓은 훌륭한 식이장애 전문가였다. 나는 그녀에게 몇 년 동안 진찰을 받으면서 인지행동치료(CBT)를 통해 잘못된 사고방식(인지)과 도움이 안 되는 행동(음식 기피)에 대해 짚고 넘어갔다. 부정적인 선입견에 문제를 제기하고, 반복적인 악순환을 부수고 나와 새로운 행동 패턴을 수립하는 데 주안점을 둔 순향적인 접근이었다. CBT를 받으면서 나는 내 생각들을 솔직히 털어놓기 시작했다. 숨길 이유가 없었다. 프램짓이 처음 듣는 이야기도 아닐 테고, 힘들지 않은 척 연극을 해봐야 아무 소용도 없을 테니까. 나는 몇 끼를 걸렀는지 솔직히 털어놓고, 왜 그 주에는 먹을 수 없었는지 설명하고, 그날그날의 실질적인 장벽으로는 무엇이 있었는지 이야기해야 했다. 그리고 음식을 일상생활에 끌어들일 수 있는 방법에 대한 논의에 적극 참여해야 했다. 우리는 가시적인 목표를 정했다. 회사에서 열리는 파티에 참석하고 크리스마스 만찬을 '즐긴다', 생일 때 케이크 한 조각을 먹어보도록 한다. 대부분 실패했지만, 가끔 성공하는 경우도 있었다.

프램짓은 수많은 측면을 아우르는 '총체적인' 치료를 했다. 매주 하는 CBT에 추가로 가족 치료까지 제안했다(우리 부모님이 내키지 않아 했지만). 나는 가끔 지니라는 말 많은 아일랜드 출신에게 동종요법 마사지도 받았다. 영양사 마리앤과 종종 '메뉴'도 의논했다(음식 일기는 늘 쓰레기통 신세를 면치 못했지만).

프램짓은 친절하고 동정적이었고, 우리는 제법 가까운 사이로 발전했지만, 그래도 내가 다시 식사를 시작하지는 못했다. 나는 그녀가 약혼에 이어 결혼을 하고, 첫 아이를 출산하러 휴직하는 과정을 지켜보며-거식증이라는 우리 안에 갇힌 채로-나도

하루에 사과 하나

언젠가는 자유로워질 수 있을까 궁금해했다.

　가장 효과적이었던 치료를 꼽으라면 단연코 정신과 전문의 로빈슨 박사님의 치료였다. 그는 작년에 은퇴했지만, 나는 8년 동안 2주에 한 번씩 그의 진료실을 찾아갔다.

⁖

　폴 로빈슨 박사님은 노스런던의 로열프리병원에서 내 고문의사였다. 나는 2주에 한 번씩 화요일마다 일찍 퇴근할 수 있게 오전 7시까지 출근하곤 했다. 동료들에게는 대충 얼버무렸다. 내 보조편집자와 우리 부서의 비서만 그날, 정기적인 약속이 있다는 걸 알았다. 상사한테는 당연히 설명했지만, 어떤 진료인지 자세히 밝히지는 않고 2주에 한 번씩 탄력근무를 하겠다고만 이야기했다. 겉으로는 뭐라고 하건 큰 회사들은 정신적으로 문제가 있는 직원이 있다고 하면 몹시 당황스러워한다.

　'기능성 거식증 환자'로 지내면 기분이 묘하다. 정신없는 화요일을 보내노라면 종종 왜 로빈슨 박사님을 만나러 가야 하는지 의아해지곤 했다. 사무실을 뛰어다니다 보면 딱히 내가 거식증 환자처럼 느껴지지 않았다. 아니, 그보다는 거식증 환자가 맞다 하더라도 그 바쁜 주중에 진찰을 받아야 할 만큼 비정상적인 상황으로 느껴지지 않았다. 인쇄소로 넘기기 직전에 마지막으로

교정지를 확인하거나 입고 도서 선정 위원회에 제출할 재무 보고
서를 작성해야 할 시간에 정신과 진찰을 받으러 가다니, 부적절
해 보였다. 아무리 병원 약속이라도, 아무리 일찍 출근을 했어도
화요일 오후에 사무실을 빠져나갈 때마다 죄책감이 들었다. 일하
는 엄마들이 아이들을 데리러 일찍 퇴근할 때 어떤 심정일지 나
는 이제 안다. 전 직원이 앉아 있는 책상을 지나가면 농땡이꾼이
된 것처럼 느껴질 수밖에 없다. 나는 자전거를 타고 유스턴 대로
에서 하이게이트로 달리며 머릿속을 일 모드에서 치료 모드로
바꾸곤 했다. 로열프리병원은 하버스톡 언덕 꼭대기에 있다. 나는
예약이 잡힌 날마다 런던에서도 가파르기로 손꼽히는 그 언덕을
자전거로 올라가서 먹는 양을 늘리고 운동량을 줄이라는 소리를
들었다. 건장한 남자들도 내려서 자전거를 끌고 갈 정도였지만,
나는 당연히 강도 10의 강풍이 불어도 아랑곳하지 않았다. 거식
증 환자의 사전에 패배란 없으니까.

　로열프리병원에 도착해 자전거를 잠그고 성인정신과 병동이
있는 3층까지 계단을 올라가면(거식증 환자들은 항상 계단을 애용한
다) 기분이 이상했다. 가는 줄무늬 바지에 빳빳하게 다린 옅은 분
홍색 아니면 파란색 셔츠를 입고 굽이 높은 까만색 부츠를 신은
내가 그 자리에 안 어울려 보였다. 대다수의 여자들이 입원환자
였기에 환자복 차림으로 슬리퍼를 질질 끌며 복도를 걸어다녔다.
그들보다 족히 몇 킬로그램은 더 나가는 내가 뭐라고, 정장 차림

에 자전거를 타고 와서 발그스레한 볼을 하고 청량제처럼 시원스럽게 움직이고 있단 말인가. 어느 날 오후, 내가 복도에 서서 걸려온 업무 관련 전화를 받고 있었을 때 젊은 남자가 슬금슬금 옆으로 지나간 적이 있었는데, 팔뚝이 얼마 전에 생긴 검푸른 칼자국으로 뒤덮여 있었다.

나는 정말 '건강한' 것 같았다. 특히 지방의 측면에서 보았을 때 말이다(누가 '건강해' 보인다고 하면 통통하고 건강하며 토실토실하다는 의미에서 '건강해' 보인다고 할 때처럼). 그들은 내가 사이비 환자라는 걸, 내 거식증이 엄청난 사기극이라는 걸 알아차릴 게 분명했다. 내가 정말 환자라면 어떻게 점심시간에 바나나를 한 개씩이나 허겁지겁 통째로 먹을 수 있단 말인가. "삐쩍 마른 다른 환자들 옆에 있으니까 제가 완벽한 사기꾼 같아요." 나는 로빈슨 박사님의 진료실 안으로 들어가면서 이 말을 내뱉을 수밖에 없었다.

한 시간 반 동안 기다린 다음에야 진찰을 받을 수 있었던 첫날이 생각난다. 내 이름이 호명됐을 때 나는 화가 머리끝까지 난 상태였다. 하지만 이내 익숙해졌다. 그가 국민의료보험 예약 시스템에서 지정한 10분보다 훨씬 더 많은 시간을 각 환자에게 할애했기 때문에 실제로 진료를 받는 시간이 늘 터무니없을 정도로 늦춰졌다(오후 예약환자들을 처리하느라 9시까지 근무하는 건 아닐까 궁금해지곤 했다). 나는 재미있는 책을 들고 가는 방법과 예약 시간보다 한 시간 늦게 등장하는 방법을 금세 터득했다.

예약 시간이 늦춰진 덕분에 환자들은 물을 서너 병씩 마실 수 있었다. 물 마시기는 주머니에 동전과 열쇠 넣기, 두툼한 양말과 무거운 허리띠 착용하기와 더불어 체중계 위로 올라가기 전에 인위적으로 체중을 늘릴 때 종종 동원하는 수법이었다. 터질 것 같은 방광 때문에 기다리는 시간이 고역이었지만 물 몇 리터면 체중 차트에 소중한 몇 킬로그램을 추가할 수 있었다.

폴 로빈슨은 시간 약속을 지키는 데 젬병이었을지 몰라도 식이장애 분야에서는 손꼽히는 전문의였다. 나는 태비스톡 클리닉을 거친 이래 심리학자가 됐건, 정신과의사가 됐건, 정신분석가가 됐건 모든 정신건강 전문가를 경계하게 되었는데 그에게 진료를 받게 된 것은 엄청난 행운이었다.

로빈슨 박사님은 처음부터 내게 솔직했다. 내가 오랫동안 만나온 여느 식이장애 상담 전문가-친절한 말과 다정한 격려가 특징인-와 다르게 그는 차를 권하거나 크리넥스 상자를 내밀지 않았다. 대신 내가 끝까지 포기하지 않도록 끝까지 노력했다. 나는 사실 그의 시간을 낭비하고 있다는 느낌을 받을 때가 많았다. 그의 진료실에 앉아 체중을 늘릴 방법에 대해 이야기하면서 계속 쫄쫄 굶었으니 그의 시간뿐 아니라 내 시간까지 낭비하는 셈이었다. 하지만 그는 나를 가망 없는 환자로 본 적이 없었다. 내가 거식증을 극복할 수 있다는 것을 그도 알고 나도 알았다.

내가 치료를 시작하고 얼마 안 됐을 때 로빈슨 박사님이 지적한 부분이 있다. 비가 내리고 거센 바람이 부는 날이었고, 나는 평소처럼 자전거를 타고 갔다. 그는 지나가는 말처럼 지하철이나 버스를 타고 올 생각은 해본 적이 없느냐고 물었다. "대부분 혹한기에는 자전거를 포기하잖아요. 엄청 춥거나 비가 오거나 눈이 내리는 날에는 당신도 좀 쉬는 게 좋지 않겠어요? 대중교통을 이용하면 따뜻하고 좋잖아요." 나는 당황스러워하며 그를 쳐다보았다. 그럴 생각은 한 번도 해본 적이 없었던 것이다. 이렇게 해서 형벌이라는 측면에 대한 이야기가 시작됐다.

자기 자신에게 벌을 줄 수 있는 방법은 많고도 많다. 내 경우에는 음식 거부, 자전거 타기, 그리고 달리기. 내가 달리기를 시작했을 때 로빈슨 박사님은 걱정스러워하는 것 같았다. 우리 부모님도 좋아하지 않았다. 내 자기체벌 체제의 핵심이 바로 달리기였다. 내가 달리기를 그토록 그리워하는 이유도 그 때문이다. 지금으로부터 7개월 전, 일요일 아침에 마지막으로 장거리 달리기를 했던 때가 생각난다. 10킬로미터 빠르게 달리기를 하던 중간에 운하 예선로를 함께 달리는 (달렸다기보다 조깅에 가까웠지만) 여자들을 추월하는데 이런 생각이 들었다. '남들하고 같이 달리는 이유가 뭘까?' 한 걸음 내딛을 때마다 더 날씬하고 탄탄해지며, 1킬로미터 달릴 때마다 게으르고 무기력한 세상과 점점 멀어지는, 오로지 상념과 더불어 비가 오나 눈이 오나 달리고 또 달리는 이 강렬하고 고독한 순간을 남과 공유하려는 이유가 뭘까? 나

는 글쓰기나 식사가 그렇듯 달리기도 남과 함께하는 걸 못 견뎌
했다. 달리기는 워낙 사적인 행위였다. 나를 밀어붙이고 밀어붙이
고 또 밀어붙이는, 치료의 차원에서 나에게 내리는 형벌이었다.

나는 어느 순간 담배를 끊고 달리기를 시작하면서 병을 극
복하는 데 도움이 될 거라고, '건강에 좋은' 이 새로운 방식을 기
점으로 새로운 인생이 시작될 거라고 되뇌었다. 정기적인 운동이
병을 극복하는 데 도움이 되었다고 한 과거 거식증 환자들의 인
터뷰 기사를 잡지에서 읽은 적이 있다. 하지만 내 경우에는 달리
기가 전적으로 거식증에 연료를 공급하는 역할을 했다. 먹는 양
을 늘리겠다고 맹세를 하고 나면 곧바로 거리를 늘려서 장거리
자전거 출퇴근 외에도 하루에 8킬로미터, 16킬로미터씩 달렸다.
가끔은 아침 5시에 일어나서 타워 다리, 런던 다리, 사우스워크
다리, 워털루 다리를 지그재그로 건너며 템스 강을 따라 런던을
관통한 적도 있었다.

로빈슨 박사님에게 '조깅 애호가의 불임'에 대해 들었을 때
처음 접하는 이야기였음에도 불구하고 내 몸은 당장 알아들었
다. 격렬한 운동을 하면 분비되는 베타엔도르핀—달리기 이후에
희열을 유발하는 그 엔도르핀이다—이 난소의 활동을 억제한다
는 연구 결과도 있다. 그러니까 달리기는 말 그대로 난소를 두드
려 항복시키는 행위다. 기능을 멈춘 생식계를 그런 식으로 공격
했다니 나에게 이보다 더 안성맞춤일 수 있을까. 그는 무월경, 골

                                      하루에 사과 하나

다공증, 거식증을 '운동선수가 걸리기 쉬운 세 가지 증상'으로 꼽는다는 이야기도 했다. 운동선수나 마라톤 선수나 발레리나라면 생계가 걸린 문제이니 이렇게 해로운 생활방식을 고수할 만한 가치가 있을지 몰라도 나는 아니다.

나는 살이 에이도록 추운 런던의 겨울날 아침에도 얼음같이 차가운 냉수로 샤워를 했다. 작년 10월에도, 11월에도, 연말에 이르러 달라지기로 결심하기 직전까지 그랬다. 왜 그랬을까? 이유는 간단하다. 아프기 때문이다. 엄밀히 말하면 이것은 형벌이라기보다 정반대에 가깝다. 따뜻한 목욕이나 뜨거운 샤워는 (나를 두렵게 만드는) 편안함과 안락함과 곤궁함을 의미하니까. 요즘은 별로 안 그런다. 나 자신에게 좀 더 상냥해지는 법을 배우는 것도 이번 도전의 일부이고, 나는 점점 나아지고 있다. 하지만 게을러지거나 현실에 안주한다 싶으면 어쩌다 한 번씩 고통스러운 냉수 샤워와 하루 금식으로 내가 아직 무뎌지지 않았음을 상기할 것이다. 안락을 바라는 인간적인 본능이 내게는 약점처럼 느껴진다. 내가 따스함과 음식과 사랑에의 욕구를 경계하는 이유는 일단 시작되면 끝을 알 수 없기 때문이다. 부드러운 마음씨와 곁에 있는 사람들, 타인의 사랑을 의지하게 되기 때문이다. 나는 곤궁하지 않고 식탐도 없다. 나는 건강하며 나 혼자서 잘 살 수 있다. 로리가 떠났을 때 나는 그에게 달려가 나를 버리지 말아달라고 매달리지 않았다. 그냥 받아들였다. 그레그가 스스로 목숨을 끊었을 때에도 그냥 받아들였다. 나더러 바라는 것도 많다고 나무랄 사람은 없을 것이다. 나는 혼자라도 괜찮다. 사람들은 나를 떠나고 또 죽는다. 그런 이들에게 무엇을 바랄 수 있겠는가.

내가 달리기를 왜 그렇게 사랑했는지, 허기에 왜 그렇게 빨려들어갔는지, 형벌을 통해 무엇을 얻으려고 했는지, 로빈슨 박사님과 함께 나는 거식증의 밑에 자리 잡은 무수한 것들을 계속 파헤쳐나가고 있었다.

로빈슨 박사님은 정기검진을 받게 했다는 면에서도 좋은 의사였다. 그중에서도 가장 중요한 검사가 골밀도를 체크하는 DEXA(이중 에너지 방사선 흡수 계측법)였다. DEXA 검사 결과 나는 왼쪽 골반과 척추에서 (본격적인 골다공증의 전 단계인) 골감소증이 발견됐고, 나의 T 스코어*는 오랜 시간에 걸쳐 점점 악화되고 있었다. 거식증 환자의 90퍼센트가 뼈 손실을 경험하고, 저체중이 골다공증의 주원인이라고 한다. 뼈 스캔의 끔찍한 결과는 이 사실을 잘 보여주었다. 박사님은 내가 내 몸에 무슨 짓을 저지르고 있는지, 그 증거를 마주하게 했다.

로빈슨 박사님과 나는 잠들어버린 난소, 무너져버린 척추 차트와 더불어 자아와 부정, 통제와 성(性), 여성스러움과 가족의 본질에 대해서도 이야기를 나누었다. 내가 가끔 아이를 낳고 싶

---

* 골밀도 검사에서 20대 표준 최고수치와의 표준편차. -2.5 이하일 때 골다공증, -1.0 이하일 때 골감소증으로 간주한다.

다는 이야기를 꺼내면 그는 "하지만 정말로 엄마가 되고 싶은가요, 엠마?" 하고 물었다. 나의 막연한 추측을 비난하고, 내가 솔직하지 않으면 콕 집어 지적했다. 아이를 낳고 싶다고 말을 하기는 쉽지만-여자들은 대부분 그런 식으로 말을 하도록 교육을 받으니까-왜 낳고 싶은지 이유를 고민하고, 쉽지 않을 거라고 생각하고, 100퍼센트 확신은 없다고 인정하는 것은 훨씬 더 어려운 일이다. 나는 전국으로 배포되는 일간지에 대고 아이를 갖고 싶다고 고백하는 이 시점에도 아이가 생기면 생활이 얼마나 달라질 것이며 얼마나 많은 자유를 포기해야 할지 여전히 두렵다.

로빈슨 박사님은 수염을 기르고 회색 양복을 입고 다니는 오십대 후반의 중산층치고 여자들을 본능적으로 이해하는 듯했다. 여자들의 식습관과 불안감과 몸과 아이들에 대해서 말이다. 나는 그를 만나면 우리 어머니 대하듯 편하게, 그보다 더 솔직하게 이야기할 수 있었다. 내 몸무게가 찌는 중이건 빠지는 중이건(빠지는 중인 경우가 대부분이었지만) 진료 시간이 매우 재미있었다.

11월 초순의 어느 화요일 오후에 그가 나더러 중세에 태어났더라면 수녀가 되었을 거라고, 육신의 욕망을 거부하는 데 열심인 고행자가 되었을 거라고 지나가는 말처럼 던진 적이 있었다. 나는 무슨 뜻에서 한 말인지 당장 알아들었다(나는 『미들마치』에 등장하는 도로시아 브룩에게 늘 동질감을 느꼈다). 우리는 이걸 주제로 숱하게 대화를 나누었다. 금욕의 고통과 대가 그리고 내가 금욕

생활에 매력을 느끼는 이유.

　병원을 나섰을 때 폭우가 쏟아지고 있었지만, 나는 무아지경으로 집까지 자전거를 타고 갔다. 가는 내내 옥스퍼드에서 공부했던 중세문학을 생각했다. 노리치의 줄리안*, 마저리 켐프**, 수도원의 독실에서 굶고 기도하며 육욕을 억제했던 수녀들과 신비주의자들이 떠올랐다. 로빈슨 박사님은 나도 미처 몰랐던 나의 어떤 측면을 알아차렸다. 거식증은 (단순히 마른 몸이 아니라) 깨끗하고 텅 빈 것에 대한 갈망을 충족시킨다는 사실을 말이다. 내 안에는 여성스럽고 뚱뚱하고 넘치는 것을 두려워하는 마음이 있다. 나는 내 몸의 탄력과 근육을, 그 유연함과 탄탄함을 좋아한다. 군살 없는 운동선수의 몸이 나를 감싸고 있는 기분을 느끼는 것을 좋아한다. 여자가 되면 번거로워진다. 여자가 되면 피와 지방의 문제가 생긴다. 거식증은 아주 순결하게 느껴져서 그게 좋다.

　나중에 알고 보니 그 '순결'하다는 느낌이 얼토당토않은 게 아니었다. 가나에서 몇 년 전에 체중이 비정상적으로 적은 중고등학교 여학생들을 대상으로 연구 조사를 실시한 적이 있었다(베넷 외, 「영국정신의학저널」, 2004). 저체중인 그 여학생들 중에서 비쩍 마른 몸매를 원하거나 살이 찌는 것을 병적으로 두려워하는 경

---

* 14세기 영국의 성녀. 예수의 고난을 직접 체험하려 했던 수도자.
** 14~15세기 영국의 신비주의자. 영국 최초의 자서전이라 할 수 있는 『마저리 켐프의 서』를 구술하였는데, 이 책에는 그녀의 혹독한 고행과 성지순례 및 신과의 신비스런 대화가 담겨 있다.

　　　　　　　　　　　　　　　하루에 사과 하나

우는 한 명도 없었다. 심지어 더욱 희한하게는 무월경인 여학생도 없었다. 이 연구 결과에 따르면 그들은 음식 섭취를 제한하는 것을 종교적인 측면에서 긍정적으로 여겼다. 자제하고 허기를 참는 게 옳다고 생각했을 뿐, 전형적인 거식증 환자처럼 체중과 몸매에 대한 걱정은 하지 않았다. 즉, 가나의 여학생들은 신체상에 아무 문제가 없었다. 그저 좀 더 독실하고 경건해지고 싶었을 뿐이다.

로빈슨 박사님이 나를 치료하지는 못했지만, 나는 거식증을 둘러싼 평범하고 따분한 대화를 넘어 이런 식의 문화적이고 사회적인 담론을 나눌 수 있어서 좋았다. 결국 중요한 건 심각한 정신 질환이란 어떤 것인지 통찰하는 지혜를 갖추는 것이다. 나는 인생의 3분의 1을 이 병과 더불어 살았다. 내 입장에서는 이것이 정상이지만, 이것 때문에 정상적인 생활이 불가능하다. 허기에 굴복하는 것은 나약한 태도다, 라는 게 내 인생의 기본 원칙이다. 30년 동안 이 분야에 몸담아 온 로빈슨 박사님은 이걸 이해해준다. 이 병의 특성상 많은 부분을 비밀에 부치고 속일 수밖에 없는데, 터놓고 얘기할 상대가 있어서 다행이다.

이런저런 대화를 나누다 입을 다물고 몸무게를 재야 하는 시점이 찾아온다. 그가 파일을 덮으며 "자, 그럼 이제 몸무게를 재봅시다"라고 말하는 그 순간, 몸무게가 늘지 않았으면 어떻게 하나 싶은 두려움과 몸무게가 늘었으면 어떻게 하나 싶은 그보다 더 큰 두려움이 절정에 이른다. 나는 신발이나 부츠를 벗고 진료실 구석에 놓인 디지털 체중계 위로 올라간다.

식이장애 병동의 체중계들은 무서울 정도로 정확하다. 1주일에 한 번씩 점검하고 재조정하기 때문이다. 이 정도로 미세조정되는 것은 로열오페라하우스의 그랜드피아노밖에 없지 않을까? 나는 진찰 때마다 구석에 웅크리고 나를 심판할 순간을 기다리는 그 끔찍한 체중계들을 의식했다.

체중계 위로 올라서자 모든 게 침묵한다. 나는 눈을 감았다 천천히 뜨고 깜빡이며 오르내리는 초록색 숫자들을 쳐다본다. 46.1, 47.4, 47.7, 46.7……. 숫자가 멈추고 불빛이 두 번 깜빡이면 실패했는지 성공했는지, 나의 운명이 결정된다. 숫자가 중요한 게 아니라고, 몸무게가 중요한 게 아니라고 수없이 되뇌지만, 어느 정도는 중요하다.

그가 몸무게를 확인한 뒤 숫자를 내 파일에 적으며 2주 전 기록과 비교하고, 왜 진척이 없는지 나와 논의한다. 그가 어떻게 해야 하는지 거듭 설명하면 나는 실천에 옮기겠노라고 거듭 약속한다.

진척을 보이지 못하는 기간이 길어질수록 점점 민망해졌다. 아직도 선명하게 기억나는 날이 있다. 그날은 내 스물아홉 번째 생일이었는데, 그 주에 웬일로 살이 2~3킬로그램 빠졌다. 나에게 주는 생일선물이었을까 아니면 담배를 끊어서 그런 거였을까?

신진대사를 촉진하던 담배를 끊으면 전보다 더 허기가 져서 많이 먹기 때문에 살이 찐다. 나는 담배를 끊으면 살이 찔 것 같은 두려움에, 니코틴이 없으면 신진대사의 속도가 서서히 더뎌질 것 같아서 평소보다 먹는 양을 줄였다. 그래서 말보로 라이트 금단 증상으로 반쯤 정신이 나갔고, 마약중독자처럼 불안했고, 몇 킬로그램이 줄어서 몸무게가 다시 44.5킬로그램으로 떨어졌다. 상담을 마치고 내가 자리에서 일어서자 로빈슨 박사님이 내 눈을 똑바로 쳐다보며 말했다. "이제 거식증을 포기할 때도 됐잖아요, 엠마. 철이 들 때도 됐잖아요." 내가 얼마나 부끄러웠는지 모른다.

⁂

거식증은 외로운 병이지만 경쟁적이기도 하다. 그 사실을 가장 분명하게 느낄 수 있는 곳이 식이장애 병동이다. 이 병은 여성 환자의 비율이 압도적으로 높지만, 한데 모였을 때 다이어트 정보와 무지방 초콜릿케이크 만드는 법을 주고받는 다이어트 모임처럼 분위기가 화기애애하지 않다. 물론 다이어트 모임 회원들도 경쟁적일 수 있지만 동지애가 있는데 반해 거식증 환자들의 세계에서는 그 비슷한 게 없다. 소파는 온통 보라색이고 벽에는 '균형식' 포스터가 붙어 있는 어느 치료시설의 우울한 라운지에 여성 거식증 환자들을 모아놓으면 서로 흘끗거리는데, 바로 여기서 자신이 남들보다 뚱뚱한지 말랐는지 평가가 시작되고, 바로 여기서 죄책감과 비교가 시작된다. 어느 주엔가 칼럼을 통해 집단 치료를 조심하라는 경고를 전했더니 현직 심리치료사들의 독설이 빗발쳤다. 집단 치료도 유익할 수 있다고 믿는 그들의 심정은 이해하지만, 나는 그들과 생각이 다르다.

내 경우에는 집단 치료를 받으면 상태가 악화됐다. 집단 치료를 받을 때마다 입원환자들이 나를 머리끝에서부터 발끝까지 뜯어보고, 어느 정도로 말랐는지 자기들과 비교했다. 위아래로 잽싸게 훑으며 한눈에 평가하는 거식증 환자들의 시선을 얼마나 자주 느꼈는지 모른다. 허벅지는 꼬챙이 같고 팔뚝은 성냥개비같아야 진지한 대접을 받을 수 있다. 살이나 말랑말랑한 구석이 조금이라도 보이면 자동 아웃이다. 내가 기억하기로 집단 치료 전이나 후에 대기실에서 서로 잡담을 나눈 사람은 한 명도 없었다. 내가 기억하기로 나는 어느 누구와도 눈을 맞춘 적이 없었다.

입원환자의 세상 속으로 들어가고 싶은 마음은 추호도 없었다. 여기저기가 움푹 꺼진 그들은 골수분자였다. 연령층은 십대 초반에서 사십대 후반까지였고, 날마다 병동에서 생활했다. 매 끼니마다 무게를 잰 음식이 감독 하에 배식되는데, 누가 얼마나 먹는지 보려고 서로 촉각을 곤두세웠다. 매 시간이 치료 활동이나 집단 치료로 채워져 병이 곧 그들이 됐다. 내가 보기에는 이것이 입원에 따르는 위험이다. 금세 거식증 말고는 아무것도 남지

                                                    하루에 사과 하나

않게 된다는 것 말이다.

어쩌면 내가 35킬로그램까지 몸무게가 줄어도 자루 속에 묶여 물속으로 내동댕이쳐진 고양이처럼 입원을 거부했던 이유가 그 때문인지 모른다. 나는 옥스퍼드의 졸업시험에 집중했고, 그 다음에는 경력을 쌓는 데 집중했다. 그런데 일을 그만두고 병원에 입원해 강제로 음식을 먹었어야 맞는 거였을까? 나는 늘 입원하면 끝이라고 생각했다. 어쩌면 내 생각이 틀렸을지 모른다. 만약 초기에 철저한 개입이 이루어졌더라면 나는 지금쯤 거식증에서 자유로운 몸이 됐을지 모른다. 하지만 나는 식이장애 병동에서 목격했던 홀로코스트 수준의 기아를 죽을 때까지 잊지 못할 것이다(거식증 환자들은 대부분 하루 섭취 칼로리가 800 미만이고 나도 그렇게 살아왔는데, 베르겐 벨젠 강제수용소 수감자들이 평균적으로 섭취한 칼로리가 이보다 훨씬 높았다). 심리학자, 미술치료사, 음악치료사, 영양사 들이 내부 사정은 어떤지, 이 병동에 있으면 어떤 기분인지, 환자들이 어떤 식으로 끊임없이 쳐다보고 비교하는지 알 수 있다면 얼마나 좋을까. 거식증 환자의 입장에서는 몸매와 음식 섭취량을 서로 비교하는 것만큼 위험천만한 일이 어디 있을까? 나는 그래서 집단 치료가 득보다 실이 많다고 생각한다.

거식증은 가장 극단적인 경우지만, 대부분의 여자들이 이런 스펙트럼이라면 익숙하다. 당사자들은 부인할지 몰라도 대중매체나 실생활에서 여자들이 다른 여자들의 몸매를 판단하는 기준이 남자들보다 훨씬 더 엄격하다. 여자들이 몸매와 체중과 외모에 대해 느끼는 불안감은 남자가 아니라 자기 자신이나 다른 여자들의 기대치에서 비롯된다. 앞에서도 이야기했던 것처럼 여자가 여자의 가장 심각한 적이므로. 남자들이 육감적인 여자의 몸매를 즐겁게 감상하는 동안 우리는 넘치는 군살과 울퉁불퉁한 셀룰라이트를 놓고 왈가왈부한다.

거식증의 경우, 남들은 살이 찌는데 나는 찌지 않을 때 승전보가 울린다. 고어 비달*의 그 악명 높은 인용구가 완벽하게 들어맞는다. '성공하는 것만으로는 부족하다. 남들은 반드시 실패해야 한다.' 거식증의 경우, 남의 불행에서 느끼는 쾌감이 특별하다.

⁂

내가 시도한 모든 방법 중에서 가장 도움이 됐던 것이 로빈슨 박사님에게 받은 치료였다. 박사님 덕분에 나는 거식증이라는 덫을 이해하고 도전을 시작할 수 있게 됐다. 그런데 마지막으로 진찰을 받은 지 1년이 지난 지금, 로빈슨 박사님과 다시 연락이 닿았다. 「타임스」에 실린 내 첫 칼럼을 보고 그가 뜬금없이 이메일을 보낸 것이다. 그의 이메일이 받은 편지함에 도착한 순간, 여

---

* 재치 있는 격언으로 이름을 날린 미국 소설가 겸 극작가

하루에 사과 하나

왕이 내린 교지를 받은 듯한 기분이 들었다.

엠마 씨에게

와우! 당신의 칼럼을 읽고 깊은 감동을 받았어요. 정말로 칼을 뽑을 생각이라니 놀랍네요. 얼마나 불안할지 알겠지만, 오랫동안 노력한 만큼 잘 될 거예요. 행운을 빌게요. 당신의 극복기를 따라 읽으려고 「타임스」 온라인 구독 신청까지 했어요. 폭로와 잇따른 대중의 관심이 두렵겠지만 이번 노출을 통해 거식증이라는 괴물의 힘이 약해지길 빌게요.

수많은 환자들을 진료했지만 (부끄럽게도) 나는 정답이 뭔지 여전히 모르겠어요. 가끔 거식증이 지뢰밭을 통과하는 구불구불한 길 비슷하다는 생각이 들어요. 지뢰밭의 성격은 저마다 다르죠. 어떤 이들에게는 학대당한 기억일 수도 있고, 또 어떤 이들에게는 다양한 상처일 수도 있고. 지뢰밭에서 벗어나 똑바로 걸을 수 있는 사람이 있는가 하면, 안타깝지만 그러지 못하는 사람도 있죠. 심지어 지뢰밭이 무엇인지 모르는 경우도 허다하고, 상상의 산물일 때도 있고요. 엠마 씨의 경우가 그렇지 않을까 싶어요. 만약 위험한 바깥세상을 피하느라 거식증이라는 벽장 속으로 들어가 앉은 거라면 벽장 밖으로 나와서 확인하는 것이, 정말로 위험한지 아닌지 알아볼 수 있는 유일한 방법이겠죠. 당신이 용기를 내서 맞닥뜨린 순간, 상상 속의 괴물들이 사라지는 걸 느낄 수 있을 거예요.

아무튼 환상적이고 용감한 프로젝트에 착수한 것을 축하해요.

(나를 비롯해서) 수많은 사람들이 당신의 성공을 기원할 거예요.

로빈슨 박사

사실 로빈슨 박사님의 얘기를 꺼내놓기가 편치 않았다. 여전히 거식증과 싸우고 있는 주제에 박사님을 언급하려니 그의 능력에 의문이라도 제기하는 양 극도로 배은망덕한 행동처럼 느껴졌었다. 그래서 이 프로젝트를 응원한다는 로빈슨 박사님의 말을 들었을 때 얼마나 마음이 놓였는지 모른다. 그 뒤 정기적으로 이메일을 주고받고 있는데-나는 얼굴을 맞대고 상담을 받은 8년 동안보다 지금 더 편안하게 그를 대할 수 있다-내가 거식증과 치유와 임신에 대해 끊임없이 질문을 퍼부어도 그는 즐겁게 대답을 해준다.

몇 개월 전, 임신촉진제를 써야 하나 심각하게 고민한 적이 있었다. '늘씬한 배우들, 모델들도 똑 부러지게 잘만 낳는데 나라고 못 그럴 거 없잖아?' 이런 발상에서였다. 임신이 가능한 수준으로 체중을 늘리지 못하면 나이는 점점 먹어만 갈 테고 다른 방법을 강구해야 하지 않겠는가. 서른셋이면 많은 나이는 아니지만, 임신이라는 측면에서 보았을 때 젊은 나이도 아니다. 나는 진척이 간절했다. 다행인지 불행인지 주치의는 반대 의견을 표했지만. 그는 임신촉진제의 원래 용도는 불임 치료라고 지적하며 "당신은 불임이 아니에요. 저체중이지"라고 했다. 톰과 엄마 역시 여러 위험요소를 들이대며 반대했다. 심지어 암을 유발할 수도 있다고. 로빈슨 박사님은 당시에도 유용한 조언을 보내주셨다.

호르몬제를 쓰느니 자연스럽게 주기를 회복하는 쪽이 훨씬 낫고 건강에도 좋죠. 요즘도 운동을 많이 하고 있다면 지방 대비 근육의 비율이 늘었을 텐데, 그러면 월경을 다시 시작하는 데 걸리는 시간과 필요한 체중이 늘 수 있어요. 뇌에서 난소 재가동 여부를 판단하는 근거는 다음과 같다는 걸 명심해요.

- 10개월의 임신 기간 동안 태아에게 영양분을 공급할 수 있을 만큼 충분한 에너지가 비축되어 있는가.
- 출산 이후에 모유를 만들 수 있을 만큼 충분한 지방이 비축되어 있는가.

이런 이유에서 근육에는 관심이 없죠. 근육은 매머드를 잡으러 달릴 때 쓰이는 것이잖아요(정치적으로 옳지 않은 발언일지 모르지만, 버나드 생물학의 기본 철학이 페미니즘은 아니니까요).

로빈슨 박사

　그러니까 생물학적인 관점에서 보았을 때 여자들에게는 지방이 있어야 한다. 임신에 관한 한, 인체는 근력이나 스키니진이나 44사이즈에 전혀 관심이 없다. 과일이나 빵이나 시리얼을 아무리 많이 먹어도 생식기관에는 도움이 안 된다. 지방이 호르몬을 자극해야 호르몬이 배란과 임신과 모유 수유와 포옹을 촉진한다. 지방이 하는 일이 바로 자궁을 태아가 쉴 수 있는 아늑한 둥지로 꾸미는 것이다.

　그런데 내가 가장 무서워하는 것이 지방이다.

Chapter 9

슈퍼 사이즈가 되기 위한 여정

"생각보다 얼마 안 남았을 수도 있어요."

난자 하나, 건강한 난자 하나만 배란되면(거기다 수정이라는 기적이 보태지면) 아이가 생긴다. 나는 모든 검사를 받았다. 혈액 검사 결과는 양호하고, FSH(난포자극호르몬)는 일정한 수준을 유지하고 있으며, 난소 예비력도 양호하고, 기타 모든 호르몬 수치가 정상이다. 이제 다음 단계는 난소 초음파다.

때는 5월 초, 미국 여행을 앞두고 집에서 짐을 싸고 있는데 의사가 보낸 편지가 문 틈새로 들어온다.

울프 양께

최근 실시한 혈액 검사 결과, 비정상적인 부분이 전혀 없는 것으로 밝혀졌습니다. 검사 결과가 고무적입니다. 요청하신 것처럼 로열프리병원 앞으로 진료의뢰서를 작성했습니다. 체중이 늘어서 다행입니다. 결과를 보건대 조만간 배란이 될 것 같네요. 정확히 예측할 수는 없지만 아시다시피 인체는 컴퓨터가 아니니까요. 생각보다 얼마 안 남았을 수도 있어요.

나는 터질 듯한 가슴을 달래며 톰의 휴대폰 전화번호를 누른다. 모든 게 건강하고 조만간 배란이 될 수도 있다. 조만간 임신이 될 수도 있다. 이런 소식이면 식욕을 자극하기에 충분하지 않을까?

다음 날 길을 나선 우리는 덴버에서 샌프란시스코까지 차를 몰고 간다. 15일, 13개의 도시, 10개의 호텔, 3220킬로미터. 톰과 나 같은 여행 중독자 입장에서도 상당한 강행군이다. 게다가 모든 이들이 계속 이야기하는 것처럼 미국은 내 몸을 '슈퍼 사이즈'로 만들기에 알맞은 곳이다(이 말을 들을 때마다 내 머릿속에서는 요란한 경보가 울린다).

우리는 수요일 새벽, 눈보라를 뚫고 마일 하이 시티*라고 불리는 덴버로 날아간다. 워싱턴 DC에서 도중하차한 4시간을 포함해 거의 24시간 동안 여행을 했더니 무릎, 허리, 어깨 할 것 없이 온몸이 쑤신다. "피가 다리로 몰려서 발이 천근만근이야." 수화물 수취대 앞에 서 있는데 톰이 중얼거린다. "나도." 내가 말한다. "머리가 대포알 같아서 목을 못 가누겠어."

기나긴 여행이지만, 우리는 비교적 잘 버티고 있다. 거의 막판에 이르러 렌터카 사무실에서 살짝 폭발하긴 했지만, 그 정도면 양호하다. 세관을 통과하고 짐을 찾았을 때가 현지 시각으로 새벽 2시에 가까웠을 때라 내셔널 렌터카 사무실이 전부 문을 닫았고, 알라모 렌터카를 이용하라는 게시판만 덩그러니 우리를 맞는다. 아예 다른 터미널에 있는 모양이라 무거운 여행가방을 들고 끝없이 이어지는 공항 통로를 오르내려야 한다. 얇은 스웨터 차림으로 오들오들 떨며 알라모를 찾은 뒤에는 문이 잠긴 건물 안에서 누군가가 등장할 때까지 눈을 맞으며 25분을 기다린다.

기나긴 서류 작성과 보험 가입, 면허증과 신용카드 검사가 드디어 끝나고(우리 둘 다 카운터 앞에서 쓰러질 지경이다) 우리는 '머스탱에서부터 올즈모빌에 이르기까지, 하이브리드와 최고급 사양

---

* Mile High City. 해발고도 1마일(1,609m) 높이에 위치한다고 붙여진 이름

만 아니면 아무 소형차나 스포츠카'를 골라도 된다는 말과 함께 아무도 없는 주차장으로 내보내진다. 떠나기 전에는 자동차 여행을 계획하며 몇천 킬로미터를 달리기에 가장 적합한 차가 무엇일지 열띤 토론을 벌였지만, 솔직히 피곤해서 아무 차라도 상관없다. 칠흑 같은 어둠으로 뒤덮인 데다 최소한 영하 12도라 차종 구분하기도 어렵다. 우리는 눈밭 위로 바퀴가 미끄러지는 여행가방을 끌고 비틀거리며, 뭐가 뭔지 알아보려는 생각에 곱은 손가락으로 트렁크 위에 쌓인 얼음을 쓸어낸다. 영국 시간으로 아침 10시에 가까운 때라 춥고 피곤하며 배가 무척 고프다. 비행기에 사과 한 개를 몰래 들고 탔고-기내식은 도저히 먹을 수가 없기 때문에-톰도 바나나 한 다발을 가지고 왔지만, 예상했던 대로 나는 여기까지 오는 내내 먹은 게 별로 없다. 이렇게 배가 고파 죽을 것 같을 때는 차를 선택하는 과정을 견디기가 힘든 법이다. 내가 조그만 상자 모양의 사륜 구동차에 기대며 "이거 어때?"라고 중얼거리는 순간, 톰이 우리의 장대한 여행에 보다 적합한 차를 발견했으니 바로…… 컨버터블 머스탱이다.

그날 밤에 우리는 그 차를 타고 호텔로 달려가 초인종을 눌러 당직 호텔 직원을 깨우고 18층 객실 열쇠를 받는다. 바닥에서 천장까지 이어지는 전면 유리창이 눈부신 전경을 약속하지만, 너무 피곤해서 발밑으로 반짝거리는 덴버 시내의 야경을 감상할 상황이 아니다. 우리는 비틀거리며 침실로 들어가 멍하니 서로를

하루에 사과 하나

쳐다본다. 따뜻하고 아늑한 이곳에 이제 드디어 여행가방을 내려 놓고 신발을 벗을 수 있겠구나……. 발밑에 깔린 카펫은 폭신하고 두툼하며, 거대한 더블침대가 두 개 놓여 있고, 욕실은 작지만 티끌 하나 없이 깨끗하다. 커다란 유리 어항 안에서 주황색 금붕어가 왔다 갔다 하는데 왠지 모르게 섬뜩해서 복도에 있는 테이블로 내다 놓는다.

한쪽 침대에 깔린 깨끗하고 하얀 시트를 벗기고, 톰이 나를 위해 욕조에 물을 받는다. 내가 벗은 옷을 바닥에 떨구고 뜨거운 물속에 몸을 담그는 동안 톰은 침대 위로 쓰러진다. 10분 뒤에 내가 피곤해서 몸을 감싼 축축한 수건을 풀지도 못한 채 그의 품 속으로 들어가고 우리는 잠이 든다.

아침에 확인해보니 우리가 선택한 컨버터블 머스탱이 소방차처럼 멋들어진 빨간색이다.

톰은 잭 케루악의 작품을 영화로 만든 「길 위에서」와 궤적을 같이하는 여행 특집기사를 쓰고 있다. 나도 글을 쓰고 자료조사를 하고 있기 때문에 우리는 어디든 노트북을 들고 다니며, 그 마을을 흥미롭게 만들어주는 소소한 정보나 전해 내려오는 이야기를 찾아서 박물관이나 그 지역 전승 기념관을 뒤진다.

톰과 나, 우리 두 사람이 몰스킨 회사*를 먹여 살리는 주인공

* 이탈리아의 문구류 제조회사

이다. 나는 다양한 무지개 색 수첩을 쓰고(이번에는 청록색이다) 톰은 늘 까만색이다. 그의 기자 수첩의 역사는 언론에 투신한 20년 전으로 거슬러 올라가고, 기자 수첩이 없어지면 그는 마약을 끊은 마약 중독자 신세로 전락한다. '기자 수첩이 없어지는' 위기 상황이 며칠에 한 번씩 그에게 들이닥친다. 그러면 우리는 호텔 객실을 뒤집고, 차를 샅샅이 뒤지고, 여행가방을 비우고, 그전에 들른 주유소까지 행적을 되짚는다. 그러다 카메라 가방 옆 주머니나 재킷 주머니에 쏙 들어앉은 수첩을 발견한다.

∴

서쪽으로 이렇게 멀리까지 와본 적은 없었다. 뉴욕에는 살아봤고 그레이하운드 버스를 타고 최남단까지 여행해보았지만, 태평양 연안은 처음이다. 새러토가, 소살리토, 새크라멘토, 샌프란시스코를 얼른 둘러보고 싶어서 좀이 쑤신다. 이름들이 마음에 든다.

우리는 덴버에서 이틀을 지낸 뒤 곧장 콜로라도 로키산맥의 심장부로 향한다. 센트럴시티에 딱 하나밖에 없는 호텔에 머문다. 센추리시티 카지노는 과거의 영화가 빛바랜 건물에 딸린 낡은 창고다. 생활 보조금을 걸고, 사회보장연금에서 받은 수표를 현금으로 바꾸고, 통장과 집과 결혼생활을 탐욕스러운 슬롯머신 속으로 쏟아붓는 외톨이와 낙오자, 알코올중독자와 노인으로 이루어진 오합지졸은 상상 이상으로 서글프다. 이런 식의 도박에는 기술도, 화려함도 없다. 덜거덕거리며 슬롯머신을 관통하는 동전과 비닐 돈 주머니만 있을 뿐이다. 환자들이 슬리퍼를 신고 발을 질질 끌며 돌아다닌다. 휠체어에 투석 장치를 매단 할머니도 있고, 링거 줄과 주머니를 연결한 대를 끌고 다니며 담배를 피우고 동전을 넣는 할아버지도 있다.

오전 7시 무렵, 우리는 1층으로 내려가 아침을 먹는다. 여러분은 카지노 레스토랑에서 식사를 해본 경험이 있는지 모르겠지만, 기름 냄새가 나는 구내식당이다. 접시는 물론이고 심지어 숟가락과 포크까지 모두 플라스틱이다. 테이블마다 가망 없는 인생담이 펼쳐진다. 걱정하는 얼굴로 동전을 세어보는 중년의 카우보이 커플. 어린아이 셋을 사이에 두고 담배를 피우며 옥신각신하는 젊은 엄마와 아빠. 접시 한가득 담긴 달걀과 소시지와 튀긴 빵을 우적우적 해치우는 비대한 남자.

나는 '메뉴'를 슬쩍 확인한 뒤—1번은 튀김, 2번은 팬케이크 몇 장과 메이플 시럽, 3번은 와플과 젤리다—바나나와 요거트를 가지러 잽싸게 객실로 올라간다. 톰은 '살짝 익힌' 스크램블 에그와 얇게 저민 베이컨, 튀긴 토마토를 주문한다. 웃는 얼굴로 서로를 바라보며 그렇게 앉아 있는데, 시차와 비현실적인 주변의 광경에 머리가 멍하다. 내 평생 카지노는 처음이라 아침식사가 끝났을 때 톰이 가볍게 즐겨보자고 한다. 블랙잭 테이블은 자리가 없기에 10달러를 잔돈으로 바꿔 슬롯머신으로 향한다. 오전 8시인데도 카지노는 사람들로 그득하다. 9달러를 내리 잃은 뒤 마지막에 건 1달러로 60달러를 딴다. 잭팟이 터진 것이다! 재미있지만-그리고 계속 하고픈 유혹도 느껴지지만-내가 톰을 끌고 카지노 밖으로 나온다. 얼마 안 되는 금액이라도 짜릿하긴 하지만 거식증에 도박중독까지 추가하고 싶은 마음은 없다. 게다가 오늘 이동해야 할 거리가 465킬로미터다.

네바다를 지나는 동안 다양한 카지노에 머문다. 카지노 방문이 눈이 휘둥그레지는 경험이라면 거기서 머무는 것은 눈이 한층 더 휘둥그레지는 경험이다. 시끄러운 음악과 취객과 야간 소음을 예상하겠지만 놀라우리만치 조용하다. 객실이 도박장과 멀찌감치 떨어져 있는 데다 숙박객들이 거의 대부분 새벽 4시나 5시까지 테이블을 지키기 때문이다. 최우수 고객들의 경우 동틀 무렵 한 시간 정도 눈을 붙이고 샤워를 할 수 있게 카지노 측에서 종종 무료로 객실을 제공하기도 하지만, 카지노는 기본적으로 돈을 따거나 잃는 곳이다. 평생 모은 돈을 잃게 생겼는데 뭐 하러 잠을 자는데 시간을 낭비하겠는가.

그리고 카지노 '레스토랑'. 톰을 따라 아침마다 내려가는 것만으로도 고역이다. 내가 먹을 만한 음식이 없는 곳임에는 분명한데 말이지. 아침 7시에 도박꾼, 아이를 거느린 후줄근한 가족,

하루에 사과 하나

중환자를 맞닥뜨려야 할 뿐 아니라 전반적으로 분위기가 착 가라앉아 있다. 카지노 안은 답답하다. 창문도 없고 시계도 없고 자연 채광도 없고 환기도 안 돼서 시간의 흐름을 알 수 없다. 서로 시선을 마주치는 경우도 없고, 별로 말들이 없다.

카지노의 아침 메뉴는 보기만 해도 속이 울렁거린다. 어떻게 아침부터 이렇게 느끼한 걸 먹으며 살 수 있단 말인가. 유기농과 생식에 열광하는 중산층 히피족처럼 들릴지 모르겠지만 그래도 할 말은 해야겠다. 과일도 요거트도 뮤즐리 시리얼도 없이 튀김과 팬케이크, 달걀, 비스킷으로 이루어진 1번, 2번, 3번뿐이라니 (3번은 건강식일 줄 알았건만)! 다행히 커피를 리필해주는 웨이트리스들이 외부 음식을 반입한 내게 눈을 흘기지는 않는다. 너무 지치고 사는 게 시들해서 신경도 안 쓰는 눈치다. 나가는 손님들을 향해 "또 오세요"라고 중얼거리지만 진심이 담긴 말은 아니다.

카지노가 첨가물 없는 순수 건강식품을 탐하는 내 기준치에 못 미친다면 그 실망감을 메우고도 남는 곳이 미국의 슈퍼마켓이다. 우리는 고속도로변에 있는 월마트, 타깃 그리고 내가 개인적으로 가장 좋아하는 홀푸즈를 주기적으로 들른다. 딸기와 산딸기, 햇볕을 많이 받아서 달콤한 오렌지, 커다랗고 빨간 사과를 잔뜩 사다가 자동차 트렁크에 넣어둔 아이스박스를 채운다. 판매되는 상품들이 어찌나 다양한지 어리둥절할 정도다. 종류가 열 가지, 스무 가지에 달하는 빵(호밀, 밀, 통밀, 스펠트밀, 사워도우 등등).

거대한 냉장 칸에 진열된 요거트. 통로를 따라 끝없이 이어지는 소프트드링크, 소다, 물, 에너지음료. 종류가 백만 가지쯤 되는 시리얼. 톰은 30센티미터짜리 서브웨이 샌드위치로 운전에 필요한 에너지를 보충하는데 칠면조, 햄, 살라미 소시지, 닭고기, 이렇게 고기만 네 종류가 들어갈 때도 있다. 모든 게 풍부하다. 그런데 당분도 없고 지방도 없다고 '다이어트용'이라고 불리는 음식을 카트 한가득 실은 비만한 쇼핑객들을 보면 모든 게 지나치다는 것을 알 수 있다.

"엠, 언젠가는 돌파구가 생길거야." 볼더를 출발한 지 두 시간이 지났고, 여기는 로키산맥 어딘가에 있는 주유소다. "기름 넣는 동안 당신은 안에 들어가서 탄산음료랑 크리스피 크림 도넛을 몇 개 사가지고 와. 그리고 한 개만 먹어봐." 톰이 팔을 뻗어 나를 감싸 안는다. 다시 차에 올라타야 하건만, 우리는 주유소 앞마당에 서서 맑고 화창한 햇살을 쪼이며 꾸물대고 있다. "맛있는 도넛을 딱 한 개만 맛있게 먹어봐. 그게 내가 기다리던 돌파구야."

내가 크리스피 크림 도넛을 마지막으로 먹은 게 몇 년 전인지 그는 모르는 것 같다.

우리는 와이오밍을 지난다. 나는 계기판 위에 발을 올려놓았

 하루에 사과 하나

고, 톰은 빨간색 머스탱 운전석에 앉아 있다. 볼더를 출발한 지 다섯 시간이 지나도록 눈앞으로 펼쳐진 고속도로와 끝없이 이어지는 황량한 대초원 말고는 아무것도 없다. 진정한 카우보이의 본고장이라 할 수 있는 와이오밍은 면적이 25만 제곱킬로미터인데 인구가 50만 명밖에 안 된다. 영국이 23만 제곱킬로미터밖에 안 되는 땅덩이에 6200만 명이 넘는 인구가 살고 있는데 말이다. 달리고 또 달려도 끝없는 도로와 넓은 하늘과 한들거리는 대초원의 풀잎 말고는 아무것도 없다. 꼭 25만 제곱킬로미터짜리 텅 빈 공간처럼 느껴진다.

라디오라도 있어서 다행이다. 콜로라도에서부터 '빅풋 99' 채널에서 흘러나오는 에밀루 해리스와 우디 거스리와 돌리 파턴의 노래를 따라부르고 있는데, 모두 다 새롭게 발견한 가수들이다. 우리는 눈앞으로 펼쳐지는 길을 달리며, 컨트리음악의 진가를 발견한 것이 나이를 먹었다는 신호인가를 주제로 긴 토론을 벌인다. 'Jolene'도 나오고 'This Land is Your Land'도 나오고 'Almost Home'도 나온다. 'Tequila Makes Her Clothes Fall Off'처럼 비교적 최근에 출시된 곡도 있는데, 워낙 기억하기 쉬운 블루그래스 음악이라 새러토가에 도착했을 무렵에는 외워서 부를 수 있을 지경이다.

와이오밍 주 새러토가. 작은 마을. 그래도 조그만 식료품 가게도 있고, 주유소도 있고(1940년대에 문을 닫은 것처럼 보이지만), 관광객이 아니라 카우보이를 상대로 카우보이 부츠를 파는 교역소도 있다. 마을을 벗어나자마자 강이 굽어드는 곳에 새러토가 핫 스프링스 리조트가 있다. 우리는 프런트라는 팻말이 대롱대롱 매달려 있는 작은 목조 헛간 앞에 차를 세운다. 아침부터 내내 달렸는데도 벌써 저녁 6시가 다 됐다. 끙끙대며 트렁크에서 여행가방을 꺼내는 우리 주변으로 어느새 눈발이 날린다.

모텔 마당에는 투광 조명이 달려 있다. 새러토가 최고의 명물로 꼽히는 천연 온천을 비추기 위해서다. 거의 영하에 가까운 밤 공기를 맞으며 뜨거운 물속으로 몸을 담그는 것은 아주 특별한 경험이다. 직사각형 모양의 대형 수영장 주변에 배치된 방갈로도 있고, 어두컴컴한 저 멀리에는 한 사람이 들어앉기에 충분한(로맨틱한 분위기를 좋아한다면 두 명도 가능하다) 미니 냉탕 위로 원뿔형 천막들이 옹기종기 모여 있다. 우리는 해가 진 뒤에도 한참 동안 유황온천 속을 떠다니며 자동차 여행에 지친 근육을 풀어준다는 유황의 효과를 누린다. 썩은 달걀처럼 고약한 유황 냄새에도 금세 익숙해진다. 우리 말고는 아무도 없지만, 그래도 왠지 모르게 소곤소곤 대화를 나눈다. 작은 별들이 무수히 반짝이는 밤하늘을 올려다보면 이 행성에 우리밖에 없는 듯한 기분이 든다.

나중에 아늑한 식당에서 간단하게 저녁을 먹는데(나는 갓 구운 곡물 빵과 토마토 수프, 톰은 스테이크와 감자튀김과 코울슬로) 사장왈, 수영장 물이 새러토가의 지하 온천수라고 한다. "맨 처음 뿜어져 나올 때는 60도에 육박하는데 이 근처를 흐르는 시냇물과 섞어서 온도를 낮추죠." 그녀는 어느 정도 나이가 있어 보이는데 외모가 아주 단정하다. 손님이라고는 우리밖에 없는데도 불구하고 이 늦은 시각까지 깔끔한 파마머리와 옅은 분홍색 립스틱을 고수하고 있다. 이모나 제일 친한 인생 선배로 삼고 싶은 타입이다. 외국인 접대에 익숙지 않은 미국인답게 정확하고 살짝 딱딱한 영어를 구사한다. "지금은 38도쯤 될 거예요. 밤이 되면 더 식을 테고요." (나중에 식당에서 나가려는데 그녀가 나를 붙잡고 속마음을 고백한다. "영국 억양이 정말 듣기 좋네요. 두 분 이야기라면 밤새도록 들을 수도 있겠어요.")

거리가 차곡차곡 쌓인다. 여행길에 오른 이래 5일 동안 달린 거리가 1600킬로미터에 육박한다. 콜로라도와 유타 주 경계선에서 (잭 케루악이 표현한) '사막 위에서 일광욕을 하는 거대한 구름의 형상으로 하늘에 모습을 드러낸 조물주'를 만나지는 못하지만, 솔트레이크시티를 향해 내려가는 동안 구불구불 이어지는 가파른 고속도로에 넋을 잃는다. 외딴 와이오밍을 거친 뒤에 맞닥뜨린 솔티레이크시티는 전혀 뜻밖이다. 스타일 있고 생각했던 것보다 훨씬 생기 넘친다. 금주(禁酒)의 도시라는 명성에도 불구하고 수많은 술집이 성업 중이다. 그래도 지구상에서 가장 깨끗한 도시가 아닐까 싶다. 돌아다닌 이틀 동안 길거리에서 쓰레기 한 조각 본 적 없다. 껌 덩어리는 물론이고 심지어 담배꽁초조차 없다.

첫날 아침에는 호텔에서 몇 블록 쉬엄쉬엄 걸어가 도심 한복판에 떡하니 자리 잡은 말일성도교회 세계본부를 방문한다. 솔직히 고백하자면 나는 이 모르몬 교회에 매료된다. 우아한 예배당과 반짝이는 황금빛 돔, 끝없이 이어지는 흠잡을 데 없는 정원과 튤립, 초록색 잔디, 물을 튀기는 분수, 회색 대리석으로 이루어진 안마당의 다채로운 향연. 보안이 유지되는 곳도 있지만-예배당은 출입 금지다-그 외에는 일대를 마음대로 돌아다닐 수 있다. 게다가 마주치는 모르몬 교도들도 평범하고 마음씨가 따뜻하다. 젊은 여자 둘이 가던 걸음을 멈추고 웃는 얼굴로 길을 잘 모르겠느냐고 물으며 지도를 준다. 튤립 옆에서 사진도 찍어주고, '유타에서 가장 맛있는 프로즌 요거트를 파는 곳'이라며 근처 커피숍을 추천한다. 하나님이나 올바른 길을 운운하는 사람은 아무도 없다. 선교하려 들지 않고 인사만 건넨다.

게다가 프로즌 요거트라니 놀랍고도 새로운 경험이다. 우리는 커피숍을 찾아가 뒤편 칸막이 자리에 털썩 주저앉는다. 톰이 카운터로 가서 커다란 통을 두 개 들고 돌아온다. 내 몫은 블루베리를 얹은 바닐라 요거트, 그의 몫은 딸기를 얹은 산딸기 요거트다. 아이스크림 비슷한데(아이스크림을 마지막으로 먹어본 게 1989년

                                                하루에 사과 하나

무렵이건만) 정말 맛있다. 무지방이긴 하지만, 중요한 건 그게 아니다. 끼니 중간에 남자친구와 함께 예정에도 없던 간식을 맛있게 먹는 이 색다른 경험이란! 자주 없던 일이다. 아니, 한 번도 없던 일이다. 우리는 녹아내리는 바닐라와 산딸기 요거트를 번갈아 한 숟가락씩 허겁지겁 떠먹는다. 톰은 웃는 얼굴로 나를 계속 쳐다본다.

우리는 잭 케루악처럼 '잽싸게' 다시 길을 나서 눈부신 솔트호를 건넌 뒤 차를 세우고 단단한 돌멩이에 혀를 대고 짠맛을 느낀다. 유타를 빠져나와 네바다 사막을 지나다 하룻밤은 엘코에서(조그맣고 칙칙한 카지노 마을이다), 또 하룻밤은 리노에서(좀 더 넓고 화려하지만 역시 칙칙한 카지노 마을이다) 묵는다. 네바다를 떠난 뒤에는 러브록에 잠깐 차를 세운다. (진위 여부는 알 수 없지만) '미국에 단 두 개뿐인 순회 법원'과 식료품 가게와 이 마을 최고의 명물로 꼽히는 사랑의 사슬이 있는 곳이다. 우리는 식료품가게 옆 가판대에서 우리 이름이 새겨진 자물쇠를 산다. 톰과 엠마, 2011년 5월. 그런 다음 이전에 다녀간 수많은 관광객들이 그랬던 것처럼, 법원청사 주변을 감싸고 묵직하게 늘어진 쇠사슬에 싸구려 자물쇠를 매단다. '우리 사랑을 영원히 자물쇠로 잠근' 것이다.

우리 사랑이 영원히 잠겼는지 그건 잘 모르겠지만, 자동차 여행을 하는 동안 우리 관계가 시험대에 오른 건 맞다. 긴장이 흐르고 말다툼이 벌어질 때도 있지만-하루에 8~9시간씩 차를 타다 보면 어쩔 수 없다—동지 의식도 있다. 우리는 생소한 환경과 낯선 공간을 숱하게 함께 거치며 서로를 챙기고 있다. 나와 톰, 둘이서 세상을 상대하는 듯한 심정이다. 많이 싸우지만 화해도 잘한다. 금세 용서하고 더 이상 문제 삼지 않는다. 우리 어머니는 '잠자리에 들기 전에 무조건 화를 풀어야 된다'고 했는데 그 말뜻을 이제 조금씩 알 것 같다. 어두컴컴한 방 안에서 누군가의 손을 잡고 스르르 잠이 들 때, 그때가 화해하기 가장 좋은 시점이다.

여행을 떠난 지 9일째로 접어들었을 때 드디어 타호 호에 도착한다. 생각보다 여행이 지루하다. 눈앞으로 펼쳐지는 도로와 산 아니면 골짜기, 라디오, 맞은편에서 달려오는 트럭, 우리 둘 말고는 관심을 돌릴 만한 상대가 없다. 휴식이 필요하다.

캘리포니아로 들어서자 풍경이 달라진다. 당장 초목이 무성하고 파릇파릇하다. 네바다 사막의 붉은 돌이 주황색 숲으로 바뀌고, 천연자원과 햇빛과 비옥한 땅이 넘쳐난다. 초기 정착민들이 왜 이곳을 약속의 땅이라고 불렀는지 알 것 같다. 차창을 열고 소나무 냄새를 맡으며 타호를 향해 달리는데 7천 피트, 8천 피트로 고도가 높아질수록 산 공기가 점점 더 서늘하고 상쾌해

                                           하루에 사과 하나

진다. 하늘은 구름 한 점 없이 파랗고, 드넓은 호수는 화창한 햇살 아래 반짝인다. 어렸을 때부터 캘리포니아가 등장하는 노래를 듣고 글을 읽으며 어떤 곳일지 궁금해했는데 드디어 도착이다.

빌어먹을 자동차에서 내려 걷고 쉬고 상쾌한 공기를 마셔야겠다. 무미건조한 사막의 고속도로를 탈출할 수 있어서 얼마나 다행인지 모르겠다.

타호의 '호숫가 오두막'에서 나흘 동안 머문다. 이곳 사람들은 오두막이라 부르지만 우리 눈에는 대저택이다. 방이 다섯 개, 욕실이 네 개이고 나무 난간이 빙 둘러진 샬레 스타일의 호숫가 궁전이다. 밤이 되면 반바지에 두툼한 스웨터를 걸치고 난간에 앉아 호숫가를 때리는 파도 소리를 듣는다. 추워지면 안으로 들어가 촛불을 켜고 같이 저녁을 만들어 먹는다. 톰은 스테이크 아니면 피자, 나는 채소, 그리고 통밀 베이글. 날이 밝으면 일찌감치 일어난 톰이 스타벅스에 가서 트리플샷 아메리카노를 사가지고 오는 동안 나는 과일을 깎고 토스트를 굽는다. 여기가 천국이다. 적어도 세상에서 이보다 더 아름다운 곳은 없다.

맑고 추웠던 덴버와 볼더, 눈보라가 내렸던 와이오밍을 거쳐 화창하고 따뜻한 타호 호에 이르러 드디어 새로 산 비키니를 개시한다. 평소에 입던 까만색 투피스와 전혀 다르다. 주황색, 분홍색, 초록색의 열대 과일과 꽃이 그려진 홀터넥인데 톰이 아주 마음에 들어 한다. 내 체형이 달라지고 있다는 걸 알겠다. 그렇지 않고서야 새로 산 비키니가 맞을 턱이 없다. (두려워했던 게 무색하게) 몸이 '무거워진' 느낌은 없지만, 예전처럼 옷들이 헐렁하게 늘어지지 않는다. 청바지를 입으면 허벅지와 엉덩이가 전보다 볼록하고, 팔도 예전처럼 뼈만 앙상하지 않다. 이런 변화를 어떻게 받아들여야 할지 모르겠지만, 아무튼 애써 생각하지 않으려 한다. 예전부터 거울 속에 비친 내 모습은 피해왔으니까.

⁘

샌프란시스코에서 우리는 다시 도시인으로 돌아간다. 차이나타운을 바삐 돌아다니고, 64미터 높이의 코잇 타워에 오르고, 언덕길을 걷고, 금문교를 건넌다. 하루는 케루악 관련 자료조사를 하기로 작정하고, 비트* 작가들이 자주 애용했던 노스비치의 집결지를 방문하거나 시티라이트 서점을 몇 시간 동안 훑어본다(비트 시인 로렌스 펄링게티의 작업실이 이 서점 2층인데, 찾아가지는 않는다). 비트 박물관에서 몇 시간을 보낸 다음에는 케루악 골목길을 건너 베수비오라는 비트 술집에서 시원한 맥주를 마신다. 몇 년 만에 마시는 맥주인지 모르겠지만, 긴장이 풀리기 시작하는 게 느껴진

---

* 1950년대에 미국에서 현대의 산업 사회를 부정하고 기존의 질서와 도덕을 거부하며 문학의 아카데미즘을 반대한 방랑자적인 문학 예술가 세대를 이르는 말. 대표적인 문학가로는 메일러(Maylor, N.), 긴스버그(Ginsburg, A.), 케루악(Kerouac, J.) 등이 있다.

하루에 사과 하나

다. 꿀맛이다. 이곳은 앨런 긴스버그가 '울부짖음'을 맨 처음 낭독했고, 딜런 토머스도 자주 드나들었던 술집이다. 지금은 1947년에 잭 케루악과(그리고 딘 모리아티, 샐 패러다이스*와) 너무 오랜 시간을 함께한 것처럼 보이는 나이 많은 비트족들로 북적거린다.

샌프란시스코에서 48킬로미터, 놀라운 초미니 도시 팰로앨토에 자리 잡은 실리콘밸리도 한 바퀴 둘러본다. 어찌나 태양이 이글거리는지 베이 지역의 안개가 머나먼 추억처럼 느껴진다. 우리는 거대한 구글 캠퍼스를 한가롭게 거닐며 특이한 분위기를 만끽한다. 무료 구내식당과 사원들을 위한 영화 상영의 밤을 알리는 게시판, 건강 상담, 동기 부여 세미나, 빨강·파랑·초록, 삼원색으로 이루어진 그 유명한 구글 자전거(다른 건물에서 회의가 있을 때 이걸 타고 다닌다). 보이는 사람마다 구글의 최신 안드로이드 휴대전화로 인터넷 서핑을 하거나 메시지를 보내고, 무료로 제공되는 사탕이나 감자칩을 먹고 있다. '반경 30미터 이내에 먹을거리가 있어야 한다'는 구글의 방침을 보더니 톰이 눈을 휘둥그레 뜨고 내 쪽을 돌아본다. 이게 어디에서 비롯된 발상인지 모르겠다. 간식에 집착하는 미국의 문화일까 아니면 음식이 창의력을 증폭시킨다고 진심으로 믿는 걸까? 다행히 나는 이번 여행에서 잘 먹고 있다. 하지만 대체로 안전한 음식만 고수해서인지 '슈퍼 사이

* 『길 위에서』의 두 주인공이다.

즈'가 되지는 못했다.

더 외곽에 자리 잡은 페이스북 사옥은 요란하지 않다. 마크 저커버그는 코빼기도 안 보이지만-억만장자가 된 이후에도 개방형 사무실에서 직원들과 함께 일을 한다던데-친절한 안내데스크 직원에게 비타민 워터를 공짜로 얻는다(산딸기와 석류인데, 시원하고 맛있다).

다시 샌프란시스코로 돌아온 톰과 나는 부둣가를 산책하다 물개를 구경한다. 그러다 엠바카데로의 어느 카페에서 무지방 요거트를 발견하고는 굶주린 짐승처럼 달려든다. 고단하다. 이번 여행도 며칠 뒤면 끝이 나는데, 우리 둘 다 아쉬움은 없을 듯하다. 샌프란시스코 서단으로 차를 몬다. 끝없이 펼쳐지는 태평양 말고는 아무것도 없다. 여기가 대륙의 끝이다. 더 이상 갈 데가 없다. 말 그대로 남은 길이 없다. 눈부신 햇살을 맞으며 절벽 꼭대기에서 태평양을 바라보는데, 톰이 무슨 생각을 하고 있을지 궁금해진다.

나는 이제 맞닥뜨릴 때가 됐다는 생각을 한다. 이제 집으로 돌아갈 때가 됐다는 생각을 한다. 런던에서 며칠 머물다 이 호텔, 저 호텔 전전하며 여행가방으로 연명하는 생활은 이제 지긋지긋하다. 톰과 나는 끊임없이 이동하고 있는데 문득 속도를 늦추고 싶어진다. 아이 때문에 정착하고 싶은 마음이 생기는 걸까? 하지만 대답할 수 없는 질문들이 또다시 고개를 든다. '나는 책임감

있는 엄마가 될 수 있을까? 우리는 진심으로 자유를 포기하고
엄마아빠가 될 수 있을까?'

Chapter 10

백한 번째 다짐

"글을 쓰는 동안에는 사는 게 중단된다."
밥 딜런

이제 그만 됐다, 고 선언해야 할 시점에 이르렀다. 이제는 더 이상 질질 끌면 안 된다. 음식 기피증에서 졸업해야 한다. 그 오랜 세월 동안 나는 무엇을 기다려 왔던 걸까? 이 세상의 모든 말을 동원해도 거식증은 '치료'되지 않는다. 몸무게 늘리기라는 가장 어려운 과제에 집중하지 못하게 주의를 흐트러뜨리는 역할만 할 따름이다. 밥 딜런의 노래 가사를 듣고 생각난 게 있다. 글을 쓰는 동안에는 먹는 게 중단된다는 사실이 말이다.

물론 내 이야기를 풀어놓는 건 중요한 일이다. 덕분에 나는 아직까지 포기하지 않았고, 이 기록 과정을 통해 거식증과 나에 대해 더 잘 알아가고 있다. 그리고 이 극복기는 나뿐 아니라 다른 환자들에게도 큰 용기와 도움이 될 것이라고 확신한다. 그런데 문제는 바로 지금이다. 그 어느 때보다 솔직하게 속내를 공개하는 와중에도 나는 여전히 음식을 제한하는 거식증 환자의 습관을 고수하며 괜찮은 척하고 있다.

이런 식이라면 나의 거식증 극복기는 '극복 시도기'로 남게 될 것이다. 나는 건강해진 나의 모습을 담은 글을 선보일 수 있을까? 시간은 흘러가고-이 책을 쓰기 시작한 지도 몇 개월이 지났다-나는 몇 킬로그램이 쪘다 다시 빠졌다. 경과를 기록하고, 맹세와 다짐을 하고, 이메일에 답장을 보내고, 각 장 초안을 작성하고, 톰과 여행하며 저지방 요거트를 먹는 데 정신이 팔려서 아무 성과도 남기지 못했다. 늘 그렇듯 너무 바빠서 먹질 못했다. 그렇게 또다시 핑계를 대고 있다.

이번에는 달라질 것이다. 다짐하건대 초여름인 지금을 새로운 기점으로 삼을 것이다. 나는 이 자리에서 진심으로 다시금 약속한다. 먹기 시작하겠다고. 가시적인 성과도 없이 무슨 수로 극복을 운운할 수 있겠는가. 독자들이 아무 진전도 없는 사람을 믿어주는 데에도 한계가 있는 법이다.

그리고 톰과의 관계도 있다. 앞으로 얼마나 더 그를 고생시켜야 할까. 그는 허기와 음식을 둘러싼 나의 불안감을 앞으로 얼마나 더 견딜 수 있을까. 그도 아이를 원한다. 아빠가 되고 싶어

하루에 사과 하나

하는 그의 마음도 엄마가 되고 싶어 하는 내 마음 못지않게 소중하다.

톰이 아빠가 되고 싶어 한다는 것이 내게는 정말로 중요한 부분이다. 내가 그를 실망시키고 있다는 생각을 하면, 내가 우리의 발목을 잡고 있다는 생각을 하면 밤에도 잠이 오지 않을 지경이다. 전부 다 내 잘못이니까. 내가 제구실을 못하고 있으니까. 근본적인 원인을 찾으려고, 내 머릿속을 정리하고 두려움을 파헤치려고 우리가 얼마나 노력했는지 모른다. 기차나 비행기를 타고 여행을 할 때면 톰이 펜과 수첩을 꺼내들고, 우리가 이야기한 새로운 작전들을 정리해서 적는다. 그런 다음 우리 둘이 서명을 한다.

나는 그것들을 모두 모아서 제2의 연애편지 삼아 책상 맨 위 서랍에 넣어두었다. 유로스타 성명(2010년 5월), 케냐 조약(2010년 10월), 잔지바르 결의안(2010년 11월), 케이프타운 계약(2010년 12월), 파리 협약(2011년 1월), 덴버 선언과 새크라멘토 합의(2011년 5월), 그리고 지난주에 작성한 알바니아 선서(2011년 6월)까지.

5월에 네바다 주 엘코의 스타벅스에서 작성한 문건을 일례로 공개하자면 다음과 같다.

- 오늘(2011/5/4)부로 시작하기.
- 당신은 뚱뚱하지 않아. 절대 뚱뚱해지지 않을 거야.
- 우리 아이를 위해 먹는 거야.

- 하루에 세끼씩.
- 맛있게.
- 숙면을 취할 수 있을 거야.
- 우리 둘 앞에 새로운 인생이 펼쳐질 거야…… 여러 면에서.
- 달리기는 금물, 자전거 타는 것을 줄이고, 수영도 너무 많이 하지 말 것.
- 아이를 낳은 뒤에 런던에서 가장 훌륭한 헬스클럽에 둘이 같이 등록하자. 약속할게.
- 군사 훈련이나 마라톤 훈련이라고 생각할 것. 제대로 챙겨 먹는다. 토를 달지 말고!
- 고민과 걱정은 그만하고…… 저질러 보는 거야.
- 하다 보면 점점 수월해질 거야.
- 사랑해.

표현은 각기 다르지만, 전부 다 이 비슷하게 힘이 되고 재미있으며 고무적인 내용이다. 가끔 톰이 짜증난 목소리로 "그건 뭐 하러 보관해? 지키지도 않으면서"라고 할 때도 있다.

최근 들어 엄청난 죄책감이 느껴지기 시작한다. 어느 누구라도 감당하기 버거울 것이다. 그가 왜 나를 떠나 평범한 여자친구를 사귀지 않는지 모를 노릇이다. 나는 톰에게 나와 헤어지고 싶으면 전적으로 이해하겠다고 말한다. 이번 주말에는 차를 타고

  하루에 사과 하나

가다 잠깐 떨어져 지내는 게 어떻겠느냐는 이야기까지 꺼냈다. 예컨대 3개월쯤 떨어져 지내면 내가 상태를 호전시키는 동안 그는 내 노이로제에서 해방될 수 있다고. 그는 딱 잘라서 싫다고 했다. 심지어 상대조차 하지 않으려고 했다. 하지만 자포자기한 그의 눈빛을 느낄 수 있었고, 나와 함께 지내는 것이 얼마나 엄청난 스트레스일지 알 것 같았다. 나는 10여 년 동안 겪은 일이지만, 톰은 자청한 일이 아니지 않은가.

문득 생각해보니 나는 거식증을 언급할 때마다 '10년이 넘었다'거나 '10여 년 됐다'는 표현을 쓴다. 자기기만이다. 나는 담배를 피울 때도 그랬다. 거의 10년이 다 되어가는데도 피운 지 한 5년쯤 됐다고 했다. 두루뭉술하게 포장한 거짓말은 이제 진절머리가 난다. 정확히 14년이다. 이제 그만할 때도 됐다.

∴

다짐을 행동으로 옮기려는 분위기가 고조되고 있던 찰나, 이번 주에 특별한 사건이 세 가지 벌어졌다.

첫 번째 사건은 월요일 오후에 일어났다. 케이티 언니네 아파트에 놀러갔더니 전직 모델이었던 언니의 단짝 친구 칼라가 옷장 정리를 했다며 디자이너 의상으로 가득 채운 봉투를 놓고 갔다.

언니는 우리 엄마를 닮아서 가냘픈 반면-둘 다 키가 158센티미터가 될까 말까 한다-나와 동생 앨리스는 167.5센티미터 정도로 키도 더 크고 체격도 있다. 우리는 신발 사이즈가 둘 다 265인데, 언니와 엄마는 225다.

칼라가 처분하려는 옷들은 보통 너무 길기 때문에 언니는 마음에 드는 예쁜 티나 셔츠를 엄선한 뒤 나머지 치마나 바지나 기타 등등을 살펴보라고 나를 불렀다. 언니가 아이들에게 저녁을 먹이는 동안-햇감자를 섞어서 만든 어육 완자였다-나는 원피스와 청바지를 입어보느라 거실과 침실을 오가며 9개월 된 꼬맹이 시어를 안고 어르다 언니와 수다를 떨다 했다. 호기심 많은 네 살과 여섯 살짜리 조카들의 귀에 들어가지 않게 어떤 부분은 입 모양으로 말했지만, 대충 이런 대화가 오갔다.

나(스팽글이 달린 칵테일 드레스를 입어보며): 맨 처음 임신했을 때 임신인 걸 어떻게 알았어? 테스트를 하기 전에 아침에 눈을 떴는데 기분이 이상했다던지 그런 적 있어?

언니: 잘 모르겠는데…… 그해 크리스마스 때 스키를 타러 갔는데 술이 안 당겼던 기억이 나. 그게 분명 신호였을 거야. 찰리가 나더러 정말 피곤해 보인다고 했는데, 정말 휴가 내내 침대에 누워서 꼼짝 않고 싶었거든. 그러다 집으로 돌아왔는데 월경 소식이 없기에 테스트를 해봤지.

                                          하루에 사과 하나

나: 그런데 아이를 가지려고 열심히 노력하던 참이었어? 얼마 동안 노력했어?

언니: 글쎄, 결혼하고 한 1년쯤 됐지, 아마…… 우리 둘 다 아이가 있으면 좋겠다고 했지만 한세월 걸릴 줄 알았거든. 10월에 피임약을 끊고 아마 12월쯤 임신이 된 것 같다. 그러니까 정말 금세 된 거지! 그런데 엠, 그거 좋은 징조야. 엄마랑 여자 형제들이 임신 잘 되는 거 말이야. 그거, 유전이거든.

나: 그러게. 그런데 언니, 줄기차게 노력하려니까 얼마나 기진맥진한지 알아? 주기가 일정한 여자들이 정말 부러워. 그러면 달력을 보면서 언제 배란이 되는지 짐작할 수 있을 텐데, 나는 전혀 알 수가 없잖아. 의사가 배란이 돼도 월경을 하지 않을 수 있다고 했던 거, 기억하지? 톰이랑 자연스럽게 즐기고 싶은데, 가끔은 우리 둘 다 쉬고 싶을 때도 있거든. 매달 가임기간이 딱딱 정해졌으면 좋겠어. 이제는 재미있게 포장할 방법도 다 떨어져 가는데…….

이 시점에 이르렀을 때 우리는 둘 다 깔깔대며 웃었고, 아이들도 덩달아 웃었다.

언니: 그러게. 3일, 5일, 10일, 이렇게 정해져 있으면 덜 피곤할 텐데 (언성을 낮추며) 잠자리가 뜸해진 지 좀 됐어! 그런데

새로운 관점에서 생각해봐. 네 몸속에서 무슨 일이 벌어지고 있는지 모르기 때문에 무기력하게 느껴지는 거잖아. 배란이 되면 임신을 할 수 있어, 그렇지? 그건 네 능력이 닿는 부분이잖아. 아이 만드는 춤은 잠깐 잊어. 지금은 그게 중요한 게 아니니까. 목표 체중에 도달하는 건 네 선에서 할 수 있는 일이잖아. 우리도 알다시피 네 건강에는 아무 문제 없어. 그러니까 섭취 열량을 늘리고 다시 월경이 시작될 때까지 기다리면 돼(언니는 나를 보며 힘내라는 듯이 웃고, 나도 언니를 보며 웃고, 내가 허리춤에 앉혀서 위아래로 흔들어주자 시어는 까르륵거린다). 엠, 기운이 솟고 신나지 않아? 네가 열쇠를 쥐고 있는 거야. 네 선에서 뭔가 조치를 취할 수 있다고!

언니 말이 맞다. 목표체중인 54 내지 55킬로그램에 도달하지도 못했는데 무슨 임신 걱정이람. 가장 간단한(그렇지만 가장 어려운) 일도 아직 처리하지 못했으면서. 나는 두려운 마음에 더 이상 전진하지 못하고, 아직 50킬로그램 근처에서 머물고 있다. 49킬로그램에서 50킬로그램으로 건너가는 것도 나로서는 엄청난 장벽이었다. 50킬로그램에서 그 이상으로 넘어가는 것은 거의 상상이 안 된다. 됐어, 상상이 되건 안 되건 알 게 뭐야. 월경을 다시 하려면 그 몇 킬로그램을 늘려야 한다. 그래야 우리 아이를 만날 수 있다.

   하루에 사과 하나

4~5킬로그램. 할 수 있다.

옷은 어떻게 했느냐고? 휘슬스의 까만 바지(조카들이 깔끔해 보인다고 하기에)와 갭의 흰색 셔츠(흰색 셔츠는 아무리 많아도 많은 게 아니니까)와 록앤리퍼블릭의 환상적인 청바지(길어서 5센티미터 싹둑 잘랐다)를 챙겼다. 그러니까 디자이너 브랜드 옷도 잔뜩 건지고 언니한테 아주 훌륭한 충고도 들은 셈이다. 지금까지 숱하게 그랬듯이 언니가 나를 정신 차리게 만든 것이다.

⋮

두 번째 사건은 수요일 저녁, 톰과 함께 주중 데이트 삼아 레스터 광장에서 영화를 보고 모트레이크에 있는 그의 아파트로 갔을 때 벌어졌다. 부엌에서 나는 브로콜리를 썰고, 톰은 피자를 오븐에 넣으려고(햄과 칠리 가루와 핫소스를 추가했다) 준비하던 참이었다. 이때 그가 뜬금없이 몸무게를 재보았는데 한 달 동안 5킬로그램이 쪘더라는 말을 꺼냈다. 5킬로그램이라고?

톰(뜨거운 김이 쏟아져 나오는 오븐을 열고 피자 위에서 녹은 치즈를 쿡쿡 찌르며) : 나도 알아. 희한하지? 58킬로그램이었는데 이제 62.5킬로그램이더라고. 어쩌다 그렇게 됐는지 모르겠어. 미국에서 먹은 음식들 때문이었나? 아무튼 희소식이지, 뭐. 전부터 65킬로그램은 돼야겠다 생각했는데, 이제는 70킬로그램을 목표로 삼을 거야. 헬스클럽 가기 전에 단백질 셰이크도 좀 마실까 봐.

나: 5킬로그램이나 쪘는데 티도 안 난다니…….

톰도 나처럼 호리호리한 체격이지만(내가 그의 셔츠, 스웨터, 심지어 청바지까지 입을 수 있다) 나와 다른 점이 있다면 식성이 어마어마하다는 것이다. 살이 안 찌는 체질인지, 먹은 게 다 어디로 가는지 모르겠다. 햄버거, 스테이크, 감자칩, 샌드위치, 초콜릿, 케이크를 닥치는 대로 먹어도 티도 안 난다. 삐쩍 마르지는 않았고-점심시간마다 헬스클럽에서 운동을 해서 어깨와 팔이 단단하다-강단 있는 근육질이다. '몸을 키워야 한다'고 입버릇처럼 말을 하지만(남자들은 사이즈를 늘리고 싶어 하고 여자들은 줄이고 싶어 한다) 아무리 먹어도 소용이 없다. 그래서 요즘 들어 5킬로그램이 쪘다는 소식이 놀라운 것이다.

"그런데 그게 다 어디로 갈까?" 나는 애써 침착한 목소리로 똑같은 질문을 반복한다. "5킬로그램이나 되는 몸무게가 다 어디로 갈까?" 톰은 웃음을 참으려고 애를 쓰는 얼굴이다. 웃기는 질문이라는 건 나도 안다. "설탕 다섯 봉지잖아. 내 허벅지랑 엉덩이에 살 주머니가 주렁주렁 매달려 있는 모습을 상상해봐…… 미안하지만, 그만 한 비곗덩이를 엉덩이에 달고 다닐 수는 없다고!"

나는 정신과 상담을 받을 때도 계속 이 질문을 던졌다. "그런데 그게 다 어디로 갈까요?" 다행스럽게도 로빈슨 박사님은 인내심이 성인에 버금갔다. 그는 몸 상태가 혼란스러울 때 끊임없이 괜찮다는 말을 들어야 하는 거식증 환자의 심정을 이해했다. 그래서 같은 설명을 몇 번이고 반복했다. "여기저기 살이 붙겠죠. 저울로 잰 듯이 골고루 찔 거라고 거짓말은 못 하겠지만, 허벅지만 5킬로그램이 찌지는 않을 거예요. 체액과 뼈와 근육의 증가로 체중이 느는 거니까 전체적으로 조금씩 커지는 거예요. 간, 신장, 심지어 뇌까지 모든 부분이 조금씩 무거워지는 거죠." 이 말에 이상하게 마음이 놓인다. 뇌와 장기들이 커진다는 게 마음에 든다(누가 뭐라건 엉덩이만 5킬로그램 찌는 걸 바라는 여자는 없다).

선생님의 설명에도 난 항상 의혹을 품었지만, 톰의 변화가 방증한다. 몸무게가 늘었는데 티도 안 난다니! 가장 가까운 사람의 몸무게가 5킬로그램 늘었는데 내가 알아차리지도 못할 정도였다면-당사자도 몰랐다-나도 그럴 수 있지 않을까?

⁙

세 번째 사건이 벌어진 것은 어젯밤 웨스트서식스 호텔에서 내가 4월에 촬영한 단편영화를 몇 개월 만에 DVD로 감상하던 때였다.

우리는 톰의 기사에 실을 새로운 호텔을 평가하기 위해 금요일, 이곳으로 내려왔다. 우리에게 주어진 헨리 8세 스위트룸은 역사적으로 유명한 튜더 왕가의 로맨스를 재현한 듯한 객실이었다. 온 사방의 마호가니 나무, 자주색 벨벳으로 덮인 안락의자, 벽에 걸린 태피스트리, 기둥 네 개짜리 침대가 인상적이었다. 어마어마하게 넓은 욕실에는 보라색이 섞인 회색 대리석 타일이 깔려 있었고, 고양이발이 달린 욕조는 고풍스러웠다.

모든 게 순조로운, 보기 드물게 한가한 주말이었다. 햇빛은 반짝였고, 조약돌이 깔린 바닷가를 걷다 산들바람이 부는 틈틈이 얼른 바다 속에 발을 담글 수 있을 만큼 따뜻했다. 내가 스파에서 전신 마사지와 얼굴 얼음 마사지를 받는 동안 톰은 호텔 지배인과 함께 점심을 먹으며 기사에 필요한 정보를 얻었다(레드와인도 한 병 마셨다).

바닷가를 다시 산책하고 저녁을 먹은 뒤 톰이 바에 가서 쇼비뇽 블랑 와인을 두 잔 들고 왔다. 우리는 빨간 벨벳으로 덮인 긴 의자에 털썩 앉아 DVD를 넣었다.

「타임스」에 거식증 칼럼을 연재하기 시작했을 때 다큐멘터리를 만들고 싶다며 연락한 TV PD가 몇 명 있었다. 나는 그들을 만난 결과 리얼리티 쇼는 싫다고 일찌감치 결론을 내렸다. 텔레비전이 없는 집에서 자랐고 텔레비전을 한 번도 들인 적이 없는 사람으로서 그런 프로그램의 목적이 와 닿지 않았다. (삐쩍 마른 여자

하루에 사과 하나

는 충격적인 영상을 제공한다는 명목 아래) 속옷 차림으로 활보하고 싶은 마음도 없었고, 나를 쫓아다니는 카메라를 감당할 자신도 없었고, 카페에서 감자칩 접시를 앞에 두고 '먹지 못하는' 모습을 촬영할 마음의 준비도 안 되어 있었다. 나는 공개적으로 망신을 당하지 않아도 이게 얼마나 한심한 병인지 알고 있었다.

면담을 하러 나간 자리에서 PD들이 개인적인 질문을 하고, '직설적'이라든지 '불굴의 의지'라는 단어를 써가며 자신들의 계획을 설명하면 나는 고개를 끄덕이며 속내를 털어놓곤 했는데, 나중에는 그런 자리에 나가 카페에 앉아 있노라면 묘하게 사생활을 침해당한 기분이 들었다. 왜 모든 사람들이 내 문제와 내 가족과 내 욕실 거울을 들여다보아야 하는가 말이다. 알지도 못하는 사람들에게 나의 무월경 증상, 아이를 갖기 위한 우리의 노력, 내 남자친구의 감정을 공개하는 것이 부적절하고 채신없게 느껴졌다. 그런 걸 글로 토로하는 것과 카메라에 담는 것은 차원이 다른 문제다.

아직까지 연락 중인 PD가 두세 명 된다. 전부 다 독립 방송국에서 흥미진진한 다큐멘터리를 제작하는 PD이고, 선정주의나 훔쳐보기라는 수단에 의존하지 않는다. 선을 긋고 싶은 내 심정을 대부분 존중하는 눈치다. 어차피 텔레비전에 등장하고 싶은 마음도 없으니 성사가 되건 안 되건 별로 상관없다. 평생 처음으로 성공과 실패에 연연하지 않는 느긋한 이 기분이 좋다.

나는 어니스트 헤밍웨이가 했던 말을 다시금 떠올렸다. "작가는 입이 아닌 글로 말해야 한다."*

아무튼 우리는 어느 날 오후, 홍보 영상을 만들었다. 내가 칼럼을 쓰는 이유를 설명하고, 내 이야기를 배경으로 어떤 각도에서 다큐멘터리를 만들면 좋을지 의견을 주고받는 내용이었다. PD가 온갖 질문을 퍼부었고, 두 사람이 촬영을 맡았고, 아무 문제 없이 잘 끝났다. 그 뒤로 거의 잊고 지냈는데, 2주 전 방송국 측에서 DVD를 보내왔다. 몇 시간 동안 나눈 대화를 가지고 어떤 작품을 만들었을지 조금 궁금했다.

거식증 환자들은 자신의 모습을 영상으로 확인해야 한다는 말을 듣기는 했지만, 그렇게 강렬한 인상을 받을 줄은 꿈에도 몰랐다. 15분짜리 최종 편집본이 시작되자 하늘을 덮은 파란 나뭇잎을 머리에 이고 청바지 차림으로 공원에 서 있는 내 뒤로 경쾌한 음악이 흘렀고, 내 이름이 빙글빙글 화면을 장식했다. 그러다 방송국 소파에 앉아 지금까지의 '여정'에 대해 이야기하는 내 모습으로 장면이 바뀌었다. 내가 이야기를 하는 동안 카메라가 이리저리 움직이며 파란 데님바지를 입은 내 허벅지에 초점을 맞추었다가 두 손을 클로즈업으로 잡는데, 젓가락처럼 얇은 팔 끝에

* 헤밍웨이는 1954년 노벨문학상 시상식에 건강상의 이유로 불참하게 되자 미국 대사에게 수상 소감을 대신 읽어달라고 부탁했다. 그리고 이후 이를 다시 육성으로 녹음했다. 그는 소감 말미에 '작가가 너무 말이 많았다'며 위의 문장으로 마무리했다.

하루에 사과 하나

달려 있어서 거대해 보였다. 어느 순간 눈물을 글썽이다 PD가 한 말을 듣고 웃음을 터뜨리는 내 모습은 회복 중인 사람이 아니라 환자처럼 보였다.

객관적으로 평가하자면 훌륭한 작품이었지만—톰도 '잘 만들었다'고 했다—나는 두 번 다시 볼 일이 없을 것이다. 내가 혼자서 뭐라고 착각하든, 내 폭식에 대해 어떻게 생각하든, 현실 속의 나는 여전히 피골이 상접했다. 나는 화면 속의 주인공을 보고 충격을 받았다. 저게 나라니. 저게 나라니. 내가 나한테 무슨 짓을 한 걸까?

소파에서 기둥 네 개짜리 침대로 자리를 옮겼을 때 톰은 이내 잠이 들었다. 나는 심란해서 잠을 이룰 수가 없었다.

∴

이번 주에 벌어진 세 가지 사건을 계기로 나는 체중을 늘리겠다는 결심을 하게 됐다. 49킬로그램에 도달하면 겁에 질려서 다시 원래 자리로 되돌아가던 예전의 패턴을 답습하지 않을 것이다. 이번에는 꼭 극복하고 싶다. 진심이다.

내 말을 못 믿겠다고? 나는 지금 국립도서관 열람실에서 이 글을 쓰고 있는데, 오늘 아침 자전거를 타고 여기 오기 전에 천연 그리스 요거트와 바나나를 먹었다. 그리고 엄격히 말해서 도서관에는 음식물 반입이 금지되어 있지만, 도착해서 M&S 밀크초콜릿과 브라질 호두 세 개를 먹었다. 이상한 조합이기는 하지만, 금지 식품을 먹었다는 데 의의가 있다. 초콜릿에는 지방이 들어 있다. 브라질 호두에도. 둘 다 내가 두려워했던 음식의 대표주자 격이다. 체중을 늘리려면 지방을 섭취해야 한다. 아이를 가지려면 내 몸에 지방이 있어야 한다. 이것은 엄청난 발전이다.

호두와 초콜릿을 먹기보다 페퍼민트 껌을 씹거나 다이어트 콜라를 벌컥벌컥 마시며 굶주린 배를 안고 신경을 곤두세우고 싶은 마음이 간절하다. 이유는 모르겠지만-거식증 환자라 그런 거겠지만-입안에서 기름기가 느껴지면 속을 다시 깨끗하게 비우고 싶은 생각이 든다. 배가 고픈 기분을 옹호하거나 합리화하려는 게 아니라 솔직한 심정을 고백하는 것이다.

∴

나는 주접스럽지 않다고, 나도 먹을 자격이 있다고, 나는 쓸모없거나 뚱뚱하지 않다고, 거식증은 일시적인 장애물에 불과하다고 믿어야 한다. 먹으면 먹을수록 점점 수월해질 거라고 나를 계속 설득해야 한다. 베스트셀러 제목을 빌리자면 '도전하라, 한 번도 실패한 적 없는 것처럼' 이래야 한다.

자기 계발서도 가끔 도움이 될 때가 있다. 아주 효과가 있다고 주장하지는 못하겠지만, 내 인생을 내가 고칠 수 있다는 '내 맘대로 축제'만큼 힘이 나는 것도 없다. 요즘 내 부엌 찬장에 붙어 있는 것들을 소개하자면 다음과 같다.

- 「선데이 텔레그라프」에 실렸던 올림픽 육상선수 제시카 에니스의 사진. 아이다스 운동복을 입고 있는데, 깡마른 게 아니라 탄탄해 보인다.
- 언니네 프랑스 집 마룻바닥에 앉아 있는 조카 시어 사진. 6개월쯤 됐을 때인데, 손바닥만 한 파란색 잠옷을 입고 있다.
- 「러너스 월드」에서 오려낸 어떤 여자 운동선수 사진. 물을 마시며 근력 운동을 하는 사진인데, 비쩍 마르지 않고 탄탄한 근육질이다.
- 모닝커피를 마시며 계속 되뇔 문구. "난소에서 건강한 난자가 배란되는 모습을 상상해보자. 내게 치유를 허락하자. 자궁에 필요한 영양분을 공급하자. 아직 태어나지 않은 아이에게 살 수 있는 기회를 주자……."

여러분도 대충 분위기를 파악했겠지만, 나는 지금 긍정의 힘이 담긴 이미지로 사방을 도배하려고 노력 중이다. (마르고 여위지 않고) 튼튼하고 섹시한 여성들, 긍정적인 마인드를 북돋우는 글들. 내가 아이를 얼마나 간절히 원하는지 떠올릴 수 있게 시어의 사진도 붙여 놓는다.

이런 이미지로 무장하는 것 말고 또 무얼 하고 있는가 하면 치유 과정의 일부 삼아 '포만감'과 맞서 싸우고 있다. 쫄쫄 굶으면 위가 줄어든다. 그건 누구나 아는 사실이다. 내 위가 작아졌기 때문에 먹는 양을 늘리면 처음에는 불편할 수밖에 없다. 고통이 따를 수밖에 없다. 14년에 걸쳐 이 지경을 만들었는데 그 부작용을 어찌 당장 해소할 수 있을까. 여기 이 도서관에 앉아 있는 동안에도 포만감이 느껴진다. 싫지만, 나아지기로 결심한 만큼 받아들여야 한다.

이제는 음식을 가지고 허튼소리를 늘어놓으면 내 스스로 용납하지 않는다. 어떤 허튼소리를 말하는 거냐고? 일례로 초콜릿을 둘러싼 갈등을 들 수 있겠다. 나는 예전에 초콜릿이라면 사족을 못 썼기 때문에 요즘 들어 잠자리에 들기 전에 우유와 함께 초콜릿을 먹을까 한동안 고민했다. 침대에서 책을 읽으며 맛있는 초콜릿을 몇 조각 먹으면 느긋하게 하루를 마감할 수 있을 것이다. 그러는 여자들도 많다고 했다. 그런데 카페인 때문에 잠을 설칠 수도 있다는 생각이 들자(밀크초콜릿 50그램당 카페인이 약 25밀리그램 들어 있기 때문에 불면증 환자들은 잠자기 직전에 커피뿐만 아니라 초콜릿도 먹지 않는 게 좋다고 한다) 관두기로 했다. 핑계를 만들어 빠져나가는 내 전형적인 수법을 동원한 것이다. 하지만 다시금 결의를 다지면서 '아, 됐다 그래. 아침에 먹으면 되지' 하고 생각했다. 몇 시가 됐건 먹기만 하면 된다. 특이한 아침 메뉴가 되겠지만 상관없다. 지금은 체중을 늘리는 게 관건이다.

톰의 표현에 따르면 '과일은 식사가 될 수 없다'. 나도 그렇게 생각하려고 노력 중이지만 아침은 바나나, 점심은 사과, 이런 공식이 하드웨어에 내장되어 있다 보니 쉽지 않다. 그래도 과일은 끼니로 칠 수 없는 게 맞다. 톰은 계속 삼시 세끼 통밀 롤빵을 먹어야 한다고 말한다. 하지만 나는 탄수화물 덩어리인 무시무시한 빵보다는 요거트나 수프나 콩이 훨씬 더 수월하게 먹힌다. 액상이 좋다. 톰은 왜 빵과 고기에 집착하는 걸까?

아무래도 전에 없이 혈당이 치솟은 덕분에 그런 거겠지만, 나는 뭐든 먹는 양을 두 배로 늘리겠다고 무모한 결심을 한다. 이 얼마나 과감한 결정인가. 과연 그럴 수 있을까? 나는 노트북을 배낭에 넣고 국립도서관 앞 광장으로 종종걸음 치다 라스트워드 카페에서 디카페인 아메리카노를 산다. 그런 다음 유스턴 대로의 소음이 미치지 않는 조용한 구석자리를 찾아 캠던에 있는 어머니에게 전화를 건다. 글을 쓰고 계셨을 텐데 방해해서 죄송하다고 사과하고, 밀크초콜릿 승전보를 전한다(이게 뭔가? 서른셋이나 된 내가 채소를 다 먹었다고 엄마한테 자랑하는 어린아이처럼 굴다니). 양을 두 배로 늘리는 작전에 대해 어떻게 생각하느냐고 묻는다. 엄마는 응원을 하면서도 조금 회의적인 반응을 보인다. 내 지난 전력을 감안하면 이해가 되고도 남는다. 엄마는 '몸무게를 얼른 늘

릴수록 고생도 덜할 거'라고 한다. 맞는 말이다. 서둘러야 한다.

　하지만 아직 시작에 불과하다. 지금 내 기분은 아찔하고 심지어 하늘을 날 것 같다. 초콜릿을 먹다니 엄청 용감해진 기분이다. 지방과 당분이 혈관 속으로 주입되자 흥분이 되고 배가 고프고, 초콜릿과 섹스와 햇볕을 향한 욕망이 점점 더 강해지고, 빨리 감기 버튼을 누른 것처럼 얼른 이 과정을 끝내고 싶다. 새 출발을 할 수 있어서 정말이지 다행이다. 하지만 많은 고난이 나를 기다리고 있다. 옷이 조이기 시작할 때가 가장 위험하다. 예전에 경험한 바로는 그렇다. 2001년에 35킬로그램에서 44.5킬로그램으로 늘었을 때 매주 우리 동네 옥스팜*에 갭키즈 청바지를 한 벌씩 갖다 바치는 심정이었다. 그렇기 때문에 초콜릿을 아침 할당량대로 먹고는 있지만(머릿속에서 들리는 '식충이'라는 비웃음을 애써 무시해가며), 앞으로 얼마나 체중이 늘지 불안하다.

* 빈곤 해결과 불공정 무역에 대항하는 세계적인 기구

 하루에 사과 하나

Chapter 11

거식증과의 생이별

내가 원래 감정 기복이 심하기는 했지만, 봄에서 여름으로 넘어오는 지난 몇 개월 동안 더 심해진 게 느껴진다. 하늘을 날 것 같았다가 급우울해진다. 뭐, 이 정도만 돼도 견딜 수 있을 텐데 그 정도가 아니다. 요즘 들어 격한 감정이 몇 번씩 복받친다. 엄청난 분노가 울컥 치밀어서 무슨 짓이든 저지를 수 있을 것 같다. 누굴 공격하거나 절벽 아래로 몸을 던지거나 내 얼굴에 대고 유리를 깨뜨리거나 시속 140킬로미터로 고속도로를 달리는 차에서 문을 열고 뛰어내리거나.

지난주에는 말리본 대로에서 어떤 밴이 내 앞으로 끼어들더니 빨간 신호등에서 급정거하는 바람에 하마터면 내가 그 차 뒤꽁무니를 들이받을 뻔한 적이 있었다. 내가 그 옆으로 다가가 가운뎃손가락을 들어 보이자 운전석에 앉아 있던 남자가 "우라X 자전거는 길거리에서 치워버려야 한다"고 고래고래 소리를 지르며 나더러 "떡치지 못해 안달이 난 XX년"이라고 했다. 나는 일말의 망설임도 없이 자전거에서 내려 운전석 쪽으로 뚜벅뚜벅 걸어갔다. 문짝을 어찌나 세게 내리쳤는지 아직도 새끼손가락을 구부리지 못할 정도다.

이런 식으로 부아가 치밀면 머릿속이 불이라도 난 것처럼 변한다. 이성이라고는 한 톨도 없이 사라지고 모든 게 폭발해 신경 세포를 뒤덮은 시뻘건 폭풍조차 의식하지 못할 지경에 이른다. 요거트 통을 부엌 바닥에 내동댕이치고, 접시를 창밖으로 집어던지며, 유스턴 대로 한복판에서 자전거를 내던지고 밴 운전자를 위협한다. 분노가 조절할 수 없는 수준이라 내가 어떤 행동을 하건 그 결과가 어찌 되건 아랑곳하지 않는다. 마치 뇌에 과부하가 걸려서 폭발하기라도 한 것 같다. 나도 이런 상황들이 위험하다는 건 안다. 그러다 내가 다치거나 심각한 문제가 발생할 수 있다는 것도 안다. 하지만 가끔은 뭐가 어떻게 되고 있는지 모르겠다. 아니, 나 자신을 잘 모르겠다.

지난주에 나는 지푸라기라도 잡는 심정으로 친구 디앤에게 이메일을 보냈다. 우리의 만남이 시작된 것은 약 6개월 전, 그녀가 내 「타임스」 칼럼을 읽고 도움을 주고 싶다는 이메일을 보내면서부터였다. 그녀는 식이장애 상담전문가일 뿐 아니라 명상치료사이기도 했다. 처음에 나는 미심쩍었지만―원래 명상이라는 개념 자체를 조금 못 미더워했다―그래도 일단 만나보기로 했다. 디앤은 못 미덥기는커녕 놀라우리만치 차분하고 친절했다. 같이 있으면 마음이 진정됐다. 우리는 왕립의학협회 건물에서 커피를 마시며 몇 시간 동안 사는 이야기를 나누었고, 그 뒤로 가까운 친구가 됐다.

엠마, 잠깐 멈춰서 심호흡을 해요. 지금 너무 불안해 보여요. 그런 분노라면 나도 알아요. 당신이 인간 말종이 되어가는 건 아니라는 데 내기를 걸어도 좋지만, 그런 기분이 들면 무섭긴 하죠. 거식증에 쏟았던 에너지를 좋은 데 활용해야 당신의 본모습을 파악할 수 있을 거예요. 앞으로 괜찮을 거라고, 당신은 다이아몬드처럼 여러 단면이 있는 인간일 뿐이라고 믿는 데 활용하라는 거죠. 빛을 등지고 있으면 그 단면들이 컴컴해 보이지만, 빛이 통과하면 반짝반짝 빛나잖아요?

디앤은 뜬구름 잡는 식의 표현을 좋아한다. '에너지를 활용'한다든지 '다이아몬드처럼 반짝'인다든지. 처음에 나는 이런 소리를 들으면 눈을 부라리고 무시하며 짜증을 냈다. 내가 원하는 것은 뉴에이지 식의 추상적인 개념이 아니라 실질적인 해결책이었다. 그런데 그녀의 의도에 초점을 맞추자 무슨 뜻인지 알 것 같왔다.

분노는 커다란 방과 같아요. 어느 창문으로 내다보느냐에 따라 풍경이 달라지죠. 어떤 창문으로 내다보면 당신의 분노가 달라진 거식증의 결과라는 걸 알 수 있을 거예요. 오랫동안 억눌려 있던 감정이 화산처럼 폭발한 거죠.

어디가 잘못된 걸까요? 그냥 쓰나미가 닥친 거예요, 엠…… 저 밑에서 지진이 벌어진 모양이니 지면이 어떤 식으로 자리를 잡을지 지켜보자고요.

나도 당신 말마따나 원망해봐야 아무 소용없다고 생각해요. 거식증이나 우리의 부족한 부분이나 예전에 만났던 사람이나 두려움을 이제 그만 원망할 때가 됐다고 생각해요. 우리 안의 쓰나미가 자기 소리를 들어 달래요. 자기를 마주 봐달래요. 그래야 자기 정체를 알 수 있을 거라고……. 당신이 지금 밟고 있는 계단은 많이 흔들리지만, 장담하건대 앞으로 수많은 계단이 당신을 기다리고 있을 거예요. 다음 계단으로 넘어갈 수 있게 다른 사람의 도움을 청하는 것도 좋은 방법 아닐까요?

⁂

어디가 잘못됐던 걸까? '그냥 쓰나미가 닥친 거예요…… 지

면이 어떤 식으로 자리를 잡을지 지켜보자고요.' 이 얼마나 아름
다운 표현인가.

디앤의 말이 맞았으면 좋겠다. 이렇게 불안정한 것도 치유의
일부분이면 좋겠다. 먹기 시작하자 에너지가 샘솟으면서 예상치
못했던 온갖 감정들이 분출되는 듯하다. 오랫동안 마비된 거식증
환자로 지내던 내가 정신없이 불어닥치는 감정들과 더불어 되살
아나고 있다. 그러다 보니 어떤 의미에서는 내가 실패한 것처럼,
거식증에 무릎을 꿇은 것처럼 느껴진다. 분명 나는 전보다 더 화
를 많이 내고 충동적인 사람이 되었는데, 이건 그저 지진이 제 역
할을 하는 것뿐이라고? 문득문득 나에게 이런 과제를 안기는, 거
식증과 헤어지게 만드는 이 세상에 화가 나기도 한다. 거식증은
내 일부인데. 패배자가 된 기분이다.

그런데 칼로리 섭취로 에너지가 넘쳐서 감정이 되살아난 거
라고 치부할 수만은 없다. 나는 오랫동안 뭔가가 잘못되면 항상
거식증 탓으로 돌렸다. 그레그가 스스로 목숨을 끊었을 때도 제
대로 슬퍼할 여유가 없었던 것 같다. 모두들 곤두박질치는 내 체
중에, 다시 38킬로그램대로 향해가는 내 몸에만 촉각을 곤두세
웠다. 내가 잃어버린 것에 관심을 보이는 사람은 없었다. 그레그
의 죽음은 거식증과 아무 상관없었건만. 좀 더 먹으면 모든 게 괜
찮아질 거라는 소리는 이제 지긋지긋하다.

문제가 이보다 더 심각해지면 어떻게 해야 할까? 다시 먹기

시작하면서 화산이 폭발하고 감정이 분출된 건 맞지만, 전적으로 음식 때문에 그런 거라고 생각하기는 싫다. 화학물질이 근본적으로 불균형하게 분비돼서, 뇌에 문제가 생겨서 격렬한 분노와 멍한 절망 사이를 오락가락하는 건 아닐까? 나는 혼란스러운 머릿속이 거식증보다 더 절실하고 심란한데, 아무도 심각하게 받아들이지 않는다. 톰처럼 모두들 규칙적으로 식사를 하면 진정이 될 거라고만 한다.

몇 년 전까지만 해도 이걸 뭐라고 부르는지 몰랐는데, 인터넷에서 순환성 기분장애에 대한 설명을 읽었을 때 머릿속에서 전구가 반짝 켜지는 것 같았던 게 아직도 생각난다.

순환성 기분장애는 양극성 기분장애보다 '좀 더 얌전한 사촌'이라고 한다. 순환성 기분장애의 특징도 오르락내리락하는 감정의 기복인데, 양극성 기분장애보다 정도가 덜하다. 기분이 좋을 때는―혹은 경조증일 때는―자신만만하고 기운이 넘치며 전능하다. 뭐든 못할 게 없다. 일상생활에서도 신명이 난다. 하늘 위로 솟아오른 연과 같다. 나도 기분이 좋을 때는 잠이나 음식도 거의 필요 없고, 온갖 아이디어와 계획으로 넘쳐나며, 생산적이고, 말이 많아지며, 신나서 어쩔 줄 몰라 한다. 그러다 우울해지면 내가 무용지물처럼 느껴진다. 비관적이고 불편하고 암울해진다. 집중도 잘 안 되고 희망찬 마음으로 앞날을 기다리지 못한다. 미래가 암울하게 느껴진다. 육체적으로도 왕성하게 움직이는 시기와 우울해서 무기력하게 꼼짝 못하는 시기를 오간다. 순환성 기분장애에 걸렸을 때는 감정의 기복이 예측 불가능하다. 나는 몇 주 동안 상당히 안정적인 상태를 유지할 때도 있고, 하루 사이 극심한 감정의 변화를 경험할 때도 있다.

여러분도 어떤 질병이나 증상에 대한 설명을 읽었을 때 바로 이거다 싶은 적이 있는지 모르겠다. 나는 순환성 기분장애를 접했을 때 나를 오랫동안 괴롭혔던 증상이라는 걸 알 수 있었다. 어떻게 보면 비공식적이나마 이름표를 붙일 수 있어서 다행이다.

이런 병도 유전일까? 우리끼리 말은 안 하지만, 울프 집안에는 정신적으로 불안한 내력이 많다. 가끔 우리 아버지가 무슨 수로 감당하나 싶을 때가 있을 정도다. 부모님이 양쪽 다 스스로 목숨을 끊고, 수많은 친척들을 비롯해 두 명의 여동생이 모두 주기적으로 신경쇠약을 일으키고, 막내딸은 우울증이 심각했으니 말이다. 둘째딸은 거식증에 걸리고……. 그러니까 불안한 심리상태는 내 일부라고 할 수 있다. 이게 집안의 내력일까? 정말 유전적인 거라면 약이라도 먹어야 하는 걸까?

7년 동안 먹었던 프로작이 아직도 그립다. 초록색과 하얀색으로 이루어진 그 앙증맞은 녀석을 아침마다 먹을 수 있으면 좋겠다. 그걸 먹으면 기분이 좋아진다. 프로작을 먹고 민첩하게 동에 번쩍, 서에 번쩍했던 그때 그 시절로 되돌아가고 싶어진다. 잠을 거의 자지 않았고, 끊임없이 움직였고, 평소보다 더 활동적이었던 그때로.

옥스퍼드대학교에 다니던 시기에 잠깐, 이성적인 판단을 내릴 수 없을 만큼 위태로웠던 적이 있다. 당시 프로작은 내게 기적이었다. 우리 부모님은 내가 하마터면 병원으로, 그 다음에는 저승으로 건너갈 뻔했는데 프로작이 나를 살렸다고 믿는다. 하지만 나는 이제 화학약품의 도움 없이 불균형에 대처하기로 마음을 먹었다. 잘못된 판단일지 모르지만-그리고 가끔은 지옥 같다-내 감정과 경험을 고스란히 느끼며 살고 싶다. 약을 먹으면 도움이 되겠지만, 나 혼자 해결하고 싶다. 인생을 날것 그대로 '소화하는' 법을 배우고 싶다. 예전에는 프로작이 없으면 감당이 안 됐지만, 이제 나는 프로작이 없어도 웬만큼은 감당할 수 있다.

우울증 또는 순환성 기분장애 또는 거식증. 이 세 가지 고문은 서로가 서로를 악화시키는 유독한 조합이다. 과학계에서 어떤 설명을 내놔도 내게 남는 건 치욕뿐이다. 고장 난 내 두뇌가 부끄럽다. 감정적으로나 정신적으로 요구사항이 많은 내가 싫다. 나는 거의 조증 환자 수준으로 도취되어 조잘조잘 말을 하고 또 해야 한다. 그러다 갑자기 입을 다물고 앙상한 팔 끝에 달린, 둔하고 큼지막한 두 손을 내려다본다. 톰이 왜 그러냐고 물어도 말로 설명할 수가 없다. 순간적으로 어마어마한 절망감에 짓눌리고 실패감에 으스러져 더 이상 발걸음을 옮길 수가 없다. 아무도 이해 못한다. 가족들은 나더러 변덕스럽다고 할 뿐이다. 그렇다. 기분이 좋으면 지칠 때까지 날아다니고, 우울하면 무너져 방 안 분위기를 싸늘하게 만드는 사람, 그게 나다.

하지만 어떻게 해야 안정적으로 살 수 있을지 모르겠다. 내 머릿속 어딘가가 고장 난 걸까? 내가 미쳐가고 있는 걸까? 원래 잠을 잘 자는 체질은 아니었지만, 지난 10년 새 불면증도 훨씬 더 심해졌다.

오늘 오전 5시, 동이 트려는 그 시각에 나는 야간 질주를 마치고 들어왔다. 인적이 없는 런던의 밤거리를 32킬로미터 질주했다. 달리기를 끝은 뒤로 다리 근육이 욱신거리고 아프게 실룩인다. 온몸이 엔도르핀 러시를 그리워한다. 자전거는 그에 못 미치지만, 그래도 뜬 눈으로 누워 있는 것보다는 낫다. 몇 시간 자전거를 타고 샤워를 했더니 머릿속이 텅 비고 깨끗해진 기분이 든다. 그런데도 잠이 안 온다니. 잠만 잘 수 있다면 뭐든 하겠는데.

지난주에 남동생과 술집에서 잠에 대해 토론을 벌인 적이 있다. 남동생은 서커스 공중그네를 타고 높이 매단 줄 위를 걷는 사람이다. 이런 그에게 잠이란 오직 정신상태에 좌우되는 것이다. 나는 동생에게 불면증 이야기를 꺼냈다. 그러자 동생은 고개를 모로 꼬고 나를 잠깐 쳐다보더니 "그러게. 잠을 자는 누나의 모습은 사실 상상이 안 되네. 누나는 너무 치열하게 사는 사람이라." 하고 말했다. 맞는 말이기 때문에, 나는 신경을 끄는 방법을 모르기 때문에 절망스럽다. 아기 때는 내가 잘 잤을까?

내 입장에서는 불면증을 설명하는 것이 극심한 편두통의 고통과 외로움을 설명하려고 애를 쓰는 것과 같다. 적당한 단어를 못 찾겠다. 온 세상이 잠들었는데 나 혼자 몇 시간 동안 어둠 속을 말똥말똥 쳐다보노라면 희망이 좌절로, 좌절이 분노로, 분노가 절망으로 바뀐다. 새벽 3시에는 유용하게 할 일도 없고 몸도 피곤하다. 잠을 자고 싶은 마음만 굴뚝같다.

나는 밤이면 톰 옆에 누워 그의 자는 모습을 들여다본다. 그러면서 그는 뭘 잘하고 있고, 나는 뭘 잘못하고 있는지 알아내려고 머리를 굴린다. 그는 보통 침대에 등을 대고 시체처럼 똑바로 눕는다. 불이 켜져 있거나 시끄러워도, 심지어 스트레스가 있어도 잘 잔다. 누우면 신경 스위치가 차단되는 법을 터득했나 보다. 인간에게 잠이 부족하면 이성이 마비돼서 정신이 나가고 미쳐버린다. 잠을 재우지 않는 고문이 정착된 것도 그 때문이다. 내가 가끔 깨우면 톰은 내 머리카락을 쓰다듬으며 내 베개를 돌리고, 라벤더 오일로 마사지를 해준다. 그러고는 둘이서 한참 동안 이야기를 나누며 계획을 세우고 문제점을 고민하다 보면 어둠이 조금은 짧게 느껴진다.

이제는 불면증 클리닉이 침, 요가, 명상과 더불어 예약 목록에 추가됐다. 잠을 잘 자는 법만 터득하면 모든 게 제 자리를 잡을 것 같다. 내가 좀 더 차분해지고, 지금보다 덜 전투적인 태도로 인생을 살며, 이성적으로 음식을 대할 수 있을 것 같다. 하지

                                          하루에 사과 하나

만 나는 늘 모 아니면 도다. 철두철미하게 관리하든지 모든 게 통제 불능으로 치닫든지 둘 중 하나다. 중간이 없다. 내가 잠을 이루지 못하는 이유는 긴장을 풀지 못하기 때문이다. 나는 빼빼하지 않으면 분명 뚱뚱해질 것이다. 너무 피곤하다. 내적인 갈등과 죄책감과 그칠 줄 모르는 싸움이. 이제는 휴전할 때도 되지 않았을까?

이런 엉망진창 인생은 멋진 구석이 하나도 없다. 그리고 가엾은 톰. 행복에서 절망으로, 공복에서 과식으로 종잡을 수 없이 솟구쳤다 추락하느라 우리 둘 다 지쳐가고 있다. 요는 균형을 간절히 바라는 마음이다. 그런데 뇌 속 화학물질이 잘못된 거라면 무슨 수로 마음의 평정을 찾을 수 있을까?

❖

정신 질환은 겪는 사람도 고생이지만, 옆에 있는 사람도 고생이다. 따라서 내가 톰에게 잠깐 휴식의 시간을 갖자고 한 것은 진심이었다. 고속도로를 달리다 퍼뜩 생각난 게 아니라 몇 주 동안 고민한 문제였다. 이건 내가 자초한 갈등이니 나로서는 싸우는 것 말고는 선택의 여지가 없지만 톰은 아니다. 그가 겪는 중압감을 생각하면 내가 미워진다. 톰에게 첫눈에 반한 건 아니지만, 나는 지난 2년 동안 서서히 그에게 빠져들었다. 이제는 그가 내게 얼마나 소중한지 생각하면 놀라울 정도다. 그러니 이런 식으로 그에게 상처를 주면 내 마음이 얼마나 아프겠는가.

가끔 톰의 마음 씀씀이에 어안이 벙벙할 때도 있다. 내가 누군가에게 그런 사랑을 받을 만한 자격이 있다고 생각해본 적은 한 번도 없었는데 말이다. 낭만적인 선서나 근사한 제스처를 말하는 게 아니다. 옆구리를 찌르지 않아도 그가 아무 대가 없이 날마다 베푸는 소소한 배려를 말하는 것이다. 예를 들어 여행 갈 일이 생기면 그는 내가 좋아하는 파란색의 보들보들한 운동복 바지를 두 벌 챙긴다. 나를 포근하게 감쌀 수 있도록 말이다. 나는 보통 저녁에 샤워를 하고 나오면 가운을 입지만 그래도 침실이 썰렁하든지, 호텔에 목욕 가운이 없든지, 난방이 제대로 안 될 수도 있는데, 그럴 때 그는 내가 추워하거나 불편해하는 걸 못 견딘다. 그래서 설령 쓸모가 없더라도 여행을 갈 때마다 감색 운동복 바지를 챙긴다. 그런 다음 집으로 고스란히 들고 가서 빨고 꼭 섬유유연제를 쓴다. 나더러 자기 집으로 들어오지 않겠느냐고 계속 묻는 이유도 그 때문이다. 여행을 하지 않을 때도 항상 옆에서 나를 챙겨주고 싶기 때문이다.

얼마 전, 살이 에일 듯이 추웠던 부활절 주말에 에든버러에 갔던 때가 생각난다. 런던에서 여덟 시간을 달려 도착한 호텔에 체크인을 하자 직원이 4층 '다빈치 스위트'로 안내해주었다. 화랑이었다면 근사했겠지만, 하이 콘셉트 인테리어가 종종 그렇듯 삭

  하루에 사과 하나

막혀서 객실로서는 매력이 없었다. 안이 냉장고인데, 최신 유행에
발맞춰 설치한 노출 라디에이터는 미니멀리즘의 극단이라 그 휑
뎅그렁한 공간을 4분의 1도 덥히지 못했다. 내가 욕조에 물을 받
는 동안 톰이 어디론가 사라지기에 1층으로 내려가서 이불을 한
장 더 받아오는 줄 알았다. 그런데 폭우를 뚫고 호텔에서 시내까
지 걸어가, 문을 연 딱 한 군데 상점에서 80파운드를 주고 캐시미
어 스웨터를 사왔지 뭔가. 나는 춥다고 투덜거리지도 않았고-윗
도리를 몇 겹 겹쳐 입으면 되지 그 빗속에 그를 내보내지는 않았
을 것이다-따뜻한 옷을 넉넉하게 챙기지 않은 건 내 잘못이었다.
그런데도 그는 밖으로 뛰쳐나가 우아한 리본이 달린 휘슬스 가방
과(그 안에는 내 옷 중에서 가장 보드라운 스웨터가 들어 있었다) 하얀
백합 한 다발을 들고 왔다. '매력적인 당신에게. 그냥 집에서 뒹굴
고 싶을 때도 끝없는 호텔 순례에 항상 따라와 주는 당신에게.'
　　그는 고맙다는 인사를 바라지도 않았다. 그저 내가 따뜻하게
지낼 수 있기를 바랐을 뿐이다.

∴

　　완벽한 남자를 엄마가 이미 차지했으니 나는 그런 남자를 찾
지 못할 거라고, 엄마와 내가 그런 농담을 주고받았다고 한 것을
여러분도 기억하고 있는지 모르겠다. 우리 아버지처럼 톰도 베푸

는 능력이 무한한 것 같다. 끝없는 사랑의 샘이다. 먹는 양을 늘리겠다고 다시금 맹세한 이후에─약속한 대로 도서관에서 초콜릿을 먹은 이후에─내 앞으로 그의 이메일이 날아온다. 밤 10시 무렵, 침대에서 『이름 없는 주드』를 읽고 있는데 휴대전화에서 빨간 불이 깜빡인다.

내 사랑, 엠. 어디 아픈 데 없이 일찍 잠자리에 들었으면 좋겠다. 환상적인 주말이었지만 당신 많이 피곤했잖아. 당신 집에서 여기까지 오는 동안 교통체증에 걸리지는 않았고, 소파에 대자로 뻗어서 첼시가 지는 경기를 본 뒤에 협박한 대로 행동방침을 만들어봤어. 시한은 내가 국립극장 「벚꽃 동산」 표를 예매해놓은 7월 마지막 주 일요일까지야. 그 공연으로 자축하면 근사하겠지? 가장 중요한 원칙만 나열할게. 그런데 거두절미하자면 그 많은 대화와 그 많은 선언문을 감안할 때 이번만큼은 꼭 실천해주었으면 좋겠어. 이번에는 진짜야. 진짜라는 말에 움찔하지는 마. 지금 실천하지 않으면 여름이 지나도록 아무 진전도 없을 테고, 그러면 정말로 슬플 테니까.

〈행동방침 ─ 내 인생을 바꿀 6주〉
• 합의한 대로 하루에 세끼씩 먹을 것. 매끼마다 균형식을 제대로 먹어야 함.

- 제대로 된 아침이란 커다란 대접에 우유와 함께 담은 뮤즐리 시리얼, 과일, 브라질 호두 한 줌, 비타민을 의미함. 잼을 바른 토스트, 과일, 견과류, 비타민도 인정. 어떤 종류가 됐건 탄수화물을 반드시 섭취할 것. 과일 한 조각이나 저지방 요거트는 아침으로 간주될 수 없음. '아침'이란 말 그대로 금식을 중단하는 것이지 금식을 유지하는 것이 아님·

- 제대로 된 점심이란 과일 한 조각을 곁들인 샌드위치를 의미함. 콩을 곁들인 통감자 구이도 인정. 혹은 롤빵을 곁들인 쿠스쿠스나 롤빵을 곁들인 채소 수프도(주의: 탄수화물과, 콩이나 치즈 등등의 형태로 단백질도 섭취해야 함).

- 제대로 된 저녁이란 통감자 구이와 치즈 가루, 샐러드를 곁들인 채소 칠리 아니면 현미밥과 샐러드를 곁들인 채소 카레를 의미함. 치즈를 뿌린 아라비아타 파스타나 채소 라자냐를 샐러드와 함께 먹는 것도 인정. 단백질과 탄수화물이 함유된 다양한 식단을 시도할 것.

- 하루 세끼 식단을 음식 일기로 기록할 것(평상시처럼 항의해도 듣지 않겠음). '아침: 뮤즐리 시리얼, 점심: 치즈 샌드위치, 저녁: 통감자 구이와 채소 칠리', 이런 식으로 간단하게 적을 것. 그래야 뭘 먹는지 확인하고, 슬쩍 건너뛰는 것을 철저하게 차단할

· 아침을 뜻하는 영어 breakfast는 break(중단하다)와 fast(단식)의 합성어이다.

수 있음.

- 주말마다 둘이서 지난 한 주를 평가할 예정. 구멍이 없어야 함. 끼니를 꼬박꼬박 챙겨 먹어야 함.
- 저지방 요거트와 과일은 식사로 인정되지 않음.
- 데친 브로콜리와 롤빵은 저녁으로 인정되지 않음.
- '저지방'은 구입 금지. 다이어트를 하는 사람들을 위한 음식이므로.
- 달리기를 다시 시작하지 말 것(하지만 런던에서 가장 훌륭한 헬스클럽은 기억해둘 것).
- 지금 당장 시작할 것.

새로운 식생활을 6주 동안 유지하고 나면 몸이 많이 건강해지고, 행복감과 만족감이 무의식까지 스며들고, 몸에서 뇌로 좋다는, 이 상태가 마음에 든다는 신호를 보낼 거야. 열아홉 살까지는 당신도 먹는 데 아무 문제가 없었잖아. 먹는 걸 좋아했잖아! 다시 한번 짚고 넘어가지만, 식사를 건너뛰거나 말도 안 되는 음식으로 때워놓고 시치미 떼면 절대 안 돼. 이 6주가 당신에게 필요한 자극이 될 거야. 거식증에 대해서는 생각하지 마. 예전의 사고방식은 쓰레기통에 버려. 프로그램대로 하고 결과를 지켜봐. 방치했던 화분에 물을 주는 셈이야.

닦달하기는 싫지만, 이제부터 시작이야. 이대로 하면 좋은 일만 생길 거야. 우리 둘이 함께 노력해야 해. 안 그러면 무슨 수로 아이가 생기겠어? 당신이 여기로 들어와서 같이 살겠다고 하면 책상 새로 사줄게. 작년 여름에 드레스덴 강가에 앉아서 우리의 미래를 의논했던 거 기억하지? 7월 말에 「벚꽃 동산」을 보기 전에 템스 강가에 앉았는데, 지금과 상황이 180도 다를 수 있다고 상상해봐. 당신은 할 수 있어. ♥♥

Chapter 12

발동 걸린 굶주림

힘겨운 6월이 지나갔다. 나는 벼랑 끝에 매달린 암벽등반가가 된 심정으로 이를 악물고, 마음을 다잡으며 톰이 만들어준 '6주 행동방침'을 따랐다.

이제 7월 초, 「타임스」 담당 편집자가 독자들에게 현재 체중을 '업데이트'해달라고 한다. 나는 몸무게 재는 걸 싫어하기 때문에 집에 체중계가 없다. 칼럼을 쓸 때 일부러 이 부분에 대해서 두루뭉술하게 넘어가는 것도 체중을 공개해봐야 나한테도, 다른 환자들에게도 도움이 안 되기 때문이다(거식증 환자들은 비교의 대가다. 누가 자기들보다 가볍고, 누가 더 적게 먹으며, 누가 더 삐쩍 말라 보이고, 누구 청바지 사이즈가 더 작은지 촉각을 곤두세운다). 게다가 정확한 체중을 공개하면 사진 공개 때처럼, 특히 여자들 사이에서 반응이 둘로 나뉘게 되어 있다. "어머나, 아직도 너무 말랐다." 아니면 "웬 호들갑이야? 내 몸무게가 그보다 안 나가는데 왜 자기가 거식증 환자래?"

그렇다고 편집자의 요청을 거부할 수도 없다. 이 칼럼의 의미가 거기에 있으니 말이다. 내가 아주 공개적으로 심판을 받고 있다는 건 나도 안다(내가 자초한 심판이지만, 그래도 불편하기는 매한가지다). 정신적으로뿐만 아니라 육체적으로도 나아진 모습을 보여야 한다는 것도 안다. 나는 독자들과 계약을 맺은 셈이다. 독자들은 내 이야기를 계속 챙겨 읽고, 나는 해피 엔딩을 위해 최선을 다하기로 말이다.

그래서 오늘 아침, 억지로 톰의 욕실에 있는 체중계에 올라가 감았던 눈을 뜨고 숫자를 확인한다. 52……51…… 깜빡이다 51.9에서 멈춘다. 맙소사, 51.9면 52킬로그램이나 다름없는데.

샤워를 마친 톰이 체중계 위에 서 있는 나를 본다. 다행히 안경이 없으면 눈뜬장님이나 다름없어서 숫자를 확인하지는 못한다. "괜찮아, 엠?" 그가 내 옆으로 손을 뻗어 수건을 집으며 조심스럽게 묻는다. 달리 무슨 말을 할 수 있겠는가. 체중이 줄면 내가 우울해지고, 늘면 내가 공포에 질린다는 것을 아는데.

하지만 이제 체중계가 내게 진실을 알려주고 있다. 지난 몇 개월 새 내 몸무게가 50이라는 마법의 숫자를 넘어섰다는 사실을 말이다. 외치고 싶다! 내 몸무게가 52킬로그램에 육박한다고.

 하루에 사과 하나

그러니까 나는 이제 위험지대를 지나고 철조망을 건너서 50킬로그램이라는 심리적인 저지선을 통과한 셈이다. 내 개인적인 도전이 거둔 성과지만, 그 많은 초콜릿과 롤빵과 브라질 호두가 거둔 성과지만, 무섭기도 하다. 이제 안심이 되느냐고? 아니다. 내가 거인이 된 기분이다. 열아홉 살 이래 최고 몸무게다. 드디어 BMI '정상' 칸에 턱걸이로 입성했다. BMI 도표에서 한참 동안 '저체중' 칸을 지키다 자리를 옮기려니 충격이다.

52킬로그램이면 양호한 거 아니냐고 생각할 사람도 있을 것이다. 심지어 나보다 몸무게가 덜 나가지만 아주 건강해서 임신을 하는 데 아무 문제가 없고 정상적으로 월경을 하는 사람도 있을 것이다. 하지만 나는 그런 식으로, 이 키에 이 정도 몸무게면 괜찮다고 오랫동안 나를 속여 왔다. 사실은 그렇지 않은데도. 몸은 거짓말을 하지 않는데도. 그리고 아직 완치되지도 않았다. 몸무게는 전보다 늘었을지언정 음식을 대하는 비정상적인 태도는 조금도 달라지지 않았다.

∴

그래도 달라진 게 있다면…… 허기라는 녀석이 심상치 않다. 오랫동안 잊고 지낸 이 감각이 격렬하게 너울댄다. 먹으면 먹을수록 점점 더 배가 고프다. 이 불편한 진실을 어찌해야 할지. 몇 년에 걸쳐 완벽한 공복의 경지에 이르렀건만, 먹기 시작했더니 시도 때도 없이 배가 고프다. 점심을 거른 것처럼 약간 허기진 정도가 아니라 걸신들린 수준이다. 어떨 때는 너무 배가 고파서 울음이 터지거나 미쳐버릴 것 같다. 책을 읽으려고 해도 눈앞에 보이는 글자에 집중이 안 된다. 그만 항복하고 뭘 좀 먹어야 하나, 계속 그 고민뿐이다.

배만 고픈 게 아니라 머리도 고장 난 것 같다. 제대로 굶던 시절에는 이렇게 이성이 마비된 적이 없었는데, 감당이 안 된다. 호브노브 비스킷 한 통을 깨끗이 비울 수 있겠다거나 토핑을 잔뜩 얹은 피자 한 판을 뚝딱 해치울 수 있겠다 싶은 수준이 아니다. 식욕에 끝이 없다. 온 세상을 삼킬 수도 있을 것 같다. 내가 갑자기 걷잡을 수 없는 상태로 치닫는 기분이다. 먹으면 안 된다는 딱 한 가지 단순한 원칙에 따라 한참을 살다 그 원칙을 깨뜨리려니 겁이 난다. 모든 거식증 환자들이 느끼는 두려움을 가장 그럴 듯하게 설명하자면 이렇다. 변화에 대한 두려움, 통제 불능에 대한 두려움, 병을 고치고 나면 한 가지 단순한 원칙에 좌우되지 않는 현실과 맞닥뜨려야 할지 모른다는 두려움. 게다가 배가 고플 때마다 먹기 시작했다가 멈추지 못하면 어쩔 것인가.

불안하다. 차분하게 치유를 주제로 글을 쓰려고 런던의 국립도서관 구석에 자리 잡았건만, 머릿속에서 질문이 끊이지 않는다. 아침 메뉴로 지정한 초콜릿을 먹은 지 세 시간밖에 안 됐는데

 하루에 사과 하나

또 먹어야 하는 걸까? 이게 정상일까? 남들은 얼마나 자주 배가 고플까? 나는 도서관을 나서, 반짝반짝 빛나는 신설 세인트 팬크라스 역 방향으로 5분 정도 걸어간다. 웃고 떠들고 뭔가를 먹어가며 어슬렁거리는 관광객 무리를 뒤로하고, 막스 앤 스펜서로 슬그머니 들어갔다. 미칠 듯한 허기에 당황스럽다.

나는 음식에 관한 한 문외한에 가깝다. 모든 게 너무 복잡하게 느껴진다. 진열대를 뚫어져라 쳐다보며 내가 뭣 때문에 이렇게 배가 고픈지 열심히 파고들어 본다. 다들 자신의 몸에 귀를 기울여보라고 하지 않는가. 하지만 뭘 먹으면 이 식탐을 달랠 수 있을지 모르겠다. 달걀과 물냉이를 넣은 샌드위치? 페스토 소스? 소금과 식초를 친 감자칩? 나는 가만히 있지 못하고 이 통로, 저 통로를 기웃거리는 걸신들린 대량학살자가 된 듯한 심정이다. 감자칩은 절대 못 먹는다. 그럼 파스타 샐러드?

결국 발길이 머문 곳은 낯익은 사냥터인 과일과 채소 코너다. 나는 점심용으로 사과를, 나중에 먹을 간식용으로 포도를 사고, 꾸르륵꾸르륵 난리가 난 뱃속을 달래며 가게를 나선다. 샌드위치를 샀어야 하는 것이었을지 모르겠지만, 달걀을 피한 지 몇 년째다(무정란일지라도 육식의 범주에 들어가니까). 게다가 살펴본 샌드위치나 샐러드마다 마요네즈 범벅인 듯하고, 버터까지 들어 있을지 모른다. 내 안에서 입을 쩍쩍 벌리는 이 구멍의 정체는 무엇일까?

나도 앞뒤가 안 맞는다는 걸 안다. 위가 줄어서 조금만 먹어도 속이 거북하다고 해놓고, 아무리 먹어도 허기를 달랠 수가 없다니. 앙상한 몸과 비대한 두뇌와 걸신들린 빈 속, 이것이 거식증의 모순이다.

이론상으로는 이해가 된다. 약간의 음식이 식욕을 자극한 것이다. 아무것도 먹지 않으면 위는 포기한다. 나는 정상적인 식욕이 되돌아왔을 뿐이다. 그렇다면 기계―식욕과 바라건대 신진대사까지―가 삐걱삐걱 다시 돌아가기 시작했다는 데 기뻐해야 마땅하다. 하지만 나는 예전부터 탐욕스럽고 요구사항이 많으며 만족할 줄 모르는 사람이 될까 봐 두려운 마음이 항상 있었다. 그런데 요즘 식욕이 주체할 수 없이 용솟음치고 있다. 솔직히 굶는 게 더 쉬웠다.

거식증을 치유하기 어려운 또 다른 이유가 바로 그것이다. 알코올이나 약물 같은 다른 중독은 '하지 않는' 게 관건이다. 중독된 대상을 피하는 게 첫 단계다. 회피, 절제, 이런 개념들은 이해가 된다. 욕구를 부인하고, 어느 날부터 딱 끊고, 내게 아무것도 허락하지 않는 것이 나의 주특기다. 그런데 거식증은 간단한 지침이 없다. 앞에서도 이야기했던 것처럼 거식증을 고치려면 뭘 끊는 게 아니라 시작해야 한다. 담배를 끊었을 때도 힘들기는 했다. 니코틴 생각이 간절하던 처음 며칠 동안에는 초인적인 의지를 발휘해가며 안간힘을 썼다. (금연에 성공한 사람들이 만인 앞에서 종종 짚고 넘어가는 것처럼) '헤로인보다 더 중독성이 강하다'는 담

  하루에 사과 하나

배를 끊었을 때 얼마나 뿌듯했는지. 그런데 이제 보니 거식증 극복에 비하면 그건 아무것도 아니다. 아예 안 먹는 것도 안 되고, 무작정 먹어대는 것도 안 된다니.

남들은 무슨 수로 폭식과 비만의 나락으로 떨어지지 않고 식욕을 조절하는 걸까? 다른 사람들의 식생활은 어떤 식일까? 가까운 친구들이나 가족들과 몇 달 동안 의견을 주고받았건만 제대로 물어보질 못한 것 같다. 나는 귀가 따갑도록 들었던 조언(손을 내밀고 도움을 청하라)을 실천에 옮겨 가까운 이들에게 이 식욕을 어떤 식으로 다스리면 좋겠느냐고 묻기로 결심한다. 인터넷 창을 켜서 이메일을 보내기 시작한다.

가장 먼저 답장을 보낸 사람은 앨리슨 이모다. 이모와 키스 이모부는 웨일스에서 가까운 브리지노스에 살기 때문에 자주 못 만나지만, 내가 어렸을 때부터 가깝게 지냈고 요즘 들어 부쩍 더 친해졌다.

배가 고프다고? 듣던 중 반가운 소리네. 멋지다, 엠! 네 몸이 보내는 신호를 감지하고 있다니 기쁘다. 당연히 배가 고플 수밖에. 충분히 먹질 않으니까 뇌에서 메시지를 보내는 거야.

네가 지금 뭘 얼마나 먹는지, 어떤 음식에 대해 어떤 생각인지 모르는 상황이라 실질적인 충고를 해주기가 어렵구나. 많이 먹는 데 익숙지 않은 데다 스트레스도 엄청나니 속이 쉽게 뒤집힐 거야. 내가 정말 배가 고플 때 탄수화물이 들어가고 자극적이지 않은 추억의 음식으로 뭘 먹는지 생각해봐야겠다. 포리지* 먹어봤니? 나는 그게 엄청난 추억의 음식인데. 예전에 할아버지가 겨울이면 아침에 커다란 냄비에다 그걸 끓여놓고 우리 먹으라고 스토브 위에 놓아두셨거든. 신기하게도 너희 이모부가 요즘 들어 레이번**에다 포리지를 만들기 시작했지 뭐니! 맛있는 빵은 어떨까? 너무 부담스럽지 않고, 무표백 밀가루로 만든 빵. 토스트도 내 추억의 음식이야, 수프도! 그런데 먹고 싶은 대로 먹고 건강 걱정은 나중에 하라는 게 가장 좋은 충고가 아닐까 싶다. 솔직히 몇 개월 동안 불균형한 식생활을 한다고 한들 문제될 것 없거든.

나는 포리지, 토스트, '추억의 음식'이라는 생경한 단어에 대해 한참 동안 열심히 생각한다. 내게도 추억의 음식이 있을까? 그 사이 스위스에 사는 친구 선레이의 이메일이 날아든다. 우리는 BBC 건강 게시판을 통해 알게 되었는데, 익명성과 친근감이

* 오트밀에 물이나 우유를 넣고 끓인 죽
** 영국의 가스레인지 및 오븐 브랜드명

                                         하루에 사과 하나

라는 인터넷의 희한한 조합 덕분에 처음부터 서로에게 솔직할 수 있었던 것 같다. 나는 음식에 대해, 그녀는 임신에 대해. 그녀는 오랜 노력 끝에 아들 둘을 연거푸 낳았다. 온라인에서 쓰는 닉네임처럼 선레이*는 낙천주의의 상징이다. 우는 소리를 한 번도 들어본 적이 없는 것 같다.

뻔한 충고처럼 들릴지 몰라도 배가 고프면 유일한 해결책은 먹는 것뿐이에요! 당신은 아직 저체중이잖아요. 월경도 아직 돌아오지 않았고. 그런 단계에서 '뚱보가 될' 걱정을 하면 안 되죠. '건강해질' 생각을 해야지. 비만 근처에 가지 않아도 '건강'해질 수 있어요.

단백질 식품이 속을 채우는 데에는 환상적이고 건강에도 좋아요. 브라질 호두는 공복에 쓰린 속을 달랠 때 좋고요. 하지만 두세 개 먹고 끝내면 안 돼요, 알았죠? 치즈도 보석 같은 음식이에요, 땅콩버터도 그렇고. 생각만 해도 몸서리가 쳐질지 모르겠지만, 이제 당신 몸이 제대로 배고파하는 법을(쫄쫄 굶어서 배고파하는 게 아니라 건강하게 배고파하는 법을) 배워나가고 있으니 응원해야죠.

허기에 '굴복'하는 게 얼마나 두려울지 짐작이 가고도 남지만,

---

* 선레이(Sunray)는 '태양광선'이라는 뜻이다.

그래야 거식증을 극복할 수 있고 당신이 원하는 아이에게로 한 걸음 더 다가갈 수 있다는 걸 잊지 마요.

평범한 사람들은 뭘 먹느냐고요? 나는 하루 세끼 푸짐하게 차려 먹고 두세 번 간식을 먹어요. 콘플레이크와 아마씨 한 그릇, 떡(6~7 조각), 사과, 토마토 모차렐라 샌드위치(먹기 불편할 만큼 큼직한 걸로!), 옥수수 과자, 혼합 견과류 몇 줌, 그런 다음 푸짐한 저녁. 두 그릇 먹을 때도 많아요! 그 정도는 먹어야 허기도 달랠 수 있고 두 아들을 돌볼 만한 기운이 생기거든요. 사람마다 다르지만, 그 정도는 먹어야 건강한 체중을 유지하면서 아이들을 키울 수 있어요.

임신했을 때 관심을 기울여야 할 부분을 몇 가지 소개하자면:

－저체중일수록 몸무게를 많이 늘려야 산모도 건강하고 아이도 건강할 수 있어요. 과체중이면 조금만 늘려도 되지만, 저체중이면 임신했을 때 과감하게 코끼리만큼 먹어야 해요! 예를 들어 나는 첫째를 임신했을 때 거의 30킬로그램이 쪘어요. 맞아요, 30킬로그램! 솔직히 몸무게가 느는 게 얼마나 기분 좋았는지 몰라요. 돼지처럼 먹어대는 것도 좋았고요! 그 시기를 마음껏 즐기자는 생각이었는데 그러길 다행이에요 ;-) 덕분에 아이를 낳은 뒤에도 비축된 지방이 많아서 절실히 필요하던 에너지를 충당할 수 있었죠.

－안 했으면 좋겠지만, 입덧을 할 경우에 대비해야 해요. 나는

다행히 입덧이 심하지 않아서 평소처럼 먹을 수 있었어요. 하지만 입덧으로 고생하느라 초기에 살이 빠지는 임산부들이 많아요. 앞으로 들이닥칠지 모르는 입덧에 대처하려면 지방이 충분히 있어야 해요.

남들처럼 먹어보니 어때요? 음식이 당신의 인생을 좌우하지 못하게만 하면 돼요. 음식은 즐기라고 있는 거지, 스트레스 받으라고 있는 게 아니잖아요. 지금은 양과 질을 고민할 때예요(지방과 단백질이 많은 음식으로!). '뚱보가 될' 걱정은 하지 마요. 아직은 살이 찌고 싶어도 불가능하니까. 몸 건강히 지내길 바랄게요.

여동생 앨리스에게도 이메일을 보낸다. 평소에는 고민이 생겨도 당장 여동생을 찾지는 않는다. 그녀의 충고를 무시해서가 아니라 그녀도 극복해야 할 건강상의 문제가 있기 때문이다. 앨리스의 문제는 ME, 즉 만성 피로 증후군이라고도 하는 근육통성 뇌척수염이다. 대학을 졸업한 이래 몇 년째 그 병을 앓고 있다. 처음에는 증상이 독감처럼 가벼워서 정상적인 생활을 할 수 있었다. 대학을 졸업한 뒤 이탈리아로 건너가 잘생긴 이탈리아 남자들을 잇달아 사귀며 로마와 런던에서 다양한 일을 했다. 그런데 지난 5년 새 훨씬 심해졌다. 우리 가족들에게 그 병은 수수께끼와 같다. 돕고 싶은데 방법을 알 수가 없는 것이다. 의학계에서도 ME의 실체를 놓고 의견이 엇갈리고—바이러스 질환이라고도 하고, 자기면역체계가 자기 몸을 공격하는 거라고도 하고, 심리적인 질환이라고도 한다—치료법도 없다. 내 주변 사람들이 거식증에 대해 아무 도움도 못 주는 무용지물이 된 기분을 느끼는 것처럼 나도 앨리스와 ME를 생각하면 그런 심정이다. 내가 도울 방법이 있었으면 좋겠다.

앨과 나는 여러모로 형제들 중에서 가장 가깝다. 터울도 적고(불과 20개월 차이다) 여러 면에서 비슷하다. 그녀가 전화기에 남긴 메시지를 들으면 내 목소리를 듣는 것 같고, 좋아하는 옷과 화장법도 같다(그리고 아침에 일어나면 머리에 까치집이 들어앉아 있는 것도). 십대 시절에는 늘 붙어 다니며 부모님 몰래 데이트도 하고 밤에 신나게 놀기도 했는데, 지금은 그때에 비하면 훨씬 얌전해졌지만 그래도 가끔 칵테일 한 잔 정도는 언제든지 마실 수 있다. 우리는 사고방식도 비슷하다. 그래서 이 상황에 앨이 어떤 반응을 보일지 본능적으로 짐작이 된다.

앨은 배가 고프면 어떻게 하느냐고 묻는 내 이메일에 이런 답장을 보낸다.

언니, 내가 보기에는 오랫동안 억눌렸던 정상적인 식욕이 되돌아온 것 같은데? 건강하고 자연스러운 현상이야. 언니도 알다시피 나는 약물 치료를 받으면 배가 엄청 고파지는데, 기름기

하루에 사과 하나

없는 단백질이나 채소, 파스타, 귀리, 그런 것들을 많이 먹으려
고 노력해. 하루에 세끼씩 제대로 챙겨 먹으면서 아보카도처럼
몸에 좋은 지방과 비네그레트* 드레싱을 곁들인 맛있는 샐러드
를 먹으면 좋지. 음식 일기나 뭐 그런 걸 써보면 어떨까? 멈출
수 없을까 봐 걱정하는 언니의 심정은 잘 알지만, 언니의 몸에
'길잡이' 역할을 맡기면 얼마나 먹으면 되는지 가르쳐줄 거야.
자꾸 벌을 주지 말고 언니 자신과 친구가 되는 게 관건이지. 하
룻밤 새 뚱보가 되지는 않아. 몇 년 동안 과식을 해야 살이 찌
는 거야. 사랑과 배려를 담아서 잘 챙겨 먹으면 언니가 느끼는
두려움을 없애는 데 도움이 될 거야. 조절하면서 몸무게를 늘
릴 수 있어!

이런 도움을 받을 수 있다니 나는 정말 운이 좋다는 생각이
들지만, 또 한편으로는 감당이 안 되고 수치스럽다. 외부 세계를
거부하고, 타인이나 타인이 만들어준 음식 없이 독립적인 인간으
로 사는 것이 10여 년 동안 지속된 거식증의 골자였건만. 그런데
이렇게 간단한 문제를 가지고 조언을 청하는 신세로 전락하다니
이 얼마나 아이러니한 일인가. 나는 다 잘 될 거라고 옆에서 계속
안심시켜주어야 한다. 한심하다. 어린애 같다.

* 식초와 기름을 섞은 후, 허브 후추 머스터드 등을 첨가한 소스

게다가 치유의 과정이 정말 변덕스럽다. 방파제가 쌓이는가 하면 어느 순간 확 하니 수문이 열린다. 마음의 문이 꾹 닫혔다 금세 무너진다. 나도 모든 사람들의 충고를 따르고 싶다. 톰의 말을 믿고 싶다. "과정의 일부일 뿐이야, 엠. 몇 개월만 견디면 이 시기가 지나가고 당신은 다시 강해질 거야. 계속 먹으면 다 잘 될 거야." 아니, 나는 강하지 않다. 나약한 사람이다. 그러니까 모두의 충고를 읽고 실천에 옮겨봐야겠다. 자연스럽게 균형이 생길 거라고, 늘 이렇게 좌충우돌하지는 않을 거라고 믿어야겠다. 하지만 뱃속에서 사자 한 마리가 배고프다고 계속 으르렁거린다. 뭣 때문에 배가 고픈지도 모르겠다. 어쩌면, 정말 어쩌면 음식과는 전혀 상관없이 배가 고픈 것일지도 모르겠다.

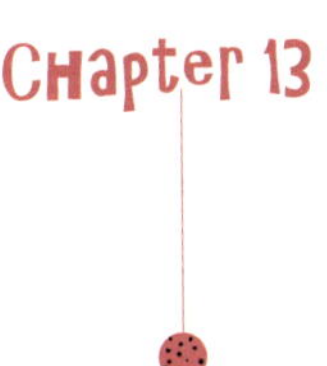

Chapter 13

고마워, 톰

나는 톰을 만나기 한참 전에도 여러 번 치유를 시도했다. 하지만 번번이 물거품으로 돌아갔다. 그 당시에는 승진이나 하프마라톤 훈련, 헤어진 남자친구, 새 욕실이 더 중요하게 느껴졌다. 나을 마음이 없었으니 뭐든 핑계가 될 수 있었다. 그리고 두려움이 한가득했다. 어찌어찌 1.5킬로그램이 찌면 겁에 질려 다시 2.5킬로그램을 빼는 식이었다. 하지만 지금은 다르다. 지금은 나아야 한다는 걸 알겠다. 거식증으로 점철된 인생은 사는 게 아니라는 것을, 건강과 아이와 사랑이 중요하다는 것을 알겠다. 나는 날마다 자기 자신과 싸울 필요가 없다는 것을 깨달아가는 중이다. 그리고 언젠가는 케이크가 즐거운 간식이 될 수 있다는 것도.

하지만 톰을 만나기 전에는 전혀 몰랐다. 나을 수 있다고 믿

지 않았다. 거식증은 내 삶에 가장 막강한 영향력을 행사했지만
(지금도 마찬가지다), 톰을 만나기 전에는 그걸 걸고넘어질 강력한
이유가 없었다. 그래서 톰에게 고맙다고 말하고 싶다.

- (베이컨 샌드위치를 얼른 해치우고 샤워도 건너뛴 채 길을 나서고 싶
  었을 텐데) 아침이면 우아하게 자른 과일 접시와 은 커피포트를
  쟁반에 담아서 호텔 객실까지 숱하게 가져다줘서 고마워.

- 당신이 쓰는 것과 똑같은데 색깔만 무지개 색으로 다른 몰스
  킨 수첩을 한 세트 선물해줘서 고마워. 그 수첩을 들고 다니니
  까 명실상부한 기자가 된 것 같더라. 그리고 수첩을 선물 받은
  바로 다음 날, 「하퍼스 바자」에서 연락이 왔잖아.

- 내 숟가락 집착증을 이해해줘서 고마워. 나를 만난 뒤로 당신
  식기 세트와 어울리지도 않는 조그만 은수저가 부엌 서랍에서
  수시로 튀어나오는데도 이해해줘서 고마워.

- 가끔 아침에는 베이컨과 소시지를, 점심에는 닭고기 아니면 칠
  면조 고기를, 저녁에는 스테이크를 먹는 식성으로 나를 깜짝
  놀라게 해줘서 고마워. 하루 새 그렇게 다양한 고기를 해치우
  다니…….

- 내가 또 술을 끊을 때마다 저녁에 내리는 비를 뚫고 길모퉁이
  세인즈베리스에서 슬림라인 토닉 워터를 사다줘서 고마워(평계
  김에 와인을 한 병 더 사오려는 속셈인 걸 우리 둘 다 알지만).

하루에 사과 하나

• 슬라우*가 됐건 코번트리*가 됐건 내가 따라나서지 않은 여행
지마다 엽서를 보내줘서 고마워(집배원이 내 정체를 의심할 거야).
그 매일 뉴스를 통해 날씨와 정신 나간 호텔 여주인과 저녁 메
뉴를 집요하게 알려줘서 고마워.

• 장크트모리츠**에 갔을 때 저녁에 호텔에서 룸서비스로 박하차
를 주문하고는 중년의 위기감이 무엇인지 살짝 보여줘서 고마
워. "이게 무슨 짓이람? 내가 어쩌다 이렇게 됐지? 마흔을 목전
에 두고, 목욕 가운을 입은 채 박하차를 홀짝이다니!" 우리 둘
다 하마터면 배꼽이 빠질 뻔했잖아.

• 「스텔라」, 「스타일」, 「유」 잡지는 물론이고 매주 배달되는 수많
은 일요일 자 신문에 실린 서평 기사를 꼬박꼬박 챙겨줘서 고
마워.

• 당신 작업실과 복도를 사이에 두고 마주 보는 방에 내 작업실
을 만들어줘서 고마워. 골프채와 크리켓 장비를 치우고 작가의
방으로 만들어주었지(당신 부모님한테 물려받은, 초록색 천이 깔린
카드 테이블에서 글을 쓰면 흔들리기는 하지만).

• 헬베이***로 여행 가자고, 제대로 된 책상을 사주겠다고, 침대
겸용 소파를 놓겠다고 약속해줘서 고마워. 여자들은 손꼽아

* 영국의 마을
** 스위스의 마을
*** 영국 실리 제도에 위치한 최고급 휴양 호텔

기다릴 거리가 있어야 하거든, 알지?

- 특유의 특권 의식을 언뜻언뜻 내비쳐줘서 고마워. 이런 터무니 없는 발언들 말이야. "침실이 손바닥만 해서 좀 더 넓은 데로 이사 가야겠어." "부모님 댁에 놀러갔는데 치킨 파이만 주시더라." "옥스퍼드에 다닐 수도 있었는데, 면접관이 나를 싫어하는 바람에⋯⋯."

- 길모퉁이 세탁소에 셔츠 다림질까지 전문적으로 맡겨줘서 고마워. 돈 낭비이기는 하지만, 나한테 절대 부탁하지 않으니까 내심 좋긴 하더라.

- 비행기를 같이 타줘서, 괴로운 장기 비행을 견딜 수 있게 도와 줘서(혹은 레드와인 과다 흡입으로 정신을 잃어줘서), '엔진 이상'으로 시카고, 뉴펀들랜드, 보스턴을 거쳐 마침내 런던에 도착하기까지 3일 동안 공항 신세를 졌을 때 함께해줘서 고마워.

- 보들보들한 운동복 바지와 양초와 마사지 오일을 늘 챙겨줘서 고마워. 어딜 가든 아늑하게 지낼 수 있게 배려해줘서, 따뜻하게 지낼 수 있게 신경써줘서, 제대로 된 헤어 린스를 찾느라 애버리스트위스 전역을 들쑤셔줘서 고마워.

- 내 위생 관념을 이해해줘서, 나와 같이 지낼 때는 (거의) 날마다 샤워해줘서 고마워. 하루에도 몇 번씩 샤워나 목욕을 해야 하는 나를 인정해줘서 고마워. 지하철로 퇴근한 뒤 손부터 먼저 씻고 나를 안아줘서 고마워. 공공장소에서는 내가 손을 자

주 씻을 수밖에 없다는 걸 이해해줘서 고마워.

• 그리고 소파나 침대나 의자에 런던 지하철의 먼지가 묻지 않게 깨끗하고 '반듯한' 청바지로 갈아입어줘서 고마워.

• 작년 크리스마스 때 당신의 건강한 구강을 위해 선물한 전자동 칫솔을 좋아하는 척해줘서 고마워. 심지어 가끔 각질 제거제로 세수까지 해줘서 고마워.

• 내가 거의 실성 직전에 이를 때마다 내가 이 세상에서 가장 좋아하는, 나의 유일무이한 렌 모로칸 로즈 오토 오일을 풀고, 딱 알맞은 온도로 욕조에 물을 받아줘서 고마워.

• 아침에 일어났을 때 산발한 내 머리를 견뎌줘서, 내가 당신 까치집을 보고 웃어도 아무 반응을 보이지 않아줘서 고마워. 머리 상태가 이렇게 심각한 두 사람이 아이를 낳아도 되는 걸까?

• 프라이버시와 독립에 병적으로 집착하고, 누군가의 소유가 되는 것을 끔찍하게 여기는 나를 (대충) 견뎌줘서 고마워. 남한테 의지하는 데 영 젬병인 나이지만, 배워나가고 있어.

• 보석 선물 고마워.

－안트베르펜에서 사준 다이아몬드 귀걸이(나를 기차역에 내려주자마자 가게 주인과 한 판 붙었지).

－우리가 2주 동안 헤어졌을 때 빈트후크에서 사다준 자수정 드롭(drop) 귀걸이. 그때 당신은 지붕이 없는 지프를 타고 눈물을 흘리며 나미비아를 돌아다니다, 사무실에 앉아서 어떻게든 수

습하려고 애를 쓰는 나에게 사막에서 눈물로 얼룩진 편지와
횡설수설하는 이메일을 보냈지.

- 은으로 만든 티파니 빈(bean) 목걸이. 우리 기념일 때 바베이도
  스에서, 진짜 티파니 상자를 하얀 리본이 달린 청록색 종이가
  방 안에 담아서 선물했잖아.
- 가장 마음에 들었던 선물은 조그만 돌멩이처럼 반짝이던 컬럼
  비아의 초록색 에메랄드. 수상한 그 동네 사람들과 뒷방에서
  쑥덕쑥덕 흥정을 벌였잖아.
- 전 세계 레너드 코헨 콘서트에 같이 가줘서, 그의 음악을 거
  의 나만큼 사랑해줘서 고마워⋯⋯. 「The Essential Leonard
  Cohen」 음반만 한 5천 번쯤 들었지?
- 크라쿠프* 욕실에서 넘어져 뺨이 찢어졌을 때 나를 구해줘서
  고마워. 구급차를 부르고, 내가 응급실에 있는 동안 대기실에
  서 기다리고, 폴란드 의사가 마취도 하지 않은 채 뺨을 꿰맸을
  때 내 손을 정말 꽉 잡아줘서 고마워.
- 티끌 하나 없이 깨끗한 당신 집 현관에 기름과 타이어 자국을
  남긴다고 버럭버럭하지 않아줘서 고마워. 계단 위로 자전거를
  옮길 때 벽을 안 건드릴 방법이 없거든. 나중에 페인트 다시 칠
  해줄게. 약속.

* 폴란드의 도시

  하루에 사과 하나

• 어젯밤에 잠이 안 와서 당신을 깨웠을 때 짜증내지 않고, 나를 안아주며 말도 안 되는 이야기를 들려줘서 고마워. 새벽 2시부터 5시까지 잠을 못 자는 동안 함께 계획을 세우고, 책을 만들고, 여행을 구상해줘서 고마워. 밤마다 나눈 이야기들 고마워, 톰.

CHapter 14

정상인이 되어간다는 것

8월의 첫날, 난소 정밀검사를 받는 날이다. 몇 개월 전에 예약한 검사인데, 희소식을 들을 수 있었으면 좋겠다. 거의 3년 전에 마지막으로 검사를 받았을 때는 우성 난포가 전혀 안 보였다. 그러니까 난자가 성숙되지 않아서 배란이 되지 않았고, 그렇기에 월경도 없고 임신도 안 됐다는 뜻이다. 배란유도제 클로미펜의 복용 가능성을 완전히 배제하지는 않았지만, 자연스러운 체중 증가가 월경을 되살리기에 가장 안전한 방법이라는 건 나도 안다.

정밀검사—정확한 명칭은 '복부 및 질 초음파'다—를 받아야 생식기관에서 무슨 일이 벌어지고 있는지 확실히 알 수 있다. 체중을 늘리려고 노력을 기울인 뒤에 맞은 오늘이 결정적인 순간처럼 느껴진다. 희망과 비관이 교차한다. 낙관적일 때는 내가 일

취월장하고 있다고 스스로 되뇐다. 몸에 좋고 영양이 풍부한 음식을 먹고 있고, 운동도 줄였고, 다 잘하고 있다고 말이다. 내 몸은 적응력이 뛰어나니까 이에 반응해 건강을 회복할 것이다. 모든 게 자연의 순리대로 될 것이다. 나는 심지어 예전 같으면 자전거를 타고 돌아다녔을 시간에 잠깐 백일몽도 허락한다. 이제 임신할 수 있게 됐는데 모르고 있는 건 아닐까? 이미 임신이 된 건 아닐까? 나는 전문가들이 했던 말을 기억하고 있다. 월경이 없어도 임신이 가능하다고 했다. 하지만 긍정적인 생각에 비해 부정적인 생각이 훨씬 더 많다. 나는 가끔 고장 난 음반처럼 엄마에게, 톰에게 똑같은 질문을 반복한다. "그런데 왜 아무 변화도 없는 걸까?"

내 걱정은 바다를 채우고도 남을 정도다. 체중을 늘렸는데도 아무 효과가 없으면 어떻게 해야 할까? 거식증 때문에 내 몸이 영영 망가졌을 수도 있을까? 「히트」 잡지를 보면 항상 이런 기사가 등장한다. '나는 속성 다이어트 때문에 불임이 됐다.' 비과학적이고 선정적인 기사지만 걱정이 된다. 내 난소가 영영 마비돼버렸으면 어떻게 해야 할까? 솔직히 지금 단계에서는 대안이 없다. 톰과 나는 입양이나 난자 기증이나 대리모에 대해서 한 번도 의논한 적이 없다. 그런 이야기를 하기에는 너무 이르다. 지금 당장은 정밀검사에 모든 희망을 걸고 있다.

얼마나 긴장되는지 어느 누구에게도, 심지어 톰에게도 고백하지 않는다. 믿는 종교가 있었더라면 무릎을 꿇고 기도했을 텐데, 대신 걱정하다 기대하다 다시 조금 더 걱정한다. 지난주에는 두려운 마음에 로빈슨 박사님에게 이메일을 보냈다가 이렇게 든든하고 과학적인 답장을 받았다.

지방이 충분하다는 걸 감지하면 몸이 알아서 작동할 거예요. 그게 BMI 19일 수도 있고, 21일 수도 있고, 심지어 23일 수도 있어요. 보통은 BMI 22쯤 되면 변화가 생기죠. 그리고 초음파 검사에 대해 설명하자면 총 세 개의 시기로 나뉘어요. 1기: 난소가 작고 그 안에서 보이는 게 거의 없는 시기. 2기(다난포기): 난소가 커지고 지름 5밀리미터 정도로 크기가 거의 일정한 난포로 가득한 시기. 3기: 우성 난포가 지름 16~18밀리미터 정도로 크게 자라서 체중과 영양공급이 정상일 경우 배란이 되는 시기. 배란이 되고 14일이 지나면 월경이 시작되죠(임신이 되지 않았을 경우). 그러니까 뒤쪽으로 갈수록 배란이 될 가능성이 높아지는 거예요.

여기까지는 좋다. 논리적으로 완벽하다. 그런데 한 가지 함정이 있다면 로빈슨 박사님이 늘 지적하다시피 문제가 그렇게 간단하지 않다는 것이다.

BMI가 건강할수록 배란이 될 가능성이 높아지죠…… 하지만 체중과 배란이 완벽하게 일치하지는 않아요. 인체가 매사 분명하게 흑 아니면 백으로 나뉘지는 않으니까요. 정밀검사를 받으면 불안감이 해소될지 몰라도 체중을 더 늘려야 한다는 결론이 내려질 공산이 커요.

체중을 더 늘려야 한다고? 무슨 수로?

맨 마지막 줄에 내가 알고 싶던 정보가 들어 있다. 지금까지 같은 질문을 숱하게 반복했지만, 대답을 들을 때마다 힘이 난다.

거식증을 앓았던 여성 환자들의 경우 건강을 회복하면 대부분 생식능력이 복구되고 정상적으로 임신이 가능해요. 그리고 한 가지 더, 초음파 검사를 하면서 자궁 내벽 이야기가 나올지 몰라요. 거식증 환자들의 경우 자궁 내벽이 아주 얇은데, 체중이 늘면 두터워지거든요……

인체라는 기계가 이런 식으로 알아서 눈금을 조정하다니 신기하고 짜증이 나면서 조금은 황홀하다. 밖으로 드러나지 않는 이 모든 계산과 세포 간의 교환을 생각해보라. 체지방이 너무 줄고 호르몬 수치가 떨어지면 난자가 성숙하지 않고, 자궁 내벽이 얇아진다. 굶으면 정당한 이유에서 자궁이 아이가 자랄 수 없는

   하루에 사과 하나

환경으로 바뀐다. 그런데도 다른 부분은 계속 돌아간다. 심장은 피를 뿜어내고, 폐는 숨을 쉬고, 뇌는 비틀비틀 돌아간다. 주인이 먹지 않고 보살피지 않고 쉬지 않아도 여러 복잡한 기관들의 상호작용으로 기계의 주요 기능을 유지한다.

만약 이번 가뭄이 끝나면 나는 두 번 다시 월경을 당연하게 생각하지 않을 것이다.

⠰

드디어 오랫동안 기다려온 정밀검사. 햇볕이 쨍쨍하다 한 시간 만에 갑자기 천둥과 함께 폭우가 쏟아지고 런던의 잿빛 하늘 사이로 기묘한 빛줄기가 비치는, 대기가 불안정한 늦여름의 어느 수요일 오후다. 나는 벨사이즈 공원 전철역 앞에서 톰을 만나 로열프리병원까지 같이 걸어간다. 식이장애 병동을 들락거렸던 병원을 다시 찾으려니 기분이 묘하다. 얼마 전에 100만 파운드를 들여 새 단장을 한 뒤라 외관이 달라졌지만, 고통스럽고 추웠던 8년 동안의 기억이 생생하게 되살아난다. '성인정신과, 3층'이라고 적힌 표지판 앞을 지나도 톰에게 아무 내색 하지 않는다.

티끌 하나 없이 깨끗한 신축 대기실에서(임산부들로 그득하다) 우리는 손을 잡고 일, 날씨, 주말 이야기를 도란도란 나누지만, 정밀검사에 대해서는 일언반구도 하지 않는다. 나는 긴장으로 속이 울렁거려서 무슨 소리인지 귀에 들어오지도 않는다. 예약 시간이 몇 분쯤 지났을 때 초음파 기사가 접수처로 나타나 내 이름을 부른다. 톰이 내 손을 꼭 잡아주고, 나는 그녀를 따라 초음파실로 들어간다.

그녀는 어쩐 일로 왔으며 병력은 어떻게 되는지 간단하게 묻고 나서 옷을 벗고 침대에 누우라고 한다. 검사가 유쾌하지는 않지만, 아프지도 않다. 검경 대신 조그만 카메라가 동원됐을 뿐, 자궁경부암 검사와 비슷하다. 바츠의과대 학생이었던 예전 남자친구가 했던 말이 생각난다. "내진한다고 당황할 것 없어. 의사들은 온갖 부류의 사람들을 검진하거든. 씻지 않은 노숙자, 옷에다 실례한 부랑자……. 의사들은 늘 하는 일이라 걱정하지 않으니까 너도 걱정할 필요 없어." 그 충고를 떠올리면 늘 웃음이 나온다. 오늘, 초음파실 안에서 나는 불편한 심기나 굴욕 따위에는 신경 쓰지 않는다. 내 몸속에서 어떤 일이 벌어지고 있는지 알고 싶은 마음만 간절하다.

이 자리에서 밝히건대, 검사를 받는 날까지 손꼽아 기다리기는 했지만 당장 결과를 들을 수 있을 거라고 생각하지는 않았다. 초음파 기사가 꼼꼼히 살피고 알맞은 영상을 캡처해서 지난번처럼 내 주치의에게 보고하겠거니 생각했다. 그런데 하얀색 가운 위로 히잡을 쓴 이 중년 여성은 상당히 말이 많고 적극적이다. 당혹스러운 자세로 침대 위에 누워서 꼬치꼬치 물어보는 나를 재미있어 하며 즐겁게 답변을 해준다. 배란이 됐으면 알려줄 수 있나요? 아뇨. 만약 내가 임신을 했으면 초음파 검사로 알 수 있나요? 네. 여기저기 꼼꼼히 살펴봐주실래요? 그럴게요. 제 주치의가 언제쯤 완벽한 결과를 받아볼 수 있나요? 7일에서 10일 후요.

침대 위 화면 위로 흑백이 소용돌이치는 영상이 떠오른다. "자……." 그녀가 영상에 집중한다. "좋네요. 정상적이에요. 내가 일주일 내내 날마다 보는 영상과 정확히 일치해요. 모든 게 건강해 보이네요." 내가 제대로 들은 걸까? 나는 그녀에게 다시 한 번만 더 얘기해달라고 한다. "모든 게 완벽하게 정상적으로 보여요." 그녀의 침착한 목소리를 들으며 화면을 올려다보는데, 문득 정신을 차리고 보니 내가 눈물을 참고 있다. 처음에는 안도의 눈물이고, 그다음에는 기쁨의 눈물이다.

그녀는 내 몸속으로 삽입한 카메라를 움직이며 내 배를 살짝 누른다. 그러더니 까만 점들을 가리킨다. 배란될 준비를 마친 난자들이다. "보세요, 울프 양. 왼쪽과 오른쪽 난소에 우성 난포들이 아주 많죠? 자궁 내막도 상태가 아주 좋고, 아무 문제도 없네요." 그녀는 나를 보며 웃는다. "아이를 가지려고 노력하는 부분에 대해서는 내가 뭐라고 말할 입장이 못 되지만, 구조적으로는 모든 게 완벽해요." 나는 말문이 막힌다. 행복해서 날아갈 것 같다. 월경을 하지 않는 이유에 대해서 묻자 그녀는 두 가지 가능성을 제시한다. 하나, 체중을 조금 더 늘리면 월경이 시작될지 모른다. 둘, 클로미펜을 복용한다.

　우리는 그 뒤로도 조금 더 대화를 나누고, 그녀는 가능한 한 빨리 보고서를 발송하겠다고 말한다. 나는 청바지를 입고 거의 춤을 추며 대기실로 향한다. 톰은 「타임스」 스포츠 란에 푹 빠져 있다가 나를 보고 깜짝 놀란다. 그렇게 금세 끝날 줄 몰랐던 것이다. "뭐래?" 그가 걱정하는 얼굴로 묻지만, 나는 대답을 하지 못한다. 대신 그의 손을 잡고 회전문을 지나 주차장에 다다른 다음에서야 이 멋진 소식을 전한다. 모든 게 정상이라고, 난자가 아주 많다고, 아직 게임이 끝나지 않았다고.

　빗줄기가 굵어졌지만 나는 톰과 부둥켜안느라 알아차리지도 못한다. 내가 아이를 갖는 것에 일말의 의구심을 품었더라도 톰의 미소를 보는 순간 모두 사라진다. 우리는 마침내 진정하고, 손을 잡고 미래에 대해 이야기하며 전철역으로 걸어간다. 아, 여자들이 12주에 초음파 검사를 받고 눈물 바람을 하는 이유를 알겠다. 나는 아직 임신 전인데도 감정을 주체하지 못하겠다. 새로운 시작인 것처럼 느껴진다.

⁂

　톰의 아파트로 돌아갔을 때 그가 자축의 만찬을 준비하겠다고 선포한다. 내가 새로 산 연청록색 원피스를 입고 촛불을 켜고

　　　　　　　　　　　　　　　　　　하루에 사과 하나

샴페인을 따는 동안 톰은 주방장 놀이를 한다. 부엌을 난장판으로 만들어가며 '뜨거운 불 위에서 즐겁게 낑낑대고', 레드와인을 몇 잔씩 벌컥벌컥 마신다. 톰은 나를 푸에르토리코 아가씨라고 부른다. 내가 움직일 때마다 몇 주 전에 산후안*에서 산 이 원피스 자락이 실크처럼 찰랑찰랑 너울거리기 때문이다.

전채요리는 마늘 맛이 나는 올리브 오일과 발사믹 드레싱을 곁들인 겨자, 시금치, 물냉이 샐러드다. 정말 간단하고 맛있는 이 드레싱은 엄마한테 전수받은 비법이다. 메인 요리는 톡 쏘는 칠리(내 몫은 채소 칠리, 그의 몫은 고기 칠리다)와 현미밥이다. 기회를 준 적이 없기 때문에 톰이 요리를 잘하는지 어떤지 지금까지 몰랐는데, 칠리가 모양새도 그렇고 냄새도 그렇고 훌륭하다. 처음에는 한데 뒤엉킨 수많은 향미에 맛봉오리들이 정신을 못 차리지만 아니나 다를까, 샐러드드레싱에 들어간 유분과 이 엄청난 양과 숨겨진 정체불명의 위험한 재료들이 걱정스러워진다. 하지만 톰이 강낭콩과 밥이야말로 단백질과 철분의 보고라고 일깨운다. 불안한 마음은 있지만, 사랑으로 요리한 음식을 같이 먹으니 좋다.

샐러드드레싱 말고 내가 또 한 가지 솜씨를 발휘한 게 있다면 디저트다. 바닐라 프로즌 요거트를 얹은 딸기, 산딸기, 블루베리. 솔트레이크시티에서 프로즌 요거트를 통째 들고 먹었던 지난

* 푸에르토리코의 수도

5월의 미국 여행이 생각난다. 식사를 마쳤을 때 샴페인을 거실로 들고 가서 아이팟으로 레너드 코헨의 음악을 튼다. 내 발을 톰의 무릎에 얹고 둘이 같이 소파 속으로 파고들어 우리가 몇 킬로미터를 달렸고 어떤 도시를 방문했는지, 장거리 자동차 여행의 추억을 떠올린다.

봄으로 시간을 거슬러 올라가자 내가 얼마나 발전했는지 실감이 난다. 그때 같았으면 톰이 만든 채소 칠리를 먹지 못했을 것이다. 몸무게만 는 게 아니라 무지방의 안전한 음식만 선택하던 오랜 습관에서 벗어나 메뉴도 다양해졌다. 거식증의 덫에 갇혀 있는 사람들에게 나는 이런 말을 전하고 싶다. 두렵겠지만-나에게도 여전히 어마어마하게 두려운 과정이다-자신의 건강을 자신이 책임진다는 것은 아주 신나는 일이기도 하다고 말이다. 공포로 마비되지만 않으면 실제로 힘이 생기는 순간이 찾아온다. 오랫동안 나를 지배해왔던 것을 이제는 내가 통제하는 것이다. 거식증은 폭군일 따름이다.

몇 개월 전에 톰이 했던 말이 생각난다. 그때 우리는 엄청난 눈보라를 만나 브뤼주의 어느 품격 있는 케이크 전문점에서 몸을 녹이고 있었다. 우리 주변에서는 모두들 버터를 바른 뜨끈뜨끈한 토스트, 벨기에 초콜릿, 치즈케이크를 먹고 있었다. 벽난로 앞 구석 자리에 앉아 있던 톰이 말했다. "……그런데 지방을 먹는다고 뚱뚱해지는 건 아니야, 엠."

지방을 먹어도 뚱뚱해지지 않는다는 것이야말로 내가 새롭게 알게 된 것들 중에서 가장 희한한 사실이다. 채소 칠리를 먹어도 살이 찌지 않는다니. 원칙 같은 건 없다. 여러 맛을 시험하고 미지의 음식을 시도해도 된다. 새로운 음식에 도전한다고 식충이나 인생의 낙오자가 되지는 않는다. 배가 고프면 먹어도 된다(나는 아직도 이 부분에서 고전하고 있지만). 거식증 환자의 사고방식은 잔인하리만치 흑 아니면 백이다. 모든 게 안전하지 않으면 위험하고, 좋지 않으면 나쁘고, 마르지 않으면 뚱뚱하다. 나도 이런 식으로 생각하기에 잘 안다. 하지만 이런 식으로 양극화할 필요는 없다. 나는 샐러드에 오일을 뿌렸다. 톰이 만든 칠리도 먹었다. 기억하지도 못할 만큼 오랜 시간 동안 내 인생은 모 아니면 도였다. 그런데 이제는 모와 도 사이에서 다양한 빛깔의 행복을 발견하고 있다.

저녁이면 식기세척기에 먹고 난 그릇을 함께 넣는 것, 샴페인 마지막 한 모금을 나누어 마시는 것, 잠잘 준비를 하는 것, 이런 것들이 다양한 빛깔의 행복이다. 나는 몇 시간 동안 뜬눈으로 누워서 미소를 지으며 화면 위의 흑백 영상과, 아이를 만들 재료가 담겨 있는 우성 난포들을 떠올린다. 나는 정상이다. 그렇다, 정상, 정상이다. 이번만큼은 정상이라는 소리가 딱 완벽하게 느껴진다.

∴

"그런데 이해가 안 된다. 너희 둘이 따로 살고 있다고?" 이모는 어리둥절한 표정이다. "그 애하고 집을 합칠 생각이니 아니면 먼저 임신부터 할 생각이니 아니면 혼자서 아이를 낳을 생각이니?" 코벤트가든에서 같이 커피를 마시는 도중에 대화가 거북한 방향으로 흘러간다. 앨리슨 이모는 지금 많은 사람들이 궁금해하는 부분을 묻고 있다. '같이 살지도 않으면서 무슨 수로 아이를 함께 키우겠다는 거냐'고 말이다.

초음파 검사가 일종의 돌파구이기는 했지만, 이모와 대화를 나누다 보니 아직 남은 부분이 생각난다. 몇 개월 전에 정한 주요 목표가 몸무게를 늘리고, 음식에 대한 두려움을 해결하고, 식사를 엄격하게 통제하는 습관을 버리는 것이었다. 그런데 그 다짐 안에 거식증과도 무관하지 않고, 어떤 의미에서는 거식증보다 더 직시하기 힘든 다른 무언가가 들어 있었다. "올해에는 바리케이드를 허물어 톰의 사랑을 받아들이고 좀 더 모험을 감수해야지. 이제 접을 때도 됐어." 그렇다, 이제는 접을 때도 됐다. 내 감정을 노출하고, 현실세계에서 살아가는 법을 배울 때도 됐다. 다른 사람들에게 마음의 문을 열고, 나 자신에게 동참을 허락할 때도 됐다. 초음파 검사로 임신의 가능성이 열리고 이모와 이런 대화까지 나누고 났더니 이 문제가 도드라지게 부각된다. 몇 달 동안 미루어왔지만 이제는 톰과 집을 합칠 때도 됐다.

내가 왜 이렇게 유난을 떠는 걸까? 나는 '다른 반쪽'과 집을

　　　　　　　　　　　　　　　하루에 사과 하나

합치는 친구들과 동료들을 오랫동안 옆에서 지켜보았다. 잘 사는 경우도 있고 그렇지 않은 경우도 있지만 어쨌든 다들 시도는 해 본다. 인생의 파트너를 찾아서 함께 사는 것은 인간의 정상적인 반응이다. 우리는 쌍으로 혹은 가족 단위로 함께 살도록 만들어진 사회적 동물이다.

나는 오랫동안 심리치료를 받고 책을 읽고 주말을 홀로 보내며 고민한 결과, 내가 세상과 단절된 생활을 하는 이유에 대해 좀 더 이해하게 됐다. 간단하다. 상처를 받고 틀어박힌 것이다. 맨 처음에는 로렌스와의 이별, 그다음에는 그레그의 자살. 형태는 다르지만 그래도 버림받기는 매한가지였다. 나는 불길 곁에 너무 가까이 있다 심하게 데었다는 생각에, 또다시 버림받느니 차라리 자급자족하는 게 낫다고, 관심을 두지 않으면 크게 상처받을 일도 없다고 판단했다. 그래서 나는 이십대 시절에 나 자신을 개조했다. 단절된 생활과 거식증을 통해 모든 것과 거리를 두었다. 감정이 개입되기 시작하면 바리케이드를 올렸다. 남자친구는 많았지만 다시는 사랑에 빠지지 않았다. 혼자 산 것도 이런 정신적인 요새의 일환이었다. 집이 나의 피난처가 되었다.

그때 톰이 등장했다. 일인 가족을 고수하는 사람이 사랑에 빠지고 아이를 바라게 되면 불편해진다. 바깥세상 속으로 다시 합류해야 한다는 의미니까.

로빈슨 박사님이 나에게 거식증은 단순한 식이장애, 그 이상일지 모른다는 이야기를 맨 처음 꺼냈을 때가 생각난다. 그보다 더 심오한, 순결과 통제를 향한 욕구일 수 있다는 것이었다. 나는 여성스러운 육신과 임산부의 관능적인 몸매와 예측 불가능한 출산과 육아를 혐오한다고 고백했다. 내 사생활과 깨끗한 집과 육상선수 같은 몸매는 통제 가능하고 군더더기 없이 깔끔하다. 로빈슨 박사님의 의견에도 일리가 있다. 언니가 커리어우먼에서 세 아이의 엄마로 변신한 지난 7년의 과정을 보면 얼마나 정신이 없는지 상상을 초월하는 수준이다. 대부분 행복한 혼란이지만—언니와 형부 찰리는 환상적인 부모다—그래도 나는 겁이 난다. 언니가 아이들을 데리고 오면 내 아파트를 쑥대밭으로 만들어놓는다. 침대 위에서 뛰어 크림색 이불에 발자국을 남기고, 찬장에 든 물건들을 죄다 끄집어내고, 오렌지 스쿼시를 싱크대에 쏟고, 소파 뒤에 먹던 음식을 뱉어놓고, 내 하얀 셔츠에 우유와 토사물 자국을 남긴다. 아수라장이 따로 없다. 새로 칠한 벽과 반짝이는 마룻바닥, 간단한 샐러드와 산뜻한 화이트와인 한 잔, 새벽 수영은 어떻게 될까? 아이들은 질서정연한 내 삶에 위협이다.

톰에게는 우리가 함께 살며 가정을 꾸리는 게 지상 최대의 과제다. 그런데 나는 왜 집을 합치지 않는 걸까? 뭣 때문에 저항하는 걸까? 위에서 설명한 그 모든 것들 때문이다. 혼란, 타협이 따르는 공동생활('공동'이라는 단어만 들어도 몸서리가 쳐진다), 완전히 잘못될지 모른다는 두려움.

무엇보다 나는 혼자인 생활을 끔찍이 갈망한다. 야만족이 바로 문 앞에 당도한 것처럼 프라이버시를 사수한다. 오랜 시간 동안 다른 사람들과 함께 있으면 극도로 스트레스를 받는다. 나는 고요하고 질서정연한 게 좋다. 군더더기 없이 여백이 많은 내 집이 좋다. (조그만 은색 액자에 담긴 사진 몇 장 말고는) 벽에 아무것도 걸지 않았고, 다른 사람들이 내 소파에서 뒹굴거나 침대를 함께 쓰는 것도 싫다. 사람들이 드나드는 것도, 부엌에서 손을 씻는 것도, 빨래대 한가득 빨랫감을 너는 것도 싫다. 냉장고 안에 낯선 음식이 들어 있는 것도 싫다.

여기서 모순이 생기는 게, 톰은 게으르고 지저분한 전형적인 남자가 아니다. 오히려 정반대에 가깝다. 옷을 바닥에 벗어놓거나 설거지거리를 부엌에 쌓아놓는 법이 없다. 욕실은 티끌 하나 없이 깨끗하고, 마당은 깔끔하다. 그리고 나는 그의 집을 사랑한다. 넓고 바람이 잘 통하며 햇볕이 잘 든다. 그도 나처럼 책, 음악, 영화 중독이다. 그의 집 벽에는 아름다운 그림이 걸려 있고, 넓어서 둘이(심지어 셋이) 같이 살기에 충분하다. 게다가 그는 집이 갖추어야 할 조건을 안다. 내가 내 집에 대해 느끼는 감정―무섭고 위험한 세상을 피할 수 있는 안식처―을 고스란히 보존해주고 싶어 한다. 그 역시 밤샘 파티나 끊임없이 들락거리는 손님들을 좋아하지 않는다. 우리 둘 다 현관문을 닫고 따뜻한 스웨터와 '반듯한 청바지(즉 대중교통을 이용할 때 입지 않았던 깨끗한 청바지)'로 갈아입은 뒤 콕 처박혀 빈둥거리는 것을 그 무엇보다 좋아한다.

톰의 집에 대해 실질적으로 마음에 안 드는 부분이 딱 한 가지 있다면, 내가 나고 자란 곳과의 거리가 18킬로미터밖에 안 되는 런던 남서부가 아니라 파릇파릇하고 수풀이 우거진 템스 강굽이의 목가적인 지역이라는 것이다. 톰은 나를 만나고 몇 달 지났을 때 골프채와 잡다한 스포츠용품을 보관하던 빈 방에 (나 몰래) 하얀 페인트를 새로 칠하고 나무 바닥과 책꽂이를 설치해 나를 위한 서재로 개조했다. 나는 그 방에 들어갈 일이 없었으니 한참 동안 모르고 지냈는데, 어떤 식으로 탈바꿈했는지 그가 공개했던 날이 기억에 선하다. 창문 너머로 햇살이 쏟아지는 '내' 서재 문 앞에 서서 나는 할 말을 잃었다. '나를 위해' 만든 방이었으니 내가 그때까지 받은 것들 중에서 가장 로맨틱한 선물이었다. 끈기 있고 너그러우며 상상력이 풍부한 톰다운 선물이었다. 나무와 페인트를 통해 내 창작 활동을 응원하는 마음을 표현한 것이다. 내가 꿈을 이룰 수 있도록 자기 집에 나만의 공간을 만들어준 것이다. 그런데 나는 왜 2년이 지난 지금까지 집을 합치지 않는 걸까?

원인은 항상 똑같다. 두려움 때문이다. 혼자 사는 기간이 길어질수록 혼자만의 공간에 틀어박히기 마련이다. 내 입장에서 누군가와 함께 산다는 것은, 몸무게를 늘리는 것처럼 상상할 수 없는 일이 되었다. 거식증을 포기하는 것과 톰과 집을 합치는 것은 서로 복잡하게 얽힌 문제다. 그는 나를 만난 이래 거의 매주 같이 살자는 이야기를 꺼내고 있다. 어느 날 저녁, 빈에서 호텔로 돌아오는데 그가 했던 말이 생각난다. "나는 처음부터 본능적으로 당신을 내 옆에 두고 보살피고 싶었어. 우리 둘만의 세상을 함께 만들었으면 좋겠어." 전에는 누군가의 보살핌을 받는다는 발상이 무척 위협적으로 다가왔다. 이제는 편안하게 느껴진다.

그런데도 나는 여전히 망설이고 있다. 톰은 우리 관계가 '파트타임'이라 주중에는 따로 지낼 때도 있다는 데 점점 더 역정을 내고 있다. 내 마음이 부족해서 그런 것으로 간주한다. 수없이 여행을 다니느라 다른 커플들보다 함께 보내는 시간이 더 많을지 몰라도 한 집에 사는 것과 같을 수는 없다. 오랜 시간이 걸리기는 했지만 나는 차츰 깨닫고 있다. 내가 계속 같이 살기를 거부하는 것이 톰에게는 자신을 밀어내는 것처럼 느껴질 수도 있다는 것을.

⁂

내가 어쩌다 이 고독한 생활에 그렇게 집착하게 되었을까? 나는 상상이 허락하는 한도 내에서 가장 정신없는 환경에서 여러 사람들과 복작대며 자랐다. 내 어린시절을 돌이켜보면—시끄럽고 사랑이 넘쳤던 일곱 명의 우리 가족—어디에서부터 잘못된 건지 도통 알 수가 없다. 하지만 이제야말로 여느 때 없이 용기를 내야 한다. 전진하고 싶으면, 톰과 함께 가정을 꾸리고 아이를 낳고 싶으면 집착에서 벗어나야 한다. 달라져야 한다.

칼럼을 시작하고 이 책을 집필하면서 내 인생이 바뀌었다. 내가 출판사라는 안정적인 직장을 버리고 독립할 줄은 꿈에도 몰랐다. '거식증'이라는 단어를 입 밖으로 꺼낼 줄도 몰랐다. 나는 굶는 데 중독됐다고, 배가 고프면 희열을 느낀다고, 살이 찌는 게 가장 두렵다고 시인할 수 있을 줄도 몰랐다. 이런 두려움을 남자 친구에게 털어놓을 줄도 몰랐다. 아니, 누군가를 다시 신뢰할 줄도 몰랐다. 월경을 하지 않아서 걱정이라거나 미래에 대한 두려움을 감당하지 못하겠다고 고백할 줄도, 다시 치즈나 초콜릿을 먹게 될 줄도 전혀 몰랐다.

하지만 나는 이 모든 것을 이루었다. 이 모든 것을 극복했다.

웃지 말기 바란다. 초콜릿과 치즈가 얼마나 사소하고 우습게 들리는지 나도 알지만, 거식증 환자 입장에서는 엄청난 성과다. 자아도취라고 불러도 좋고, 노이로제나 다이어트 병이라고 불러도 좋다. 아무래도 좋지만, 내가 지금까지 사는 동안 이렇게 힘든 싸움은 처음이다. 그렇기에 아무리 사소한 것일지라도 성공할 때마다 다시금 힘이 생긴다. 기운이 솟고 성취감이 느껴지고(공포와 더불어서), 무엇보다 내 마음 깊은 곳에서 할 수 있다는 믿음이 생긴다. 두려움을 이길 때마다, 불가능한 일을 실천할 때마다 내 안의 두려움은 조금씩 약해지고 있다.

그러니까 이제 다음 단계에 도전할 차례다. 톰과 집을 합칠 차례다. 독립생활에서 공동생활로, '나'에서 '우리'로. 그의 주장에 따르면 내가 그의 집으로 들어가지 않는 한 우리에게 미래는 없다. 어쩌면 맞는 말일지 모른다. 아니, 두말하면 잔소리일 정도로 맞는 말이다. 게다가 우리는 아이를 낳으려고 한다. 비과학적이기는 하지만 우리가 자리를 잡기 전에는, 같이 살기 전에는 아이가 생기지 않을 것 같은 예감이 든다. 둘이 힘을 합쳐야 아이를 만들 수 있는 법이다.

어느 날 아침 침대에 누운 채로 내가 묻는다. "톰, 묻고 싶은 게 있어." 내 목소리가 부들부들 떨린다. 그가 고개를 돌려 내 베개 가장자리에 얹는데, 걱정스러워하는 얼굴이다. "뭔데?" 나는 심호흡을 한다. "아직도 그 생각에 변함이 없는지…… 아직도 나랑 같이 살고 싶은지…… 내가 이 집으로 들어올까?" 그의 얼굴 가득 미소가 번진다.

마지막 공휴일인 8월 마지막 주 월요일로 이삿짐 센터에 예약을 한다. 거짓말은 하지 않겠다. 나는. 공포로. 떨고 있다. 하지만 거의 모든 두려움이 그렇듯 실제로 맞닥뜨리면 상상했던 것보다 훨씬 괜찮을지 모른다. 누가 알겠는가, 혹시 재미있을지도.

Chapter 15

힐링

정확히 10개월 전에 나는 이런 목표를 세웠노라고 글로 공표했다.

"……향후 1년에 걸쳐 거식증을 극복하겠다는 내 인생 최대의 도전과제를 설정한 것이다…… 건강한 수준까지 체중을 늘려 임신을 할 수 있는 몸으로 되돌아갈 것이다(다시 월경이 시작되면 당황하지 않고 자축할 것이다)."

오늘 아침에 눈을 떴는데 아랫배가 묵직했다. 욕실에서 확인해보니 아니나 다를까, 월경이었다. 힘들게 애쓴 보람이 있었다. 드디어 내 몸이 정상적으로 돌아가기 시작했다. 내가 망가뜨리려고 갖은 노력을 했음에도 불구하고, 그 오랜 세월 동안 어리석게 굴었음에도 불구하고. 나는 밀려오는 안도감을 주체 못하고 싸늘한 욕실 바닥에 주저앉는다. 내 몸의 변화가 감사하고 경이롭다.

나는 오랫동안 이가 빠진 기계처럼 사는 심정이었다. 지금은 다시 온전해진 것 같다. 새로운 시작의 신호가 될 빨간 깃발을 얼마나 기다렸던가. 마침내 현실로 이루어진 이 순간, 나는 조금도 당황스럽지가 않다. 마침내 기다렸던 시점이 찾아왔고 나는 준비가 되었다.

지난 10년 동안 지금 이 순간을 얼마나 숱하게 상상했는지 모른다. 내가 말로는 아니라고 했지만, 부모님과 의사와 심리치료사 앞에서는 거식증을 극복하고 싶다고, 다시 건강해지고 싶다고 다짐했지만, 한편으로는 계속 환자로 지내고 싶은 마음이 있었다. 나는 티가 날 정도로 말라야 했다. 혼란스러운 내 머릿속을 조금 희한한 방식으로 내보여야 했다. 독립적인 생활을 위해 투쟁하며 남들을 밀어내기는 했지만, 붕괴 현장 중에서도 가장 눈에 띄는 거식증이야말로 내가 허우적거리고 있다는 증거였다. 나 스스로는 아주 강하다고 생각했지만, 남들 눈에 비친 나는 약해 보였다.

그럼 지금은 다 나았을까? 아니다, 그렇지는 않다. 누가 아침으로 버터를 바른 토스트나 설탕과 크림을 넣은 포리지를 주면 먹을 도리가 없다. 한 입도 못 먹는다. 하지만 나만의 특이한 방식

                                    하루에 사과 하나

을 통해(요거트와 브로콜리와 산딸기와 뮤즐리 시리얼을 통해) 여기까지 장족의 발전을 했다. 변화가 생기고 있다. 월경이 돌아왔고, 내 몸이 낫기 시작했다.

가장 놀라운 부분은 정말 행복하다는 것이다. 무섭지도 않고, 뚱뚱해진 것 같지도 않고, 마냥 신이 난다. 어떤 기분이냐면 (유치한 음악, 큐) 여자가 된 기분이다!

아침 6시밖에 안 됐는데 눈이 말똥말똥하다. 따뜻한 물을 받아서 장미 오일을 넣고 한참 동안 몸을 담근다. 지금 내 몸무게가 얼마나 되느냐고 묻는다면 알려줄 수도 없고 관심도 없다. 세상에나. 관심도 없다니. 지금 전혀 새로운 온갖 가능성들이 내 앞에 열렸고, 이제는 내가 거식증보다 강하다고 믿을 수도 있을 것 같다. 물론 일시적인 희열이지만(조만간 불안감이 엄습할 테지만), 이렇게 평화롭고 만족스러운 기분은 정말이지 낯설다. 이제는 초음파 검사와 체중 그래프를 보며 초조해하지 않아도 된다. 내 몸이-그리고 오늘 아침에 벌어진 이 작은 사건이-내게 필요한 정보를 모두 알려주고 있다.

나는 수건으로 몸을 감싸고 2층으로 올라가 산뜻하고 깨끗한 침대 속으로 다시 미끄러져 들어간다. 톰이 몸을 돌리고 졸린 눈을 뜨며 웃는다. "다 괜찮은 거지, 엠?"

응. 다 괜찮아. 모두 다 아주 괜찮아.

지난주에 시작된 생리가 거식증의 종결을(혹은 종결의 시작을) 알리는 육체적인 증거이기는 해도 정신적인 치유는 아직도 진행 중이다. 예견했던 것처럼 불안감이 슬금슬금 되살아나는 것이다. 하지만 이제 나는 그 사실을 잘 알고 있다. 이번에는 내가 한 수 위에 있다. '월경이 다시 시작된 걸 보니 뚱뚱해진 거로군.' 분명 이런 기분이 들기는 하지만, 그게 사실이 아니라는 것도 알고 있다. 나는 어디에서 비롯된 불안감인지 파악하고, 똑바로 대면하려 애를 쓰고 있다.

그리고 지금까지 실패로 돌아간 몇 번의 노력과 이번 시도에는 차이점이 있다. 월경이 시작됐을 때 나는 공황을 일으키지 않았다. 당장 곡기를 끊지도, 생각을 바꾸지도 않았다. 다시 살을 빼고 싶다는 생각이 들지 않았다. 솔직히 고백하건대 아직도 머릿속이 무척 혼란스럽고, 앞으로 해결해야 할 일들도 무척 많다. 하지만 이제는 그 병이 나를 규정하는 느낌이 없다. 지난달에 병원에서 초음파 기사가 모든 게 '정상'이라고 했을 때 어떤 기분이었는지 기억에 선하다. 이제는 정말로 정상인이 되고 싶다! 뚱뚱하지도 않고 마르지도 않고, 그냥 건강하고 적극적이며 아무 문제 없는 사람. 먹는 데도 아무 문제 없고, 나 자신에 대해서도 아무 문제 없고, 사랑을 받는 데도 아무 문제 없는 사람.

이 이야기의 주제가 사랑과 치유인 이유도 그 때문이다. 사랑에 빠지는 것이 해결책은 아니었다. 지금까지 숱한 우여곡절이 있었고, 우리는 아직 위기에서 완전히 벗어나지도 않았다. 톰이 나를 치료한 것도 아니었다. 거식증 환자를 치료할 수 있는 사람은 없다. 그를 비롯해 많은 사람들이 응원해주었지만, 가장 힘든 일은 내 몫이었다. 한 입, 한 입이 '고통'이었다고 한 내 말은 진짜다. 하지만 서서히 성장하고, 내 안의 악마를 이해하고, 고통스러운 과거의 기억이 살짝 희미해지도록 허락하고, 더불어 살고 사랑하고 아이를 낳고 싶은 사람을 찾아나가는 과정이었다.

로빈슨 박사님은 항상 내게 '인체는 절대 흑 아니면 백이 아니'라고 했다. 인생도 마찬가지다. 흑도 아니고 백도 아니고, 일련의 타협안과 까만 절망의 순간과 새하얀 순백의 순간과 자잘히 반짝이는 수많은 중간색들로 이루어져 있다. 결국에는 누군가를 온전히 사랑하는 것이, 거식증의 노예였을 때는 할 수 없었던 그 일이 내게는 더욱 중요했다. 쥐고 있던 손을 놓기가 믿을 수 없을 만큼 두렵지만, 여러 가지 보상이 있다.

거짓말은 하지 않겠다. 스트레스가 어마어마하다. 임신을 하려는 노력이 남녀 관계에 어떤 영향을 미치는지 우리 대다수는 알고 있다. 우리는 모두 처음에는 서로 알콩달콩 지내는 속 편한 커플로 시작한다. 그러다 아이가 생기면 더 좋을 것 같다는 생각을 하기 시작한다. 그 자체로는 낭만적인 결정이지만―톰과 맨 처음 가정을 이루는 이야기를 했을 때 어떤 기분이 들었는지 아직도 기억에 선하다—그러면 그림이 달라진다. 낭만적이었던 잠자리가 아이를 만들기 위한 잠자리가 되고(혹은 멈스넷이라는 인터넷 사이트에서 붙인 별명처럼 '목적이 있는 섹스'가 되고) 필연적으로 스트레스가 점점 쌓인다. 모든 게 망가지는 정도는 아니지만—자발적인 분위기는 유지할 수 있다—역학 관계가 달라진다. 아이를 가지려는 시도는 잘하면 짜릿하고 애정 어린 모험이 될 수 있지만 잘못되면 너무나 기계적인 일상으로 전락할 수 있다.

그리고 톰은 그럴 필요 없다고 하지만, 임신이 잘 안 되면 '문제'가 있는 파트너 쪽에서 책임감을 느낀다. 나는 가끔 천하에 쓸모없는 낙오자가 된 것 같은 기분이 들 때도 있다. 월경도 하지 않고 난소는 배란을 하지 못하는 부적격자. 내가 우리의 발목을 잡고, 내가 우리를 실망시키고 있지 않은가.

그리고 나이 문제도 있다. 나는 아직 서른셋이라 막차를 탔다고 볼 수는 없지만, 사방에서 들리는 끔찍한 경고를 무시하기는 어렵다. 삼십대 중반이 되면 여성의 가임능력이 '곤두박질'친다는 둥, 현대 여성들은 '너무 늦게까지 미룬다'는 둥 하는 경고들 말이다. 많은 친구들이 나에게 앞으로 몇 년 동안은 걱정할 필요가 없다고 한다. 요즘은 여자들이 예전보다 아이를 늦게 낳지 않느냐며. 게다가 여성의 가임능력은 유전된다는데, 우리 집안을 보면 조짐이 좋다. 우리 어머니는 아이를 다섯이나 낳았고, 우

  하루에 사과 하나

리 언니는 이미 셋을 낳았고, 두 사람 모두 임신하는 데 아무 문제가 없었다. 나는 아직까지 전전긍긍하지는 않지만-음, 전전긍긍하지 않으려고 노력 중이다-고민은 많이 한다. 사실 시간은 눈 깜짝할 새 흘러간다. 한 (남성) 독자가 쓸데없이 지적했다시피 '삼십대에는 허송세월할 여유가 없다.'

임신을 하려는 노력과 째깍거리는 생체시계 말고, 내가 자초한 스트레스도 있다. 정해진 시간 안에 공개적으로 거식증을 극복하고, 극복기를 공유해야 한다는 스트레스 말이다. 몇 개월 전에 이메일을 보낸 어느 심리학자가 그런 맥락에서 한 말이 있다. '이런 식의 사실주의 저널리즘은 뭇시선이 당사자에게 쏠릴 테니 얼마나 스트레스가 심할지 걱정이 되네요.' 나는 나를 상대로 실험을 거행하는 거나 마찬가지인데, 지금까지는 잘 버티고 있다. 공개 실험은 단점도 있지만 장점도 있다. 덕분에 목적과 체계가 부여되고, 개인적인 차원을 넘어 호전되어야 할 다른 이유가 생긴다. 나는 음식을 먹으면 '식탐'이 있는 사람인 양 느껴질 때마다, 살을 빼고 싶은 유혹을 느낄 때마다 이렇게 중얼거릴 수 있었다. "안 돼, 엠마. 네가 지금 아무 이유 없이 이러는 게 아니잖아. 대중 앞에 약속했으니까 지켜야지." 하지만 가끔은 계속 글로 남기는 게 힘겨울 때도 있다.

대부분의 독자들은 다정하고 재미있는 응원을 보내주고 있다. 나는 훌륭한 조언도 들었고, 이렇게 만난 각계각층의 낯선 사람들과 지금도 사이버 세계에서 연락을 주고받는다. 내게 자극을 받아서 병을 극복하기로 결심했다고 이메일로 전하는 거식증 환자들도 많은데, 남을 도울 수 있다는 것이 이렇게 기분 좋은 일일 줄은 몰랐다.

그런데도 혹독한 비난들이 내 머릿속에서 사라질 줄 모르는 이유는 뭘까? 나더러 '나르시시스트'라고 했던 여성 독자와, '정신 차리라'고 했던 남성 독자와, 암과 기근으로 죽어가는 사람들도 있는데 이기적인 짓은 그만하고 남을 도울 생각이나 하라던 분노의 메시지가 잊혀지지 않는 이유는 뭘까? 지난주에는 나더러 아이를 낳은 준비가 안 된 정도가 아니라 아이를 낳아서는 안 될 사람이라며, 아이를 낳거든 '우리 아이들에게 신의 가호가 있길' 바란다는 이메일을 받았다. 나는 말로 표현할 수 없을 만큼 깊은 상처를 받았다. 언론에 솔직한 모습을 공개하면 대중들 눈에는 절대 상처를 받지 않을 사람으로 보이는 모양이다. 지금은 즉각적인 익명 반응의 시대, 온라인 '수다'와 혐오 이메일과 옹졸한 사이버 폭행의 시대다. 특히 거식증이나 체중 문제가 도마에 오르면 모두들 저마다 의견이 있다. 하지만 나는 가혹한 언사가 거머리처럼 날 따라다녀도 마음에 담아 두지는 않는 법을 터득하고 있다.

오늘 아침에는 스트레스에 대해 생각하는데 담당 편집자의 이메일이 날아온다. 사십대 초반인 그녀도 아이를 가지려고 노력하는 중이다.

 하루에 사과 하나

임신을 하려고 노력하는 자체가 스트레스죠. 지난 2년 동안 월경이 시작될 때마다 내가 얼마나 우울했는지 몰라요. 특히 조금 늦어져서 혹시나 했을 때는 더욱 심했죠. 다른 사람들이 아이가 생겼다고 하면 질투도 나고 불공평하다는 생각도 들어서 기분이 처참했어요…… 이런 감정들을 추스르는 동시에 거식증을 극복하려고 노력하고 있다니, 정말 지옥을 들락날락했겠군요!

'지옥을 들락날락한다'는 표현이 딱이다. 어쩌면 나는 너무 많은 일에 도전하고, 모든 문제를 한꺼번에 해결하려 들며, 즉각적인 변화와 완벽한 결과를 바라다니(거식증 환자들의 습관이다) 방향을 완전히 잘못 잡은 걸지 모른다. 거식증 극복이라는 건강상 가장 시급한 문제가 아이, 톰과의 관계, 독립심과 뒤엉켜 버렸다. 어떤 면에서는 각기 개별적인 문제인데-그리고 이상적인 세상에서 살고 있었다면 나도 한 개씩 처리했을 것이다-현실에서는 상황이 그렇게 간단하지가 않다. 그리고 톰과 나도 있다. 가끔 심하게 충돌하는 우리의 관계가. 사실 우리 둘 다 자신만의 세계에 익숙한, 꽤나 고독한 영혼이다. 톰은 끝없이 외로운 행성을 떠돌고, 나는 기이한 투쟁을 계속하고 있지 않은가. 지난 몇 년은 아주 행복했지만 또 한편으로는 아주 아슬아슬한 시간이었다. 예전에는 질투가 일종의 아부라고 생각했는데-그러니까 질투를 많이 할수록 나를 더욱 사랑한다는 의미가 되는-이제는 세상에서 가장 소모적이고 무의미하며 해로운 감정이라는 걸 안다. 질투는 사랑이 아니라 신뢰가 부족하다는 증거이고, 편집증과 비밀과 불안감을 낳는다. 우리 둘 다 완벽하다고 볼 수는 없고, 우리 관계를 완벽한 척 포장하고 싶은 마음도 없다. 톰과 나는 서로를 아끼고 고문하는 비율이 거의 같다. 거기다 조심스럽게 함께 살 준비를 하면서 아이를 가지려는 노력까지 하는 것으로도 모자라 나는 임신과 우리 사이와 아이와 사랑과 전혀 무관하기도 하면서 많은 관계가 있는 정신 질환을 이겨내려고 애를 쓰고 있다. 그러니 녹록치가 않다.

살다 보면 가끔 온갖 일들이 한꺼번에 벌어질 때가 있다. 좋은 일과 궂은 일, 사랑과 갈등이 하늘에서 비처럼 쏟아질 때가 있다.

⁂

'세상은 변하지 않는다. 변하는 건 우리다.'
헨리 데이비드 소로

나는 바뀌지 않을 거라 생각했다. 나는 열아홉 살 때부터 열심히 굶었다. 가혹하고 무의미한 형벌을 고집하며, 어느 심리학자

 하루에 사과 하나

의 말마따나 '자해'를 해왔다. 하지만 난생처음 개인적인 성장에 온 힘을 기울이고 있다. 그렇다, 나는 성장했다. 내가 이 세상에서 차지하는 공간이 더 넓어졌다. 이 책을 쓰기 시작했을 때에 비해 몸무게가 6킬로그램 이상 늘었을 뿐 아니라 키도 몇 센티미터 커졌다. 어떤 과학적 원리인지 모르겠지만 정말로 키가 자랐다. 회복 후에 발이 한 사이즈 커진 거식증 환자들도 있다고 한다. 몸무게가 늘면서 모든 게 거기에 비례해서 커지는 게 아닌가 싶다. 로빈슨 박사님이 몇 년 전에 말했던 것처럼 '전체적으로 조금씩 커지는 거'다. 그리고 나는 뚱뚱해진 게 아니라 탄탄해졌다. 요즘 자전거를 타고 다니면 몸에 달린 모든 근육이 피곤하지 않게, 튼튼하게 느껴진다. 몸무게를 늘리려면 고통이 수반되기는 하지만, 조금 늘어난 내 몸집을 당당하게 인정할 수 있다는 데서 일말의 만족감이 느껴진다. 이제는 나와 아이를 위해 영양 공급이 중요하다.

지난 14년 동안 나도 남들처럼 욕구라는 게 있고 식욕이라는 게 있다고 인정하길 거부하며 살아왔던 것 같다. 긴 세월 동안 내 육신을 상대로 전쟁을 치르고 내 몸과 분리되어 지냈다. 대책 없는 '뉴에이지'식 발언으로 들릴지 몰라도 나는 이제 육신이라는 껍데기 속에 온갖 생각과 감정이 복잡하게 뒤엉켜 있는 상태로 지내는 게 아니라 내 몸으로 존재하는 방법을 배워나가고 있다. 내 몸은 단순한 껍데기가 아니라 나 자체다.

작년 한 해 동안 여성과 여성의 몸이라는 측면에서는 달라진 게 거의 없다. 오히려 압박이 더욱 심해졌다. 오늘 자 「데일리 메일」에는 이런 기사가 실렸다.

이 기사를 보는 순간, 거의 1년 전에 시작된 내 여정이 떠오른다. 변한 것은 나일 뿐, 이 사회가 아니다. 연예계에 대한 병적인 관심은 날이 갈수록 증폭되고, 성형수술 산업은 번영을 구가하며, 수정한 사진들이 판을 치고, 위험한 다이어트가 확산되고, 문제가 있는 식생활, 신체변형장애, 자기혐오가 일반적인 현상이 되고 있다. 지난주에도 다섯 살밖에 안 되는 소녀들이 심각한 거식증으로 입원했다는 소식이 전해지자 언론에서 난리가 났다. 「데일리 메일」에서는 '얼마나 이른 나이부터 신체상에 집착할 수 있는지를 보여주는 충격적인 사례'라며 '외모에 집착하는 현대 사회에서는 가장 마른 축에 속하는 여성들조차 마른 게 완벽한 거라는 언론 속의 이미지를 자신에게 적용한다.'고 했다(2011년 8월

　　　　　　　　　　　　　하루에 사과 하나

1일 자).

이 사회는 잘못된 방향으로 흘러가고 있을지 몰라도 과학은 올바른 방향으로 움직이는 것 같다. 거식증을 둘러싸고 부정확한 선정성 기사가 난무하는 와중에 재미있는 연구 결과가 등장하고 있으니 말이다. 며칠 전에 라벨로 프로필 가제본이 내게 배달됐다. 라벨로 프로필은 전 세계 거식증 환자들의 인지 상태를 신경심리학적으로 살펴본 실험인데, 조사 결과 이들에게서 특정한 유형의 뇌 화학물질이 발견됐다. 그러니까 거식증에 유전적인 소인이 있을지 모른다는 뜻이다. 환자들의 뇌 활동과 기능을 관찰한 결과, 거식증은 '선택 행위가 아니라 진단이 가능한 수준의 질병'인 것으로 밝혀졌다. 즉, 거식증 환자뿐 아니라 그들의 부모나 언론도 비난받아 마땅한 상대가 아니라는 말이다. 초기 연구에서 거식증 환자와 다른 환자들 간의 신경학적인 차이점과 상당한 수준의 유전 가능성이 확연하게 드러났다. 존슨에 따르면 '거식증은 정신분열증과 같은 유전 질환이며…… 집안에 환자가 있는 경우 그렇지 않은 경우에 비해 발병 확률이 열두 배 높다'고 한다(존슨, '유전 연구: 식이장애 분야에서 유전 연구가 중요한 이유는 무엇일까', www.eatingdisordershelpguide.com/genetics.html, 2006).

결정적이지는 않을지 몰라도 이 연구 결과는 상당히 의미심장하다. 오랫동안 거식증은 재정적인 지원과 치료가 필요한 심각한 질병으로 인정을 받지 못했다. 별스러운 다이어트 아니면 음식물 섭취에 따른 고민으로 간주되는 경우가 허다했다. 이기적이고 한심한 여성들의 문제라는 것이다. 이 자리에서 통계 수치를 거듭 강조하건대 거식증 환자의 최대 20퍼센트가 이 병으로 목숨을 잃는다. 그래도 심각한 질병이 못 된다면 어떤 게 심각한 질병일까? 이 복잡한 질병을 좀 더 이해할 필요성이 있는 것만큼은 분명하다.

개인적인 차원에서는 이런 연구 결과로 어떤 변화가 생길까? 내 탓이 아니라 뇌 내 회로에 '근본적인 결함'이 있어서 그런 거라니 안심이 될까? 신경학적으로 밝혀진 새로운 사실에 불안해질까 아니면 혐의를 벗은 기분일까? 지난 14년 동안 내가 낭비하고 잃어버린 모든 것들을 받아들이는 데 도움이 될까?

이상하게도 그렇지가 않다. 내 머릿속에 뭔가 문제가 있다는 건 비과학적이기는 해도 전부터 느껴왔던 사실이다. 이제는 내가 미쳐가는 게 아니라 거식증이 정말로 뇌 질환이라는 사실을 알게 됐다. 지금까지는 다른 여자들은 대부분 다이어트와 운동을 해도 거식증에 걸리지 않는데 왜 나만 그런지 이해할 수가 없었다. 그런데 알고 보니 이유가 있었던 것이다.

거식증을 기적적으로 치료할 수 있는 방법이 조만간 등장할지 모른다고 기대하지는 않는다. 하지만 이 병을 물리치려고 할 때는 솔직함이 강력한 무기인데, 나로 인해 몇몇 사람들이-아버지와 딸이, 자매끼리, 심지어 성인 커플끼리-대화의 물꼬를 트게

됐다. 식이장애 치료 클리닉에 입원한 어느 삼십대 초반의 환자가
얼마 전에 이메일을 보내왔다.

저도 얼마 전에 결혼해서 아이를 간절히 바라는 신혼부부예요.
지난 6개월 동안 몸무게가 곤두박질치는 바람에 난생처음 병원
에서 전문가의 도움을 받고 있어요. 그러는 내내 남편은 내 곁
을 지키며 이 병을 이해하려고 애를 쓰고 있죠. 당신의 칼럼이
여러모로 남편의 교과서가 되고 있어요……

이메일은 이렇게 끝이 난다.

100퍼센트 이기적인 관점에서 드리는 부탁이지만, 비법을 발견
하시거든 부디 전수해주세요.

물론 내가 아는 비법 같은 건 없다. 월경이 다시 시작됐고
BMI가 건강하며 체중이 전보다 늘었으니 나는 회복이 됐다고 볼
수 있을까? 아직은 아니다. 하지만 거식증을 주제로 글을 쓰는
동안 두려움이 조금 사라지기는 했다.

⠿

그래도 두려움이 조금은 남아 있다. 음식에 대한 두려움, 변화에 대한 두려움, 헌신에 대한 두려움, 사랑하다 버림받는 것에 대한 두려움. 가장 큰 것은 거식증 없는 인생에 대한 두려움. 터무니없게 들릴지 몰라도 나는 내 인생의 엄청난 부분을 차지했던 무언가와 작별하는 중이다. 내 인생은 14년 동안 거식증을 중심으로 움직였다. '거식증 환자'라는 꼬리표를 접하면 지금도 몸서리가 쳐지지만, 그것이 내 일부라는 것은 부인할 수 없는 사실이다. 그러니 상실감이 따를 수밖에 없다.

나는 결별하기에 앞서 그 병이 내게 어떤 의미였는지 이해하려고 애를 쓰고 있다. 내 성년기의 거의 절반을 점철했던 거식증이라는 질병의 의미는 무엇이었을까? 그 병 때문에 내가 직업적으로 발목이 잡혔고―함께 식사를 하며 어울리거나 인맥을 쌓지 못해서 놓친 기회가 얼마나 많았던가―감정적으로도 수많은 인간관계를 망친 것만큼은 분명하다. 부수적인 피해는 헤아릴 수 없을 만큼 많다. 친밀한 관계, 솔직함, 마음의 평화 등등. 하지만 긍정적인 측면은 없을까?

있다고 본다. 나는 거식증을 앓기 전과 다른 사람이 되었다. 그전까지 내 삶은 비교적 윤택했다. 건강과 행운과 심지어 곁에 있는 사람들까지 당연하게 여기는 성향이 있었다. 지금은 전보다 조용하고 생각이 많아졌다. 혼자라는 것과 슬프다는 것과 두렵다는 것이 어떤 것인지 배웠다. 그전에는 내 주변에 사람들이 많

                                            하루에 사과 하나

았다. 나는 붙임성 좋고 활발했지만 가끔 무신경할 때도 있었다. 지금은 친구들 숫자는 줄었지만 더 절친하다. 그 병을 겪으면서 상처에 취약해졌지만 회복력이 늘었다.

나는 거식증으로 인해 어두운 구석을 경험했다. 우울증이나 암이나 이혼이나 뇌졸중이나 폭력사건이나 부상이나 사별이나 고통이나 트라우마로 인해 그곳을 경험하고 나면, 하마터면 잃을 뻔했던 세상을 전에 없이 감탄하며 둘러보게 된다. 고통이 뭔지 아는 사람들이 더 인정 많고 착하다고 하면 안일한 발언일지 몰라도 내가 겪은 바에 따르면 대체로 그렇다.

그러니까 거식증이 무의미하지는 않았다. 나는 지난 14년을 허송세월했다고 생각하지 않겠다. 실제로 신경쇠약증에 걸리진 않았지만, 육체적으로 점점 쇠약해지면서 내가 허우적거리고 있다고, 외롭다고, 도와달라고 외칠 수밖에 없는 상황까지 갔었다. 그리고 바로 그때 나는 곁에 있는 사람들의 깊은 응원과 배려의 바다를 만났다. 생판 모르는 사람들을 만나는 듯한 심정이었다. 무엇보다 나는 모르던 내 몸을 발견했고, 내 몸을 전에 없이 존중하는 마음이 생겼고, 내 몸이 제 기능을 하려면 연료와 보살핌이 필요하다는 사실을 깨달았다. 지난 몇 개월간 이 더딘 여정을 걸으며 심지어 참을성까지 배웠다. 이제는 중요한 것-가족, 사랑, 건강-과 중요하지 않은 것-야망, 성공, 외모-을 전과 다르게 구분할 수 있다.

인생에 헛된 것은 없다. 모든 게 경험이다. 정신 질환도 마찬
가지다. 나는 거식증을 통해 아주 희한한 방식으로 나 자신과 다
시 대면하게 됐다. 다시 돌아간대도 내가 걸어온 길을 선택하겠
다고는 못하겠지만, 마침내 내가 있어야 할 자리에 가까워진 기
분이다. 예전에 아빠가 들려주었던 레너드 울프의 명언이 생각난
다. '중요한 건 도착지가 아니라 여정이다.' 어렸을 때는 그게 무슨
뜻인지 몰랐는데 이제는 조금씩 알 것 같다.

하루에 사과 하나

Epilogue

자기만의 방을 떠나야 할 때

런던 위로 아침노을이 드리워진 초가을의 어느 날. 커피를 홀짝이고 역사에 길이 남을 첫 번째 킷캣 초콜릿을 먹으며 눈길을 걸었던 그날의 새벽이 생각난다. 아직 1년도 안 됐는데 천년만년 전인 것처럼 느껴진다. 나는 지금 긴 바지를 잘라서 만든 반바지에 분홍색 쪼리와 하얀색 티셔츠를 입고, 카페티에르로 내린 커피를 들고 내 집 발코니에 서 있다. 몇 시간 전에 일어나서 샤워를 하고 마지막 짐을 챙겼다. 톰이 이삿짐 트럭과 함께 등장하길 기다리는 중이다. 겁이 나느냐고? 흥분이 되느냐고? 둘 다 그렇기도 하고 아니기도 하다.

하지만 그래도 괜찮다. 나는 인생을 흑 아니면 백으로 나눌 수 없다는 걸 깨달아나가는 중이다. 살다 보면 좋으면서도 나쁘고, 완벽하면서도 불완전하고, 행복하면서도 슬픈 일이 있기 마련이다. 요즘 들어 알게 된 사실이지만, 세상 사람들은 대부분 그냥 느끼는 대로 살아간다. 우리 모두 좋을 때도 있고 나쁠 때도 있다. 자신감 넘치는 순간이 있는가 하면 내가 낙오자처럼 느껴지는 순간도 있고, 살이 찐 날이 있는가 하면 노골적으로 섹시한 날도 있고, 위기에 처한 인간관계도 있고, 우리를 부끄럽게 만드는 비밀도 있다. 어떤 기분을 느끼고, 누굴 사랑하고, 그다음 단계로는 무얼 하면 좋을지 인생 지침서를 가지고 있는 사람은 없다. 나는 머나먼 미래에 대해서는 생각하지 않으려고 한다.

요즘 들어 계절이 뒤죽박죽이라는 이야기가 심심찮게 등장하고 있다. 올 한 해는 날씨가 정말 이상했다. 겨울이 3월까지 이어지는가 싶더니 초봄부터 갑자기 여름이 시작됐다. 4월은 무덥고 건조했고 8월은 춥고 비가 많이 왔는데, 계절만큼이나 내 머릿속도 뒤죽박죽이다. 나는 발코니에 서서 왼손에 낀 팔찌를 만지작거리며 미소를 짓는다. '모두 다 잘 될 거야, 모두 다 잘 될 거야…….'

이 팔찌는 불시에 나와 인연을 맺은 물건이다. 지난주에 국립도서관에서 늦게까지 글을 쓰다 집으로 돌아와 보니 깜짝 선물이 나를 기다리고 있었다. 현관 매트 위에 소포가 놓여 있었는데, 필체도 발신인 우편번호도 낯설었다. 호기심을 달래며 소포를 열어보니 짙은 분홍색 비단으로 싼 우아한 팔찌와 「타임스」 독자가 보낸 편지가 들어 있었다.

                                          하루에 사과 하나

거식증은 아니지만 저도 다른 집착증이 있기에 당신의 고충을 이해할 수 있어요. 액세서리 만드는 게 취미인데, 제가 쓰는 보석 중에 치유 효과가 있다는 게 몇 가지 있거든요. 그래서 당신을 위해 팔찌를 만들었어요. 임신, 스트레스, 불안, 강박증, 불면증에 특히 효과가 있다는 보석들을 골라서.

나의 고민을 간파하다니! 나는 금실과 자잘한 비즈와 발광석으로 이루어진 팔찌를 들고 만지작거리며 불빛에 비추어보았다. 나만의 맞춤인 양 딱 맞았다. 진짜 나만의 맞춤이기는 했지만.

나는 커피를 들고 발코니에 서서 꾸물거리며 불가피한 일을 미루고 있다. 내 아파트는 알아볼 수 없는 지경이다. 옷은 여행가방 안에 가득가득 넣었고, 책은 큼지막한 종이상자 안에 쌓았고, 종이와 서류는 나무상자와 서류철에, 신발은 쓰레기봉투에 뒤죽박죽 쑤셔넣었다. 책꽂이에는 아무것도 없고, 옷장은 휑하며, 냉장고는 비었다(내가 보기에도 이 정도면 빈 거라고 할 수 있다). 모든 게 조금 칙칙하고 슬퍼 보인다. 톰이 도착할 시간까지 한 시간도 안 남았다.

그는 나를 맞을 준비를 하느라 사우스런던에서 정신이 없었다. 물어보면 항상 무슨 작업 중이라고 했다. 보기 싫었던 낡은 소파를 해체해 재활용센터에 보내고, 카세트와 비디오가 담긴 상자를 버리고, 욕실장을 뜯어내 내용물이 쏟아지지 않도록

문이 달린 새것으로 교체하고, 창고로 쓸 수 있게 다락방을 치우고, 옷장 절반을 내 몫으로 비우고, 심지어 화재경보기 배터리까지 갈았다. 지난 몇 주 동안 여행하고 호텔을 돌아다니는 짬짬이 나는 이 책의 마지막 부분을 중얼중얼 점검하며 짐을 싸고, 톰은 망치로 서류 캐비닛을 부수고 도배용 풀을 갰으니 아주 희한한 커플로 지낸 셈이다.

지난 주말에는 드디어 책상도 발견했다. 그냥 책상이 아니라 2년 동안 찾아 헤맨 작가용 책상이다. 시런세스터 근처에 있는 호텔을 평가하러 나섰다 오후 무렵 시내로 나선 길에 어찌어찌 하다 보니 골동품 가게를 구경하게 됐다. 방마다 장식품들이 높다랗게 쌓여 있고, 마당을 지나 복도까지 묵은 책과 음반과 의자와 테이블로 가득 찬, 동굴 같은 창고형 가게였다. 그런데 나선형 계단 꼭대기 다락방에 그 책상이 있었다. 우리 둘 다 한눈에 알아차렸다. 나무가 오래됐지만 너무 오래되지는 않았고, 왼쪽에 서랍이 세 개 달린, 전형적인 작가용 책상이었다. 단아하지만 컴퓨터와 산더미 같은 자료와 커피 한 잔을 올려놓을 정도는 됐다. 내 작업실에 딱 알맞은 크기였다. 몇 분 뒤 톰과 가게 주인이 끙끙대며 좁은 계단으로 책상을 옮기는 동안 나는 밖으로 나가 오픈카 옆에서 기다렸다. 두 남자가 어찌어찌 차 안에 책상을 쑤셔넣었고, 다음 날 런던으로 돌아온 우리 차에는 나무다리를 하늘로 뻗은 책상이 실려 있었다.

이렇게 해서 새로운 작업실에 책상까지 마련해놓았다. 그런데도 내 집을 떠나려니 가슴이 아프다. 여기 사는 동안 많은 일들이 있었지만-지난 4년으로 말할 것 같으면 내가 살아오면서 가장 외로운 시기였다-행복하기도 했었다. 만족스럽고 믿을 만한 나만의 공간이었다. 침대에서 책을 읽거나 욕조에 몸을 담그거나 마룻바닥에 드러누워 통화를 했던 수많은 시간들. 나는 여기서 담배를 끊었고, 간이 식탁 앞 높은 의자에 앉아서 많은 칼럼을 썼다. 발코니에서 일광욕도 했다. 여기서 가끔 우리 가족끼리 파티를 벌이기도 했다. '손님'용 '음식'이라 부를 수 있을 만한 걸 준비한 적은 없지만. 어느 더운 여름날, 땀을 몇 바가지씩 흘려가며 사다리를 대고 천장과 벽을 칠한 적도 있었다. 돈을 모아서 새로 설치한 부엌은 아직도 새것이다. 이 방에서 밤을 보낸 날이 수백 일이었다. 나는 머물렀던 곳을 훌훌 털어버리는 성격이 못 된다. 이 아파트는 나의 일부분이었다.

하지만 때가 되었다. 전도서의 유명한 구절이 떠오른다. 할머니 장례식 때 낭송한 구절이라 기억에 선하다. '범사에 기한이 있고 천하만사가 다 때가 있나니. 날 때가 있고 죽을 때가 있으며…… 울 때가 있고 웃을 때가 있으며 슬퍼할 때가 있고 춤출 때가 있다.'

그리고 지금은 달라져야 할 때다. 나는 아직 거식증을 이해하지 못했고 '치유'가 어떤 의미인지도 잘 모르겠다. 심지어 내가 졸업을 했는지 그것조차 잘 모르겠다, 아직까지는. 하지만 나 자신을 조금 더 이해하고는 있다.

예컨대 이사를 앞두고 불안한 마음은 자연스럽고 정상적인 반응이다. 중요한 건 톰이 아니라 나다. 개인적인 변화가 두렵기는 하지만, 불가능한 일은 아니다. 킷캣을 맨 처음 한 입 먹었던 것처럼, 네거리에 서 있는 사람처럼 지금 나에게는 선택권이 있다. 용감하게 미지의 세계로 뛰어들 수도 있고, 소심하게 내가 아는 길만을 고집하다 모든 걸 잃을 수도 있다. 톰을 잃고, 아이를 낳고 결혼을 해서 행복하게 살 기회를 잃을 수도 있다. 이사를 앞두고 내 몸의 모든 세포가 두려움에 떨고 있지만, 나는 저지를 것이다. 단순하고 효과적인 전략도 짰다. 라디오 4, 책 읽기, 글쓰기, 수영, 엄마와 전화 통화, 가족들 만나기, 채소 많이 먹기, 우유 마시기. 이 전략은 나를 정상으로 지켜줄 것이다. 게다가 이중에서 톰의 집에서 동원할 수 없는 항목은 하나도 없다. 두려운 와중에도 짜릿한 흥분이 느껴진다. 남자친구와 한 집에서 살게 되다니. 정말로 그렇게 되다니.

맞은편 건물 위로 높게 솟은 태양이 내 얼굴과 두 팔을 비춘다. 오늘도 화창한 가을날이 될 것 같다. 커피 잔을 들고 집 안쪽으로 몸을 돌리는데, 마당에 깔린 자갈이 타이어에 으스러지는

하루에 사과 하나

소리가 들린다. 발코니 너머로 고개를 내밀어 보니 톰이 이삿짐 트럭 차창 너머로 하얀 꽃다발을 흔들고 있다. 가슴이 두근거린다. 그렇다, 이제 떠나야 할 때가 됐다.

이 책을 쓰는 동안 많은 분들의 도움과 조언을 받았다. 그중에서도 특히 고마웠던 분들을 소개하자면 다음과 같다.

지난 몇 년 동안 든든한 길잡이가 되어주었던 에이전트 사라 서치. 서머스데일 출판사의 전 직원, 그중에서도 특히 이 책을 위해 혼신의 노력을 다했던 엘리, 앨러스테어, 수전 그리고 니키. 교열 담당 고어-스미스와 교정 담당 애비게일 맥마흔, 근사한 표지를 만들어준 로버스 스미스도 고맙다. 인내심 있게 편집자다운 혜안을 발휘하고 친구가 되어준 제니퍼 바클레이와 애비 헤던도.

지난 12개월 동안 편지와 이메일을 보내준 수많은 「타임스」 독자들에게도 감사의 뜻을 전하고 싶다. 가끔 부정적인 내용도 있었지만 대부분 긍정적이었던 그분들의 응원이 치유의 과정에서 없어서는 안 될 중요한 부분이었다. 읽기만 하고 굳이 아무 반응도 보이지 않을 수 있었을 텐데, 자신의 경험을 글로 전하고 조언을 아끼지 않은 분들이 얼마나 고마운지 모른다. 특히 해나 조엘스, 레일린 세퍼드, 트리나 베켓, 발레리 재니치, 릴라 라자비, 케이티 버틀러, 토니 로스, 시애라 헤이든, 딘 제이드 그리고 그레이스 보먼. 정말로 자극이 되는 이 여성들과 이제는 평생지기가 되었다.

폴 로빈슨 박사님, 프램짓 카우어 박사님, 나를 돌봐준 러셀 병동의 모든 분들도 고맙다. 여기까지 오는 데 너무 오랜 시간이 걸렸다는 건 나도 알지만, 그분들의 노고가 헛되지 않았다. 로빈슨 박사님과 내 주치의를 맡고 있는 리처드 칼릭 박사님의 인내심으로 말할 것 같으면 메달감이다! 비트의 메리 조지와 다그니 라자싱하 박사님의 건실한 충고도 많은 도움이 되었다.

그리고 「타임스」의 편집자들. 주간 칼럼을 통해 나를 언론의 세계로 이끈 엠마 터커, 그리고 바네사 졸리와 코린 에이브럼스. 그들과 함께 작업할 수 있어서 엄청난 영광이었다. (내게 맨 처음 칼럼을 의뢰한) 레슬리 토머스, 니콜라 질, 제인 나이트, 로라 딜리 그리고 피오나 맥도널드-스미스에게도 감사 인사를 전한다. 「우먼스 아워」의 제인 가비, 「라디오 파이브 라이브」의 스티븐 놀런, 「레드」의 샘 베이커와 브리짓 모스 그리고 「그라치아」의 케이트 페이스풀-윌리엄스에게도 마찬가지다.

두말하면 잔소리지만 가장 고마웠던 사람들은 가족과 가까운 친구들이었다. 거식증은 환자뿐 아니라 모든 이를 불편하게 만드는 병인데, 다들 평범한 인간의 한계를 넘어서는 마음 씀씀이를 보여주었다. 늘 환한 미소와 함께 큼지막한 잔에 와인을 따라주었던 리타 그니고 대모. 사랑스러운 추억으로 남을 TGW. 친구 마크 월시, 조켐프, 리비 커티스, 수전 아처 그리고 앨리슨 이모. 늘 사무실을 슬 그머니 빠져나와 스타벅스에서 내 기운을 북돋워주었던 절친 대런 버드. 램신 힉슨, 앨도, 메리앤, 키스 그리고 내가 무너져가고 있었을 때 몰리아노에서 일주일 동안 함께 지냈던 이탈리아 일당. 집과 정원을 내주었던 베스 월슨과 마이클 로즈(거기서 이 책의 일부분이 탄생됐다).

내 인생 최고의 사랑을 소개해준 사람한테는 어떤 식으로 고마운 마음을 전하면 좋을까? 중매쟁이로서 손색이 없는 리어 노라와 캐롤린 베어에게 무한한 감사를.

내 남자친구 톰(감사 인사에 13장을 할애했으니 여기서 더 늘어놓을 필요가 없겠지).

멋진 언니 케이티와 여동생 앨리스, 오빠 필립과 남동생 트림. 어렸을 때부터 가장 친한 친구와 비교해도 손색이 없었던 그들.

마지막으로 환상적인 우리 부모님 세실 울프와 진 울프. 두 분에게 진 빚은 말로 갚을 수 없을 것이다.

옮긴이 후기

거식증은 엄청난 허상과 오해가 존재하는 질병이다. 거식증이라고 하면 다들 떠올리는 게 삐쩍 마른 여자가 거울을 들여다보는데 거울 속에서는 뚱뚱한 여자가 그녀를 쳐다보는 이미지다. 하지만 이 병으로 10년 동안 고생하다 그 마수에서 벗어난 이 책의 저자에 따르면 거식증은 비현실적인 기준에 맞춰 다이어트를 하려다 생긴 증상이라기보다 지나친 통제욕이 낳은 정신 질환이라고 한다. 식욕하나 조절 못하는 자신을 향한 혐오가 극단으로 치달았을 때 나타나는 현상이라고 할까.

이 책의 본문에 등장한 표현을 빌리자면, 거식증은 신경 스위치를 차단하지 못했을 때 생기는 증상이다. 잡는 법과 달리는 법만 가르치고, 놓는 법과 멈추어 쉬는 법은 가르치지 않는 현대 문명이 낳은 병이다. 요즘 우리 사회를 보라. 에너지 음료와 커피로 하루하루 버텨나가는 사람들이 어찌나 많은지 급기야 '소진증후군'이나 '과사용증후군'이라는 단어까지 등장할 지경이다. 나는 스피드 일변도로 폭주하는 이 사회가 두렵다. 그러다 퓨즈가 끊겼을 때 나타나는 개인적, 사회적 부작용을 무슨 수로 감당할 수 있을까.

나는 잠이 많은 체질이다. 그래서 철딱지 없던 시절에는 불면증에 걸려보는 게 소원이었다. 잠을 안 자면 그 시간에 할 수 있는 일들이 얼마나 많을까. 내 인생이 얼마나 풍요로워질까. 하늘에서 나를 딱하게 여겼는지 아니면 어디 골탕 한번 먹어봐라 싶었는지 마침내 소원이 이루어졌다. 대학교 졸업을 앞두고 진로를 고민하던 때였다. 기진맥진한 몸을 침대에 뉘어도 잠이 오지 않았다. 째깍째깍 시곗바늘 소리만 천둥처럼 귀청을 때렸고, 시계 몇 번 확인하다 보면 금세 날이 밝았다. 신경이 항상 팽팽하게 당겨진 피아노 줄 같은 상태였으니 진종일 괴로웠다. 내가 상상한 불면증은 허상이었다. 불면증은 결코 탐할 만한 대상이 아니었다. 나의 어리석은 욕심이 빚은 촌극이었다. 지금은 잠이 많은 게 내 성격을 아는 하늘에서 내린 선물이라고 생각한다. 욕심 많은 내가 잠마저 없었더라면 하고 싶은 걸 다 하겠답시고 무작정 밀어붙이느라 건강을 해쳤을 것이다. 잠을 자는 시간이 내게는 삶에 제동을 거는 시간이다.

이 책의 저자도 자신의 가장 부끄러운 치부를 만인 앞에 공개하고 해결책을 마련하겠다는 결단을 내리면서 놓는 법을 배운 듯하다. 그녀가 걸어온 길은 거식증 환자들뿐 아니라 수많은 현대인들에게 시사하는 바가 크다. 완벽해지겠다는 욕심과 집착에서 해방되는 것. 결국 그녀가 전하고자 했던 메시지는 이것 아니었을까.